Barbara Schilling

Meine Berliner Kindheit

Barbara Schilling

Meine Berliner Kindheit

Brennholz, Kartoffelschalen und Bombennächte

Roman

rosenheimer

1. Auflage

www.rosenheimer.com

Titelfoto: Barbara Schilling, Christophe Denis
Covergestaltung: Marco Linke
Lektorat und Satz: BuchBetrieb Peggy Stelling, Leipzig
Druck und Bindung: CPI Moravia Books s.r.o.
Printed in Czech Republic

ISBN 978-3-475-54078-3

Prolog

»Am 30. Mai ist der Weltuntergang, wir leben nicht mehr lang ...« (Golgowski-Quartett 1954)

Am 30. Mai 1939 wurde ich in Berlin geboren. Am 1. September 1939 marschierten deutsche Truppen in Polen ein – der Zweite Weltkrieg hatte begonnen.

Meine Mutter kam aus sogenannten einfachen Verhältnissen, meinen Vater sollte ich niemals kennenlernen. Der 30. Mai war ein milder Vorsommertag, doch meine damals 16-jährige Mutter litt Höllenqualen. Sie wäre beinahe gestorben, zumindest kam es ihr so vor, bei meiner, nein, unserer Geburt. Denn ich hatte eine Zwillingsschwester. Sabine. Sie kam wenige Minuten vor mir zur Welt. Ein paar Tage lang schliefen wir in der Wiege nebeneinander, hörten die gleichen Stimmen, atmeten den gleichen vertrauten Duft von Kohlsuppe und feuchten Tapeten. Wir wurden von denselben Händen gestreichelt und steckten in den gleichen leinenen Windeltüchern. Wir teilten die Mutterbrust am Tage und das lauwarme Badewasser in der Zinkwanne am Abend. Eines Morgens jedoch, als uns unsere Mutter aus dem Bettchen nehmen wollte, schrie sie entsetzt auf. Sie stolperte zurück und blieb mit dem Rücken gegen die Wand gelehnt stehen. Dann trat sie wieder an die Wiege heran und griff hinein. Fassungslos starrte sie auf das Baby, das steif in ihren Armen lag. Sabine war in der Nacht neben mir gestorben.

Kapitel 1

Von nun an war ich also allein. Natürlich nicht wirklich allein. Schließlich teilte ich die kleine Kellerwohnung in einem Arbeiterviertel mit unzähligen inzwischen »trocken gelegten« Kneipen, Bergmannstraße Nr. 8, mit meiner jungen Mutter Anneliese und mit meiner dicken Großmutter Hedwig.

»Janze verdammte Bande! Meiner Enkelin brecht ihr nich die Beenchen! Hau bloß ab, du. Und lass dir hier ja nie wieder blick'n, sonst …«

Meine sonst so friedliche Großmutter drohte dem Treppengeländer mit geballter Faust, denn die »Frau vom Amt« war längst hinaus auf den Hof geflohen. Oma Hedwig hatte in den letzten Tagen die Briefe, die vom Jugendamt kamen, nicht einmal mehr geöffnet. In kleine Schnipsel zerrissen, waren sie kommentarlos in den Herd gewandert, auf dem immer eine Kanne Muckefuck kochte. Als schließlich das Fräulein Stanke persönlich »in der Angelegenheit Helene Korritzke« bei uns vorbeigekommen war, hatte Großmutter ihr den härtesten Schemel hingestellt und nicht einmal ein Glas Wasser angeboten; schon bald hatte sie »Klartext« mit ihr gesprochen, wie sie es nannte. Eiskalt hatte sie die junge Frau fixiert, die unter diesem Blick allmählich zu stammeln begann.

»Es ist doch nur zum Besten Ihrer Enkelin. Also, wenn die Beine des Kindes erst mal gerichtet sind, findet sich alles andere von selbst. Und in diesem Alter, na ja, da wäre der Eingriff noch relativ umkompliziert.«

»In diesem Alter?! Die Kleene is jerade mal drei Jahre alt! Kommt jar nich in Frage!«

Meine Mutter saß stumm daneben. Sie war gerade erst von einer schweren Grippe genesen und wurde blass vor Sorge. Sie fürchtete, man würde ihr ihren letzten Zwilling auch noch fortnehmen.

Die Gefahr spürend hatte ich mich bereits beim Klingeln ängstlich in der Stube unter das schwere Eisenbett verkrochen und wie gebannt den erwachsenen Stimmen im Nebenzimmer gelauscht. Aber ich verstand nicht, was sie sagten. So hatte ich im staubigen Dunkel gelegen und auf den einzigen schmalen Lichtstreif gestarrt, der unter der herabhängenden Tagesdecke hindurchschien. Ich versuchte mich nicht allzu sehr vor den in meiner Fantasie riesigen Spinnen zu fürchten, die sicherlich zu Dutzenden in meinem Rücken lauerten, während meine krummen Beine, um die es ging, sich trotzig gegen die kahle weiße Wand am Bettende stemmten.

Das Fräulein hatte sich verstohlen in der kleinen ärmlichen Küche umgesehen und schnell hinzugefügt: »Sämtliche Kosten für die Operation übernimmt natürlich die Fürsorge.«

Das war zu viel. Die Stimme meiner Großmutter hatte so heftig gebebt wie ihr gewaltiger Busen: »Deshalb kommen Se extra her! Ne, dit gloob ick einfach nich. Dit kann doch nich Ihr Ernst sein! Im Leben nich werd ick erlauben, dass Sie und die feinen Herren Doktoren meine Lene zum Krüppel machen. Die Beine brechen und in Gips legen, damit se jerade werden. So'n Quatsch! Wenn ick dit schon höre. Ick sage Ihnen, die O-Beine wachsen sich janz von selber aus. Da braucht keener von denen kommen, die sich Ärzte schimpfen und Lenchen die Haxen richten, damit se angeblich jerade wieder zusammen wachsen.«

»Aber der Vormund ...«, hatte die Dame im grauen Wollkostüm schwach eingewandt.

»Hör'n Se mir bloß mit dem Vormund auf. Jar nichts hat der zu sagen, solange ick hier bin, gar nix! Verstehen Se?!«

Die Fürsorgehelferin hatte einen letzten Versuch gestartet: »Aber das Amt hat schon ...« Meine Oma senkte den Kopf wie ein angriffslustiger Stier.

»Wat haben die schon jemacht?«

»Na, es hat bereits ...«

Drohend wie der Eisberg vor der Titanic hatte sich meine imposante Großmutter von dem schweren, abgesessenen Sofa erhoben. Ihre Augen funkelten zornig, und ihr Gesicht lief rot an – inklusive Doppelkinn.

»Na, da Ihre Tochter ja noch nicht volljährig ist und Sie ...«, das Fräulein hatte hastig geschluckt. »Vielleicht wird nächste Woche jemand kommen, der die Helene abholt«, vollendete sie den Satz, während sie nervös ihre Handtasche umklammerte.

Meine Großmutter war explodiert vor Wut. Sie hatte mit der Faust auf die Spüle geschlagen, dass das Geschirr klapperte. Meine Mutter fuhr erschrocken zusammen, bekam aber wieder Farbe ins Gesicht, als wiederum ihre Mutter losdonnerte: »Na, dit soll'n se mal versuchen! Da soll'n se mal kommen, denen werde ick es schon zeigen! Die werden was erleben. Dit janze Haus werd ick zusammentrommeln. Nee, Fräulein, nich mit mir. Dit können Sie ihnen ausrichten. Und jetzt RAUS!« Schnaubend hatte sie mit beiden Händen das bleiche Fräulein zur Tür hinausgeschoben.

»Sie werden schon sehen«, hatte dieses beleidigt zwischen zusammengepressten Lippen auf der Türschwelle gezischt.

Meine Oma schaffte es trotz ihrer geringen Körpergröße, drohend auf das Fräulein hinab zu sehen, die Arme in die breiten Hüften gestemmt: »Hä?! Sie Würmchen wollen mir Angst machen? Dass ick nich lache! Lene kriegen Se nur über meine Leiche, sage ick Ihnen. Erst müssen Se an mir vorbei!«

Doch kaum, dass die konkrete Gefahr gebannt war, setzten sich meine Großmutter und ihre einzige Tochter an den Tisch im Wohnzimmer und beratschlagten aufgeregt, was nun zu tun sei. Als ich durch den Türspalt linste, sah ich die dunklen Schatten auf der Flurwand, deren Tapeten von einem früheren Brand geschwärzt waren. In der folgenden Woche benahmen sich die beiden Frauen höchst ungewöhnlich: Sie verboten mir im Hof zu spielen, und wir mussten auf Zehenspitzen durch die dunkle Wohnung schleichen, sobald Fremde das Haus betraten.

Zuerst fand ich das neue Spiel lustig, aber bald schon wurde es mir langweilig und ich sehnte mich danach, im Freien herumzutoben. Bei jedem Klopfen an der Tür schreckten die beiden Frauen totenblass zusammen; oft schlossen sie mich präventiv im Etagenklo ein, sobald Schritte die Treppe heraufkamen, was mir ebenfalls nicht sonderlich gefiel. Die erste Woche verging ereignislos und auch die zweite brachte nichts Neues. In den folgenden Tagen entspannten sich meine Mutter und meine Großmutter allmählich, blieben aber weiterhin wachsam. Ich lief wie gewohnt zu Hause auf meinen

O-Beinen herum, spielte zunehmend lustloser mit den immergleichen Holzklötzen und sang den selbst genähten Puppen ohne Gesichter vielstrophige Fantasielieder von Bäumen und Blumen vor.

Die Fürsorge ließ nie wieder von sich hören.

Kapitel 2

Das Jahr 1944 brachte viele Veränderungen. Wir hatten von Freunden einen Tipp bekommen und zogen um. In die Gartenstraße 110 in Berlin Wedding – dritter Hinterhof: Stube, Küche, kleines Schlafzimmer. Es war himmlisch: ein halbes Zimmer mehr, und das zu dritt, es war ein echter Glücksfall. Nun musste niemand mehr in der Küche auf der harten Bank schlafen. Aus dem feuchten Kellergeschoss der alten Wohnung waren wir direkt unters Dach in die vierte Etage gewechselt. Auf einem Stuhl am Fenster stehend, beobachtete ich in den folgenden Wochen oft die Spatzen und bestaunte die weiten Dächer der Stadt, die sich wie ein Meer aus Rottönen vor mir ausbreiteten. Ich versuchte immer wieder vergeblich die vielen Stufen zu unserem Heim hoch oben unter dem Giebel zu zählen, während meine Großmutter dicht hinter mir unflätig fluchend die nicht enden wollende Treppe erklomm. Oben musste sie ihre durch die Kriegswirren geretteten 83 Kilogramm Körpergewicht, die allerdings nun allmählich doch zu schmelzen begannen, erst einmal mit einer saftigen Williams-Christ-Birne besänftigen, die sie auf wundersame Weise zu scheinbar jeder Tages- und Nachtzeit aus ihrer Schürzentasche zaubern konnte. Kaum waren wir eingerichtet, verbreiteten die Vorbereitungen für den 21. Geburtstag meiner Mutter bereits neue Aufregung.

»Endlich volljährig, jetzt kann ich wirklich tun und lassen, was ich will«, hörte ich sie oft leise summen, wenn sie ihre Lieblingstasse ohne Henkel abwusch.

21 – das bedeutete mehr Rechte und größere Freiheit. Meine Großmutter hatte versucht, heimlich eine kleine Geburtstagsfeier für ihre einzige Tochter zu organisieren. Doch meine Mutter hatte den Braten gerochen. Sie hatte es bereits geahnt, als meine Oma mehr Mehl als üblich für den sonst eher bescheiden ausfallenden Geburtstagskuchen verlangte. Zudem schickte sie mich mit einer Schüssel im Haus herum, um etwas zusätzliches Mehl bei den Nachbarn einzusammeln. Da meine Mutti uns auch noch auffällig unauffällig mit der Nachbarin tuscheln sah, wurde ihr Verdacht bestätigt. Sie freute sich riesig. Am Morgen ihres Geburtstages stand sie bereits um sechs Uhr, es war noch dunkel, in der zugigen Küche und kochte Kaffee. Nach dem Frühstück mussten wir sie wieder ins Bett schicken, um in Ruhe alles vorzubereiten. Um halb acht musste sie endlich zur Arbeit gehen und konnte unsere Geduld nicht mehr mit ihren vielen neugierigen Fragen auf die Probe stellen. Gegen Mittag war dann geputzt, gekocht und geschmückt. Papierschlangen hingen über den Schränken und Marschmusik erklang aus dem Radio. Neben bunten Kerzenstummeln reihten sich Bier, Ersatzkaffee, Pellkartoffeln und Fischstückchen auf dem abgenutzten, aber blank gescheuerten Küchenbuffet. Meine Mutter war sprachlos, als sie am späten Nachmittag von ihrer anstrengenden Aushilfsarbeit in der Wäscherei wiederkam. Sie schimpfte ein bisschen mit uns wegen der Verschwendung, heulte ein bisschen wegen der Umarmungen und ging sich dann endlich umziehen. Kurz darauf klingelte es auch schon an der Tür. Und wieder und wieder. Das Schellen wollte nicht abreißen. Immer mehr Menschen strömten in unsere kleine, glücklicher-

weise wenig möblierte Küche. Meine Großmutter hatte halb Berlin eingeladen. Ich hüpfte durch die Wohnung und begrüßte neugierig die Gäste. Als es keinen Platz mehr zum Hüpfen gab, schob ich mich an den inzwischen dicht gedrängten Leuten vorbei.

»Inge!«, rief ich froh, als ich sie mit einem gutaussehenden jungen Mann im braunen Hemd zusammen durch die Tür kommen sah.

»Na Süße«, begrüßte sie mich.

Ich klammerte mich an Inges geblümtes Kleid, bewunderte ihre langen Haare, die ihr bis auf ihr rundes Gesäß fielen und sah dann schüchtern an ihrem Begleiter hoch. Er trug die Haare sehr kurz und besaß schöne Zähne. Er hatte Inge zärtlich einen Arm um die Schulter gelegt, was ihr eine leichte Röte ins Gesicht trieb.

»Hallo. Wer bist denn du?«

Der fremde Mann beugte sich zu mir hinunter. Er war jetzt ungefähr auf meiner Augenhöhe.

»Hallo Lene. Ick bin der Manfred.«

»Ein Freund von Inge«, fügte er hinzu und lächelte verschmitzt zu ihr hinauf. Dann wandte er sich wieder mir zu. Freundschaftlich stupste er mich an der Nase. »Ick hab schon viel von dir jehört«, sagte er ernst. Ich schaute ihn überrascht und ein wenig misstrauisch an.

»Du bist 'n sehr hübsches, kluges, kleines Mädchen, hat mir Inge zu Hause erzählt.« Er machte eine bedeutsame Pause.

»Ick gloobe, sie hat Recht.«

Bei diesen Worten strahlte ich über das ganze Gesicht. »Ich bin schon ... so alt«, erklärte ich stolz und hielt ihm meine Hand mit meinen kleinen störrischen Fingern hin.

»Ja – schon fast erwachsen«, grinste Inge mit erhobenen Augenbrauen spöttisch.

»Wo wohnst du? Bei der Inge zu Hause?«, fragte ich Manfred.

»Nein, bei Inge bin ick leider nur manchmal zu Besuch.« Sein Gesicht nahm einen nachdenklichen Ausdruck an. »Eigentlich wohne ick zurzeit überall und nirgends.«

Ich muss ihn völlig verständnislos angesehen haben, denn schnell fügte er erklärend hinzu: »Ick bin Frontsoldat, bei der Wehrmacht, weißte.« Mein Mund stand offen wie ein Scheunentor, während ich seinen Worten lauschte. Wie konnte man überall und nirgends wohnen?

»Und woher kommst du dann?«

»Also«, er machte eine kleine nachdenkliche Pause. Dann wählte er seine Worte sorgsam. »Wir wohnen meistens in Zelten und ziehen ständig weiter – dahin, wo der Feind is, verstehste jetzt?«

Ich machte große Augen, immer noch eine Hand in Inges weitem Kleid vergraben. Vom Feind hatte ich schon oft gehört, konnte ihn mir aber gar nicht vorstellen.

»Na ja«, er winkte ab. »Aber nu mal wat anderes: Jetzt hab ick einige Tage Urlaub und da wollte ick die Jelejenheit nutzen und mit Inge zusammen deiner Mama zu ihrem 21. Geburtstag gratulieren. Wir haben auch ein schönes Jeschenk für sie.« Aufmerksam musterte ich das Päckchen in seiner Hand. »Wo steckt se denn?«, fragte er mich.

»Dahinten, bei der Irmgard.« Manfred wandte den Kopf. Ich musterte seinen runden Schädel, der schwarz bepunktet vor mir zu schweben schien und hob dann zögernd die Hand.

»Wie ein Igel«, kicherte ich.

Er grinste und fuhr sich über die dunklen Stoppeln.

»Ja, haste Recht, stachelig wie ein großer Igel …«

»Wegen der Läuse …«, sagte Inge.

Erschrocken zog ich die Hand zurück. »Keene Angst«, lachte auch er, »die sind weg. Haben alle Nissen jeknackt – dit war 'n Spaß!«

Ich blieb skeptisch. »Was is da drin?« Ich deutete mit dem Kopf auf das Geschenk. Manfred zögerte einen Augenblick.

»Etwas janz Besonderes«, grinste er. »Aus fernen Landen sozusagen.«

»Haste das aus dem Krieg?«, fragte ich gespannt.

»Ja …« Inge pufftte ihn unsanft in die Seite.

»Komm mit, Kleene. Dann kannste beim Auspacken zugucken«, bot sie an. Aber in diesem Augenblick ging die Tür auf, und unsere Nachbarin Frau Müller stürzte auf mich zu. Sie drückte mich erbarmungslos an ihre mächtige Oberweite und seufzte:

»Ach, meine Kleine. Da biste ja. Mensch, wie dünne du bist.« Sie kniff mir wie die Hexe bei Hänsel und Gretel prüfend in den Arm. »Wo is denn deine Mutter? Ick muss ihr unbedingt gleich gratulieren. Und ihr sagen, dass ick ein bisschen Grieß jekocht hab – der steht jetzt bei euch in der Küche …«

Sie lockerte den Griff um meine Schultern und sah sich hektisch um. Endlich bemerkte sie Inge und Manfred. Sogleich warf sie sich in Pose.

»Ja, hallöchen, wen haben wir denn da?«, flötete sie gut gelaunt. Nun hatte sie das junge Paar am Wickel.

Als Frau Müller mich wieder in Gänze freigab, begegnete ich dem Blick meiner Großmutter, die in der anderen Ecke des Raumes saß und die emotionale Begrüßungsszene verfolgt hatte. Sie verdrehte verzweifelt komisch die Augen und zwinkerte mir zu. Dann erhob sie sich lächelnd und trug ihr geleertes Bierglas in die Küche. Kurz darauf kam sie mit einem frisch gefüllten zurück und ließ sich nun wieder auf ihren Ohrensessel plumpsen. Wo sie die ganzen guten Sachen nur immer auftrieb …? »Ick hab eben alte Bekannte«, antwortete sie stets nur ausweichend, wenn meine Mutter sie misstrauisch nach der Herkunft der raren und begehrten Lebensmittel fragte. Ich setzte mich neben meine Oma auf die beinahe blank gescheuerte Armlehne. Ihre starken warmen Hände umfassten zärtlich meinen Bauch und hielten mich so auf dem Sessel fest. Meinen Kopf an ihre Brust gelehnt, sah ich zu, wie sie amüsiert unsere Gäste beobachtete, sich gar nicht schüchtern in laufende Gespräche einmischte und mit ihren trockenen Kommentaren so manches Gelächter unter den Anwesenden provozierte. Heimlich naschte ich einen Schluck aus ihrem Bierglas; sie gab vor nichts bemerkt zu haben, doch ich sah deutlich, wie ihr rechter Mundwinkel einen Augenblick gezuckt hatte, als ich das Bierglas wieder sinken ließ. Ich schluckte widerwillig die bittere, obgleich stark mit Wasser verdünnte Flüssigkeit und beschloss, niemals wieder in meinem ganzen Leben Bier zu trinken. Unwillkürlich schüttelte ich mich bei dem Gedanken ein ganzes Glas von diesem Gebräu leeren zu müssen. Was die Erwachsenen nur daran fanden?! Meine Geburtstagsmama rief mich zu sich. Sie drohte mir mit erhobenem Zeigefinger: »Na na na, was hab ich denn da gerade gesehen? Trinkst von Omas Bier. Mach das nich noch mal, sonst setzt es was, Fräuleinchen«. Neckend klapste sie mir auf mein Hinterteil. Ich schüttelte den Kopf.

»Und sag deiner Großmutter, dass ich alles sehe ...«

»Ja, Mama.« Meine Mutter beugte sich zu mir und küsste mich auf die Wange. »Los, ab mit dir. Und sieh zu, dass du noch was vom Grießpudding abbekommst, bevor alles weg is.«

Eine hervorragende Idee befand ich und sauste in die Küche. Ich stellte mich auf die Zehenspitzen, um besser über die Küchenbuffetkante lugen zu können. Entschlossen langte ich nach dem Grieß, doch der tiefe Teller stand zu nah an der Wand. Ich konnte ihn nicht erreichen. Eine große Hand ergriff das Objekt meiner Begierde. Enttäuscht schaute ich nach oben, um zu erspähen, wer mir zuvorgekommen war. Es war Inges Begleiter. In seiner Faust sah die Schüssel ganz klein aus. »Hier Lene, die wollteste doch haben, nich wahr?« Ich nickte verdutzt, worauf Manfred mir beinahe feierlich die Schüssel überreichte.

»Danke«, ich überlegte kurz, »Manfred«, piepste ich, ohne meinen Blick von ihm zu wenden.

»Jern jeschehen«, antwortete er grinsend. Ich sah ihn noch immer unverwandt an.

»Mensch, na klar«, er schlug sich mit der Hand gegen die Stirn. »Du brauchst noch 'n Löffel!« Er drehte sich suchend um. »Warte ..., hier, den mach ick dir sauber.« Manfred ging zum Wasserhahn und wusch den Löffel ab. »So Madamchen, bitte sehr. Extra für dich.«

Ich nahm den riesigen Blechlöffel aus seiner Faust und begann, unsicher die Schüssel auszuschaben. Die

Gäste waren schnell gewesen. »Das Auskratzen ist immer dit Beste, finde ick. Dit schmeckt am leckersten, oder?«

Er sah mich aufmerksam an. Ich nickte. Ich fühlte den Grieß an meinem Gaumen und meinte ein bisschen Süße zu schmecken. Zufrieden kauend verließ ich Manfred und die Küche. Im Nebenzimmer begann Frau Müller gerade meiner Mutter umständlich die Hand zu schütteln und ihr drei Minuten lang unablässig zum Geburtstag zu gratulieren. Frau Müller erzählte noch einmal von der Unmenge Heringssalat, den sie außerdem noch in die Küche gestellt hatte – »janz frisch, janz frisch zubereitet«, beteuerte sie leidenschaftlich – und drückte meiner Mutter dann eine Flasche Selbstgebrannten in die Hand. »Is von meinem Bruder aus Brandenburg«, lachte sie schelmisch. »Ein hervorragender Kartoffelschnaps.«

Meine Mutter dankte und öffnete die Flasche. Sie füllte zwei Gläser fingerbreit mit dem klaren Getränk und reichte Frau Müller eines.

»Auf Ihre Zukunft!«, prostete Frau Müller meiner Mutter zu und fügte dann schnell hinzu: »Auf unser aller Zukunft!«

Meine Mutti strahlte. Ihre glatten Haare hatte sie zu einem Dutt hochgesteckt und sie trug eine schmale goldene Kette zu einer Bluse, deren Farbe meine Großmutter als »Eierschale« bezeichnete. Sie trug heute keine Kittelschürze, sondern einen dunkelroten Rock, nicht ganz fleckenfrei, doch ich fand sie einfach zum Niederknien elegant.

Sie kam auf mich zu und kniff mir spielerisch in die Wange. »Na, was grinste so?« Sie zupfte mir den Rock zurecht und fragte vergnügt: »Und hat die Dame noch einen Wunsch an diesem besonderen Tag?«

Ich grübelte nur ein kleines Weilchen, wog den Wunsch nach einem knallroten Ball gegen meinen anderen großen Wunsch ab: »Ein Geschwisterchen«, antwortete ich mit glänzenden Augen.

»Was?«, fragte meine Mutter perplex.

»Ja, alle kriegen Brüder und Schwestern. Ich möchte auch jemanden zum Spielen – nur für mich.« An Omas entgleisten Gesichtszügen sah ich, dass sie mitgehört hatte.

»Na, dit fehlte uns jerade noch!«, sagte sie trocken. Meine Mutter und meine Großmutter sahen erst mich, dann einander an. »Na für den ›Kaninchenorden‹ in Bronze müsste aber noch drei drauf legen«, kommentierte sie spöttisch meinen Wunsch, indem sie meine Mutter grinsend ansah. »Dit bronzene Mutterkreuz gibt's erst ab vier Jören. Und für Jold musste sogar achte uff die Welt bringen. Aber wie man überhaupt eins ernähren soll in diesen Zeiten, dit verraten uns die Herren an der Spitze nich.«

Meine Mutter schaute sich nervös um. »Mensch Mutter, pass doch auf, was du sagst. Du weißt doch, hier haben die Wände Ohren.« Sie beugte sich noch näher zu ihr hinüber und tippte sich an die Stirn. »Als ob ich dem Führer ›Soldaten schenken‹ würde ... Is doch unverantwortlich.« Ich schaute verständnislos von einem zum anderen und verstand nur, dass mein Wunsch nicht besonders gut ankam. Warum fragten sie mich dann? Ich wollte doch nur jemanden zum Spielen, keinen Soldaten. Die waren doch eh immer weg und kämpften gegen irgendwelche Feinde, so wie Inges Manfred ...

Schließlich griff meine Oma in ihre Rocktasche und holte eine blank polierte Williamsbirne hervor. »Hier Süße, vielleicht tut's die ooch erst ma.« Ich erwiderte nichts. Wie sollte ich denn mit der spielen? Erwachsene schienen doch nicht so klug zu sein, wie sie immer taten, nicht einmal meine Oma Hedwig. Ich nahm die Birne, beschloss aber ein bisschen zu schmollen, doch bald schon wurde mir das zu langweilig. Hier war einfach zu viel los heute. Ich blieb aber noch ein paar Minuten mit beleidigtem Blick stehen. Nur, um meinem Unmut den nötigen Nachdruck zu verleihen. Meine Großmutter ignorierte mein Tun gutmütig, dennoch meinte ich genau ein »Du-beleidigte-Leberwurst«-Lächeln auf ihren vollen Lippen zu erkennen. Ich gab das Schmollen auf und trollte mich. Neugierig schielte ich um die Ecke des Türrahmens hinein ins Zimmer.

Nachdem Frau Müller Herrn Heise entdeckt und fluchtartig das Wohnzimmer verlassen hatte, um ihn abzufangen, nahm mich meine Mutter auf ihren Schoß und fütterte mich mit einer halben Hackepeterstulle. Der Belag schmeckte irgendwie komisch, aber es gefiel mir bei ihr. Sie plauderte ausgiebig mit Inge und Manfred. Die beiden schauten sich immer wieder verliebt an. Später saß ich allein auf der Couch und tat, als würde ich gedankenverloren mit meiner Puppe spielen, während ich in Wirklichkeit gespannt zuhörte, was Frau Müller dem sichtlich gelangweilten Herrn Heise über meinen Vater erzählte. Sobald sie das Thema angeschnitten hatte, hatte ich meine Puppe sinken lassen und angestrengt gelauscht. Doch da Frau Müller dies bemerkte und mich anwies, doch woanders zu spielen, musste ich ein Täuschungsmanöver starten. So eine Gelegenheit gab es nicht alle Tage. Ich wusste nicht einmal, welchen Namen mein Vater hatte; das Einzige, was mir immer wieder zu Ohren kam, war, dass er sich nicht blicken ließ und nichts für mich bezahlte, was ich reichlich komisch fand: Warum sollte er für mich bezahlen, ich war doch eh schon seine Tochter …

Hinter vorgehaltener Hand berichtete Frau Müller, dass mein Vater ein nichtsnutziger, aber bildschöner Seemann gewesen sei. Er hätte meiner Mutter die Welt versprochen, sie – noch blutjung und unerfahren – in einer sternenklaren Nacht verführt. »Im Tiergarten, im Park …«, hatte sie lüstern geraunt. Wenig später sei er einfach auf und davon.

»Niemand hat seitdem wieder wat von ihm jehört«, pointierte Frau Müller ihren dramatischen Bericht. Herr Heise besah sich gelangweilt seine sauberen Fingernägel und nickte hin und wieder. Frau Müller fasste ihn beim Arm, um ihn auch körperlich in den Bann ihrer Erzählung zu ziehen.

»Manchmal meint die Anneliese zwar, ihn in einem der Kriegsberichte in der Wochenschau zu erkennen, aber dit is reine Einbildung, wenn se mich fragen.«

»Tut aber keiner«, murmelte Herr Heise heiser.

Doch Frau Müller war zu sehr mit ihrer eigenen Meinung beschäftigt, als dass sie diese Bemerkung für voll genommen hätte: »… kann man nich erkennen. Die huschen doch so schnell vorbei – und sehen irjendwie in Uniform alle gleich aus.«

Als Frau Müller die Uniformen erwähnte, regte sich zum ersten Mal etwas in Herrn Heises Gesicht. Ich konnte einen fast träumerischen Gesichtsausdruck ausmachen, so wie Mama ihn bekam, wenn sie von

Himbeergeist oder der Brüsseler Spitze, die sie vor dem Krieg im »KaDeWe« gesehen hatte, schwärmte. Herr Heise liebte schnittige Uniformen beinahe ebenso wie Abzeichen, Medaillen, Urkunden, Schulterriemen und all den »Firlefanz«, wie meine Oma stets abschätzend bemerkte. »Und – kannste dir was koofen dafür? Nee!«, war ihre unerschütterliche Meinung zu diesem Thema.

Frau Müller versuchte das Zeichen von Interesse in der Miene ihres Gegenübers zu nutzen. Schnell fügte sie noch einige pikante Details hinzu: »Die Anneliese, ja«, sie dämpfte auffällig unauffällig die Stimme, »die soll aber nich die Einzige sein, die er – na Se wissen schon – angebufft hat und dann ab durch die Luzie ...« Sie rückte noch näher heran und kroch Herrn Heise förmlich ins Gesicht. Ich musste mich ungeheuer bemühen, noch etwas von ihrem Getuschel zu verstehen, während ich meiner Puppe mit mechanischen Bewegungen zum fünften Mal den Rock an- und wieder auszog, um die Fassade zu wahren.

»Ein anderes Mädel, gleich hier ein paar Straßen weiter, soll ooch von ihm einen Braten in der Röhre jehabt haben.«

Erschöpft aufseufzend ließ sie sich wieder auf den Schemel sinken und schaute Herrn Heise ob dieser erstaunlichen Geschichte triumphierend an.

»Tja, so kann es gehen«, kommentierte Herr Heise vage diese Informationen. Er war wieder dabei seine makellosen Fingernägel zu reinigen. Frau Müller schien enttäuscht, sie hatte sich eine stärkere Reaktion erhofft.

»Und denn hat die Liese ooch gleich noch Zwillinge jekriegt, doppelt jestraft ...«

Ihr Nachbar blieb stumm.

»Aber dit eine Kleine is gleich – na ja ...« Sie schaute ihn Applaus heischend an. »Ja, wat sagen Se denn dazu?«, bohrte sie schließlich nach. Herr Heise sah sie erstaunt an.

»Tja, was soll ich dazu sagen? Ähm, war er Arier?« Frau Müller glotzte ein paar Sekunden verständnislos. Dann schnalzte sie verächtlich mit der Zunge angesichts solcher Ignoranz gegenüber einem handfesten, wenn auch schon verjährten Skandal und griff nach ihrem Glas. Sie tat einen tiefen Zug.

»Also, wenn man bedenkt, dass der damals gleich mehrere ...«, beharrte sie.

»Die Tür zur Vergangenheit lässt sich nich öffnen, ohne dass sie knarrt«, warf Herr Heise ungerührt ein. »Jeder macht mal Fehler. Die Frage is, welche Einstellung er heute zu seinen Pflichten, als Deutscher, gegenüber seinem Volk hat.«

Frau Müller schüttelte den Kopf und drehte Herrn Heise den Rücken zu. Damit war das Gespräch beendet. Wenn Herr Heise ihr umfangreiches Wissen über ihre Mitmenschen nicht zu schätzen wusste, würde sich schon jemand anderes finden, der ihrer würdig war. Sie erhob sich und raunte im Türrahmen mit einem Kopfnicken auf Herrn Heise einer Nachbarin zu: »Pff, wer hat den denn einjeladen? Die sind doch alle gleich: braun und langweilig wie Gartenerde ...«

Herrn Heise schien das in keiner Weise zu berühren; er hatte sich inzwischen ein Obstmesser genommen, um besser den nicht vorhandenen Schmutz unter den Nägeln zu erreichen. Ich bedauerte Herrn Heises Desinteresse sehr, denn natürlich brannte ich darauf, bei dieser einmaligen Gelegenheit noch mehr über meinen Vater zu erfahren, riskierte ich doch stets eine Kopfnuss, wenn ich meine Mutter oder Großmutter mit diesem heiklen Thema belästigte. Leider wusste ich immer noch nicht, wie mein Vater hieß. An diesem Abend beim Zubettgehen beschloss ich, ihn von nun an in meinen Gedanken »Manfred« zu nennen. Ich versuchte mir Manfred als Matrosen vorzustellen, worüber ich einschlief und prompt von einem weißen Segelboot mit winzigen Igeln und riesigen Läusen an Board träumte, obwohl ich noch nie ein echtes Segelschiff gesehen hatte. Nur ein paar Mal einen Dampfer auf der Spree.

Das Buffet des Festes war den Umständen entsprechend – alles war streng rationiert – spärlich, aber vorhanden, was vor allem dem unschlagbaren, manchmal skrupellosen Organisationstalent meiner Oma zu verdanken war. Die meisten Berliner hungerten – doch der unersättliche Appetit meiner »Omama«, die ihre durch die harten Zeiten stark dezimierte Körperfülle an diesem denkwürdigen Tag in einem violett-geblümten Kleid mit gestärktem Kragen verhüllte, sollte ihr dieses Mal zum Verhängnis werden. Ein kleiner toter Aal raubte meiner Großmutter, imposant von Statur und Stimme, unvermittelt ihre Lebensenergie: Nur wenige Tage nach dem 21. Geburtstag ihrer einzigen Tochter starb sie an einer Fischvergiftung.

Wir standen im Krankenhaus an ihrem Bett und konnten es nicht fassen, wie gelähmt starrten wir auf ihren kalten Körper. Sie war einfach gegangen. Nie vergaß ich den Anblick der Leiche, die gar nicht wie meine Großmutter aussah und doch frappierende Ähnlichkeit mit ihr hatte. Ihre rotbraunen Haare fielen glänzend und wohl frisiert über das weiße Kissen, und sie trug ihr bestes Kleid: blau-weiß gestreifte Baumwolle. So schön hatte ich sie noch nie gesehen. Sie hatte die Hände fromm über ihren runden Leib gefaltet, aber etwas fehlte: Nirgends beulten Birnenumrisse ihre Taschen aus. Auf ihrem Gesicht lag kein friedlicher, versöhnlicher Ausdruck; im Gegenteil: Es hatte einen beinahe verärgerten Zug angenommen, so als passte ihr das Geschehene gar nicht in den Kram. Inge hielt mich fest an der Hand; sie sprach nicht. Meine Mutter stützte sich bleich auf das Fußende des Bettes, um nicht zu stürzen, während ihr schmaler Mund flüsternd die immer gleichen Worte formte: »Warum haste das gemacht? Warum?« Sie schniefte deutlich hörbar. »Es war doch so schön, so eine schöne Feier ... Du und deine verdammten Lieferanten, du ... Ausgerechnet jetzt, wo ich ...« Ihre Stimme versagte. Ich sah verwirrt und mit Unwillen, wie es von ihrer Nase auf den Fußboden tropfte. Ich schaute zu Inge hoch, doch sie schien mich vergessen zu haben. Der Rücken meiner Mutter zuckte heftig. Sie begann mit ihrer Faust, auf die Bettdecke zu hämmern. »Warum? Warum?«

Inge ließ meine Hand los und versuchte sie zu beruhigen, doch meine Mutter prügelte nun mit beiden Händen unkontrolliert auf die Decke ein.

»Warum?«, rief sie verzweifelt. Ich stand allein am Fenster und wagte nicht mich zu bewegen. Die resolute Krankenschwester beobachtete die Szene mitleidig, sie kannte viele Formen des Schmerzes, doch allmählich wurde sie ungeduldig, andere Patienten warteten. Wir mussten das Krankenzimmer, das nun zum Sterbezimmer geworden war, verlassen.

Nach der bescheidenen Beerdigung saßen meine Mutter und ich ganz allein in der kleinen Wohnküche. Der Herd war kalt, der Muckefuck sollte im kommenden Winter oft in der Kanne gefrieren, weil nichts mehr zum Heizen aufzutreiben war. Ich saß auf dem Schoß meiner verzweifelten Mutter, die sich nun ganz allein wähnte auf der Welt, und sah ihr seit einer halben Stunde ununterbrochen beim Weinen zu. Schließlich ließ der Regen draußen etwas nach, ein kalter Wind kam auf und rüttelte an der Scheibe. Meine Mutter schnäuzte sich mit der einen Hand und streichelte mir mit der anderen über die Wange, ihre Finger rochen nach Erde und Seife.

»Was soll'n wir denn jetzt nur machen, Lenchen?«, fragte sie seufzend.

Ich schmiegte meinen Kopf an sie. Ich fühlte, dass sie keine Antwort erwartete. Sie drückte mich noch fester an sich und schniefte mir ins Haar. Ich sah den Regentropfen zu, wie sie an der Fensterscheibe hinunterrannen, wie sie sich in Bächen sammelten und schneller wurden, bis sie auf den Rahmen schlugen und dort eine neue längliche Gestalt annahmen.

»Kommt Omama denn gar nich wieder?«, fragte ich verstört.

»Nein, mein Schatz, Oma is jetzt im Himmel und sieht alles, was wir hier unten tun.«

»Wirklich alles?«, fragte ich erstaunt.

»Ja, sie is immer bei uns. Sie passt auf, sie is jetzt dein Schutzengel.« Meine Mutter wiegte mich – schon wieder leise schluchzend – hin und her wie ein Baby. Ihre Strickjacke fühlte sich weich und warm an auf meiner Haut, und der Gedanke an meine Großmutter im Himmel beschäftigte mich, doch mein Magen knurrte unüberhörbar.

»Ich hab Hunger«, flüsterte ich kleinlaut. Meine Mutter sah mich mit ihren rot verquollenen Augen noch eine Minute lang traurig lächelnd an. Dann drückte sie den Rücken durch, stand langsam auf und kochte einen Topf dünnen Kaffee mit viel Milch für uns beide. Mir stellte sie eine kleine Scheibe Brot mit Margarine auf den weiß lackierten Küchentisch. Als Nachtisch aß ich einen rotbackigen Apfel, ganz klein geschnitten, so wie Oma ihn immer für mich gemacht hatte. Ich musste an die Birnen denken, die Oma so gern gegessen hatte und biss wütend in das Apfelstück. Wo war die Birne für mich? Warum nur ließ sie uns allein?! Einfach wegzugehen – das war ungerecht!

Am Abend hörte ich in der Ferne das dumpfe Dröhnen der Kampfflugzeuge. Unwillkürlich duckte ich mich, während meine Mutter hastig die Verdunkelungsrollos herunterließ – so wie es schon seit einiger Zeit Vorschrift war. Die feindlichen Kriegsflugzeuge sollten sich nicht am Licht der Städte orientieren und Ziele ausmachen können. Ich setzte mich neben ein dickes rotes Windlicht und kramte meine Buntstifte hervor. Auf der Rückseite eines alten Einkaufszettels malte ich ein Bild. Es zeigte meine Großmutter in ihrem blau-weiß gestreiften Kleid auf einer Wolke. Ich fand, es passte sehr gut, denn auch der Himmel war blau und die Wolke weiß. Ich legte das Bild auf das Fensterbrett, damit Oma es besser sehen könnte. Beim Zähneputzen kam mir der Gedanke, dass ja die Rollos Oma die Sicht auf mein Bild versperrten, doch dann fiel mir ein, dass Oma ja ohnehin alles sehen könnte, egal wo das Bild hing, und ich nahm es wieder fort und schenkte es meiner Mutter. So machte ich beiden eine Freude. Mit der Zahnbürste in der Hand stieg ich auf einen Stuhl und steckte den Kopf unter das Rollo, um zum Himmel aufzusehen. Mein Blick richtete sich auf die Sterne; je länger ich hinsah, desto mehr funkelnde Lichter schienen sich vom schwarzen Hintergrund abzuheben. Ich putzte sehr gewissenhaft jeden einzelnen meiner Milchzähne. »Armsein is keine Schande«, hatte Großmutter immer gesagt, »aber schmutzig wollen wir nich sein.«

Ich wusch mir auch Gesicht und Hände und sogar die Ohren, so gut es eben ging. Zudem erklärte ich der Oma, dass ich von nun an besonders brav sein wolle, da sie ja ohnehin alles wissen würde. Dann besann ich mich aber, und beschloss, lieber noch eine kleine Rückversicherung auszuhandeln.

»Und wenn ich doch mal ungezogen bin, dann verpetz mich bitte nich gleich bei Mama, ja? Ich sag es ihr dann bestimmt auch bald selber … irgendwann, versprochen.«

Ich blickte nachdenklich in die Höhe, legte den Kopf noch weiter in den Nacken. Meine Augen versuchten, das dunkle Blau des unseren Hof überspannenden Himmels zu durchdringen, etwas zu entdecken. Vergeblich.

»Gute Nacht, träum schön«, flüsterte ich und kletterte vom Stuhl.

Meine Mutter stand im Türrahmen, dicke Tränen rollten über ihre Wangen. Sie streckte mir die Arme entgegen.

»Komm Liebes, Zeit fürs Bett.« Sie schloss das Fenster, deckte mich zu und legte mir Amelie, meine heiß geliebte Puppe mit den geflochtenen Wollzöpfen, in den Arm. »Schlaft gut, ihr beiden«, sagte sie zärtlich und gab mir einen langen Gutenachtkuss.

Kapitel 3

Immer wieder rissen mich die Sirenen, deren durchdringendes Heulen ich mein Leben lang nicht vergessen können würde, aus dem Schlaf. In dieser Nacht hob mich Inge aus dem Bett und zerrte mich hastig zur Tür. Ich wollte nicht weggehen, ich fühlte mich so furchtbar müde und die Nachtluft war eiskalt.

»Wo is Mama?«, fragte ich verwundert.

»Sie is noch nich von Tante Hertha zurück. Komm schnell«, rief Inge und klemmte sich mein Köfferchen mit den wenigen Habseligkeiten unter den Arm. Es war stockfinster; die Verdunklungsrollos ließen nicht einmal das Mondlicht hinein. Schlaftrunken stolperte ich in meinem kratzigen Wollmantel über dem Nachthemd an Inges Hand über den Hof und dann die steile enge Treppe zum Luftschutzkeller hinunter. Doch plötzlich blieb ich stehen, mein Herz schien einen Schlag auszusetzen. Die Leute drängten weiter, doch ich stemmte mich entschlossen mit aller Kraft gegen die schweren Körper. »Amelie! Ich habe Amelie vergessen«, rief ich entsetzt. Sie musste in meinem noch warmen Bett liegen.

Inge sah mich ernst an. Sie ahnte, wie sehr ich meine Puppe Amelie, das letzte Geschenk meiner Großmutter, liebte. Die Leute wurden ungeduldig, schoben und stießen. »Es is zu spät. Du kannst sie jetzt nich mehr holen.« Sie zog mich entschlossen weiter. Das konnte ich nicht glauben, ich schrie und strampelte, und um ein Haar wäre ich zwischen den Beinen eines großen Mannes entkommen. Doch Inge erwischte mich in letzter Sekunde am Ärmel. Sie griff so fest nach mir, dass ihr Fingernagel splitterte, doch sie bemerkte es nicht. Mit bleichem Gesicht trug sie mich die letzten Stufen hinunter. Die Tür schloss sich und wieder hörte ich das tiefe Brummen der Flugzeuge, die wie riesige Bienen den Himmel über Berlin durchzogen.

Wir saßen auf einer harten Holzbank neben ängstlichen Nachbarn, bekannten und unbekannten Gesichtern. Sonst hatte ich immer mit meiner Mutter auf diesem Platz gesessen. Anders als in den vielen anderen Nächten zuvor senkte sich nicht gnädig der Schlaf über mich. Zu deutlich fühlte ich die Lücke in meinen Armen, Amelie fehlte. Stattdessen saß ich steif auf meinem Platz und zählte wieder und wieder die Mauersteine der grauen Kellerwände. Längliche Backsteine, einer neben dem anderen, endlose Reihen, die sich im Dunkel verloren. Ich zitterte. Die Hand, die mir Inge auf die Schulter gelegt hatte, spendete nur wenig Trost. In einer Ecke gleich neben dem Stützbalken stand ein Akkuradio, das immer wieder schrecklich krächzende Laute von sich gab. Der Mann im Radio kündigte einen schweren Luftangriff der Amerikaner an. Eine Viertelstunde später hörten wir dumpfe Einschläge. Die Decke über meinem Kopf schien zu wackeln. Doch das sei nur Einbildung, versuchte Inge mich zu trösten. Die da draußen seien viel zu weit weg. Aber nah genug, viel zu nah, sagte mir mein Kopf, und ich machte mich ganz klein an Inges Seite.

Amelie, dachte ich immer nur. Amelie! Was, wenn ihr etwas zustößt? In meinen Gedanken fielen schwarze Bomben auf unser Haus. Ich sah vor mir, wie Amelies

Körper von umherfliegenden Splittern zerfetzt wurde und ihre blonden Haare qualmend verbrannten. Sie würde nicht einmal bluten, nur ihre Füllung würde herausquellen. Ich starrte mit aufgerissenen Augen auf die gegenüberliegende Wand, unfähig mich zu rühren.

»Hallo du.«

Unter meinem Blick nahm der Umriss mir gegenüber langsam eine menschliche Gestalt an. Ein alter Mann beugte sich zu mir hinüber und fragte: »Hast du Angst, meine Kleene?«

Ich schaute ihn nur stumm an.

»Das brauchst du nicht.«

Er senkte die Stimme fast unmerklich: »Bald ist es vorbei, alles wird gut, du wirst sehen.«

Seine warmen braunen Augen schienen zu leuchten, als er dies sagte. Ich reagierte nicht. Er ließ die Hand in seinen schmutzigen Hosen verschwinden und holte einen kleinen Gegenstand hervor. Er schloss beide Hände und hielt sie hinter seinen krummen Rücken.

»Na, willst du raten?«

Ich brauchte eine Weile, bis ich ihn verstand. Doch ich blieb stumm.

»Gut, in welcher Hand habe ich das Geschenk für dich versteckt?«

Ein Geschenk? Ich schaute ratlos. Dann kam mir der Gedanke, dass es vielleicht etwas zu essen sein könnte. Ich könnte es mit Inge und meiner Mutter teilen, wenn sie zurückkommen würde.

Der Mann, dessen Jackett so faltig wie sein Gesicht wirkte, kniff die Augen zusammen und flüsterte mit verschwörerischer Stimme: »Nun, was meinst du – ist es rechts oder links?«

Ich überlegte kurz, neigte langsam den Kopf und zeigte dann auf seine rechte Hand.

»Kluges Kind«, lachte er leise. Er hielt mir seine geschlossene Hand entgegen. »Sieh nach.« Ich zögerte, doch meine Neugier war stärker. Ich stand auf und ging zwei Schritte auf den grauhaarigen Unbekannten zu. Vorsichtig bog ich seine Finger zurück. Doch die Hand war leer. Enttäuscht wollte ich schnell wieder auf meinen Platz gehen. Aber der Mann sagte bestimmt: »Halt, es gibt immer mindestens zwei Möglichkeiten. Du musst doch noch in der anderen Hand nachsehen.«

Ich drehte mich um und lief zurück. Gespannt öffnete ich seine linke Hand. Dieses Mal hatte ich Glück. Ich musterte den kleinen, holzgeschnitzten Käfer. Er hatte sechs schwarze Punkte auf seinem roten Rücken und sechs kurze Beinchen an der Unterseite. Ich drehte ihn hin und her.

»Ich habe ihn selbst gemacht – für jemanden ganz besonderes ...«

Er blinzelte kurz. »Wenn du die Augen schließt und ganz stillhältst«, erklärte er mir, »kannst du spüren, wie der Glückskäfer langsam auf deiner Handfläche entlang zu krabbeln beginnt. Das ist immer ein gutes Zeichen, dann gibt es Hoffnung.«

Erstaunt sah ich erst ihn, dann den Käfer an. »Wirklich?«

Er bejahte mit ernster Erwachsenenmiene und strich mir leicht mit dem Zeigefinger über die Wange. »Oh ja, aber du musst viel Geduld haben, damit er sich an dich gewöhnen kann.«

»Lene, komm her zu mir!«, rief Inge streng zu mir herüber.

Ich zögerte, doch er hieß mich zu ihr zu gehen.

»Nimm den Käfer mit, er gehört jetzt dir.«

Artig setzte ich mich neben Inge. Ich fühlte das glatte Holz des kleinen Tieres und versuchte in der nächsten Stunde möglichst unauffällig den Holzkäfer auf meiner Hand zum Laufen zu bringen. Manchmal sah ich ungeduldig auf, und immer dann lächelte mir der alte Mann auffordernd zu. Und kurz bevor es Entwarnung gab, fühlte ich es plötzlich: Der Käfer bewegte seine sechs Füßchen auf meiner Handinnenfläche! Er lebte.

Den Käfer fest umschlossen betrat ich unsere Wohnung. Fast hätte ich den Wassereimer umgestoßen, den wir immer bereitstellten für die Löschtrupps, im Falle eines Falles. Doch auch heute war unser Haus von den Bombenangriffen verschont geblieben. Ich sah mich um: Alles schien so wie immer. Mit klopfendem Herzen lief ich direkt ins Schlafzimmer. Welch ein Glück: Amelie saß unbeschadet auf dem Stuhl neben meinem Bett. Behutsam legte ich ihr meinen neuen Freund, den Holzkäfer, in den Schoß.

»Sieh mal Amelie, das ist Ernst, der Glückskäfer. Den hat mir heut ein Mann im Keller geschenkt; der hätte Oma bestimmt auch gefallen – der Käfer …«

Ich deckte Ernst behutsam mit dem Rocksaum der Puppe zu. »So, jetzt hat er's schön warm bei dir. Und dass ihr euch ja vertragt!«

Ich drohte mit dem Zeigefinger, wie ich es bei Mutter gesehen hatte. Kurz darauf öffnete sich die Wohnungstür. Ich stürmte in den Flur, um nachzusehen, wer gekommen war. Gott sei Dank: Erleichtert umarmte ich meine atemlose aber unverletzt zurückgekehrte Mutter.

Sie herzte mich, als hätte sie mich drei Wochen nicht gesehen, und genauso kam es ihr auch vor. Sie flüsterte Inge zu, wie es ihr im Bezirk Charlottenburg ergangen war, wie sie sich im fremden Keller noch einen Platz erkämpft und das dumpfe Grollen der Maschinen gehört hatte. Sie schienen direkt über ihrem Kopf gekreist zu haben. Immer lauter, immer mehr.

»Gebetet hab ich, Inge. Gebetet, dass ich mein kleines Mädchen heile wieder sehe. Und dann, dann hat's ganz furchtbar geknallt, so, dass ich dachte: So, nu is zu Ende. Direkt neben uns haben sie zwei Häuser weggebombt, nichts is geblieben. Als wir später hochkamen: nur Staub ...«

Sie schien durch die Wand zu sehen. Ihre Lippen bebten. »Gebrannt hat's überall und immer wieder stürzten plötzlich Wände ein. Eben noch gehste da lang und im nächsten Augenblick – mein Gott, fast hätte es uns erschlagen.« Ihr Mund sah ganz starr aus vor Schreck; ihre Lippen waren schmutzig und aufgesprungen, und ich hatte fast ein bisschen Angst vor ihr.

»Mensch, ihr, ich ... Was hab ich für ein Glück gehabt. Oh Gott, oh Gott.«

Sie hielt sich die Hand vor die Augen. Ihre Schultern begannen zu beben. Inge streichelte ihr behutsam über den Arm.

»Is ja schon gut. Du hast es geschafft. Jetzt biste hier – bei uns.«

Meine Mutter sah nicht auf, murmelte nur: »Ja. Ja, ich bin hier. Und was is mit den andern? Da waren Kinder – nich älter als Lene ...« Sie stockte beim Gehen und beim Reden. »Ich saß mit im Keller, und es dröhnte und krachte. Die Wände wackelten, alle schrien durcheinander. Ich fühlte, wie Putz und Mauerwerk auf uns niederprasselten. Mein ganzer Körper fühlte sich an, wie eine große Wunde. Als ich wieder den Kopf heben konnte, saßen wir, die Reihe an der Wand, noch da und hielten uns die schmerzenden Stellen. Aber auf der gegenüberliegenden Seite …« Sie weinte heftig. »Da war nix. Nichts mehr. Die ganze Kellerhälfte war quasi weg. Alle tot. Keiner war übrig. Die gesamte Seite weggebombt. Nur Blut und Leichen.« Ich schauderte beim Zuhören und versuchte an etwas anderes zu denken. Doch die beschriebenen Bilder drängten sich mir so deutlich auf, als wäre ich dabei gewesen. Inge bemerkte nicht, wie ich blass wurde. Meine Mutter war zusammengesunken. Sie saß auf dem kahlen Flurboden und schluchzte. Sie schüttelte immer wieder fassungslos den Kopf. Als sie sich wieder ein wenig beruhigt hatte und aufstehen konnte, seufzte ich leise. Ich hatte große Angst um sie. Und um mich. Was ging hier nur vor? Wie gut, dass Inge da war. Sie führte meine Mutter in die Küche, setzte sie an den sauberen Küchentisch und zog ihr mit großer Ruhe die Schuhe aus. »So, nun ruhste dich erst mal aus und trinkst einen schönen starken Kaffee.« Sie setzte Wasser auf und fischte aus einer mir gänzlich unbekannten und bis dahin gut versteckten Dose einige wenige echte Kaffeebohnen heraus. Ich staunte. »Für Notfälle«, raunte sie mir ernst zu. »Hier Lene«, sie reichte mir mit wichtiger Miene drei Tassen und drei Löffel. »Du deckst heute den Tisch.« Ich nickte. Vorsichtig trug ich das Geschirr und Besteck zum Tisch und verteilte gewissenhaft die Löffel. Dann kletterte auch ich auf einen Stuhl und sah mit großen Augen Inge beim Kaffeemahlen zu. Mit Kraft schien sie den

Hebel zu drehen, starrte konzentriert auf das braune Pulver. Meine Mutter bewegte sich nicht. Ich bekam allmählich wieder stärkere Angst. Würde sie jetzt immer so bleiben? So komisch? So, als säße da eine andere Frau als meine Mutter? Inges Antennen registrierten die gespannte Situation. Sie redete auf meine Mutter ein, rieb ihr die Finger warm und schaffte es wirklich, dass diese ein wenig zu sich kam. Ich stand kurz vor dem Losheulen, das war zu viel für mich. Inge drückte mich hilflos, sah von mir zu meiner Mutter hinüber. Betont fröhlich schob sie mir den fast leeren Zuckertopf zu und sagte: »Mensch Lene, erzähl doch mal deiner Mama von dem tollen Spielzeug, das du heut geschenkt gekriegt hast.«

Unsicher sah ich sie an.

»Na los, Lene. Deine Mama is schon ganz gespannt. Nich wahr, Anneliese?«

Sie stieß auffordernd meine Mutter an. Mühsam hob diese den Kopf aus der Hand. Inge sah ihr in die Augen. »Dein Kind lebt – und braucht dich.«

»Ja, natürlich«, flüsterte meine Mutter immer noch irgendwie abwesend.

»Na los, nu erzähl mal. Bist doch sonst nich so schüchtern.« Inge knuffte mich neckisch in die Seite, während sie meine Mutter nötigte das heiße schwarze Gebräu zu trinken. Der Kaffee schien ihr gut zu tun. Sie versuchte, über den Rand ihrer angestoßenen Tasse ein gequältes Lächeln zu schicken. Ich blickte meine Mutter lange an und begann dann stockend zu erzählen. Mit jedem Wort schienen die Augen meiner Mutter ein wenig klarer zu werden, und so berichtete ich ihr schließlich ausführlich von meinem Glückskäfer Ernst. Ich rannte ins Schlafzimmer, um ihn ihr zu zeigen, und als sie ihn in der Hand hielt, und ich ihr erklärte, dass ich ihn auf meiner Hand hatte laufen fühlen, war sie fast wieder bei uns angekommen.

In dieser Nacht gab es noch ein weiteres Mal Bombenalarm. Zu dritt suchten wir Schutz im Keller; der alte Mann war nicht gekommen.

Ich sah ihn nicht wieder.

Kapitel 4

Ernst, der Käfer bekam einen Ehrenplatz bei uns auf der Ablage im Flur. Er beäugte jeden, der kam oder ging und war immer dabei, wenn ich das Haus verließ. Doch er und ich waren klein und drohten in den Wirren der Zeit verloren zu gehen. Nach dem gescheiterten Hitler-Attentat am 20. Juli sollte der Krieg noch knapp zehn lange Monate dauern. In diesem Zeitraum fielen beinahe genauso viele deutsche Soldaten wie in allen vorangegangen Kriegsjahren zusammen. War auch Manfred darunter? Inge wurde immer stiller. Die letzten Jahrgänge, die Jüngsten, viele von der Schule direkt an die Front geschickt, wurden regelrecht verheizt. Göring brüllte die Regimenter an: Jeder sei verpflichtet, »einen feigen Hund, der seine Waffe wegwirft und die Flucht ergreift sofort zu erschießen«. Brutalität und Ohnmacht griffen immer stärker um sich. Von all dem bekam ich nicht viel mit, und doch machte sich ein Gefühl der Beklemmung breit, denn ich sah und hörte zu viele Dinge, als dass ich nicht die steigende Gewaltbereitschaft gespürt hätte.

In den letzten bangen Kriegswochen, als es jede Nacht Alarm gab, unsere Nachbarn nicht wussten, wie sie den nächsten Tag überleben sollten, steigerten die schlechten offiziellen und inoffiziellen Nachrichten die Verzweiflung und ließen das, was die furchtbaren Kriegsjahre von den Herzen übrig gelassen hatten, noch härter werden. Der unerträglich gewordene Hunger nagte an jedem. Manche Menschen plünderten rücksichtslos und brutal; Inges kleiner Bruder wurde im August im Streit um ein Huhn getötet. Zwei Männer schlugen um sich, bei dem Versuch das tote Tier ganz für sich zu bekommen. Inges Bruder witterte seine Chance und riss das Huhn in einem besonders chaotischen Moment an sich. Ein Stein traf ihn hart an der Schläfe, sodass er blutüberströmt umfiel und auch nicht wieder aufstand, als man ihm ein paar Steckrüben als Ausgleich anbot. In unserer Straße kam es zu ähnlichen Szenen.

Mit Omas Weggang waren auch ihre Lebensmittelquellen versiegt. Hunderte Flüchtlinge und Ausgebombte zogen mit ihren wenigen Habseligkeiten durch die Stadt. Beinahe täglich wurden es mehr. Spitznasige bleiche Gesichter lugten unter den Lumpen hervor; verkrampfte Hände zogen wacklige Leiter- und Kinderwagen hinter sich her. In unserem Haus war nur eine Familie, die ihre Wohnung im Bombenhagel verloren hatte, einquartiert worden – zu viel war auch bei uns schon beschädigt.

Manchmal spielte ich mit deren Kindern auf den inzwischen hoch aufgetürmten Schutthaufen. Man konnte anhand des Bewuchses der Trümmer abschätzen, wie lange das Haus bereits eine Ruine war – quasi ein botanisches Zeitbarometer. Waren die Steine kahl, frisch gebrochen und ragten rostfreie Eisenträger in den kühlgrauen Himmel, wuchs kaum ein Blatt dazwischen. An anderer Stelle dagegen, dort wo die Steine schon länger den Naturelementen ausgesetzt waren, sprossen Sträucher und sogar kleine Bäume im losen verwitterten Mauerwerk empor. In offene Schlaf- und Wohnzimmer, wie in ein Puppenhaus, konnte man hineinsehen, die Tapeten, Bilder und noch viele alltägliche Gegenstände konnte man ausmachen. Es wuchsen dort nun echte Zimmerpflanzen, nicht im Kübel, sondern direkt aus dem aufgerissenen Boden, genährt von Sonne und Regen unter freiem Himmel.

Wir sprangen über Steinbrocken, überall häufte sich Geröll, selten nur fanden wir Spuren von Aufräumungsarbeiten. Wir betraten ein halb eingestürztes Haus, spitzten die Ohren, denn nicht selten hausten Waisenkinder, zu kleinen aus Verzweiflung gefährlichen Banden zusammengerottet, in den Kellerräumen. Aber es war still, totenstill. Es roch nach Sand und trockenem Dreck. Brandspuren zeichneten die Wände; helle Vierecke verrieten, wo Bilder gehangen hatten. Die Flurdecke war zu großen Teilen eingebrochen.

Im oberen Stockwerk machten wir einen schrecklichen Fund: Ein Haufen Dreck brach zusammen, als wir über ihn hinweg kletterten. Ich stürzte zwei Meter in die Tiefe und schlug dumpf auf einer sackartigen Polsterung auf. Es war ein menschlicher Körper, eine weibliche Leiche in weiß-blauer Schürze war unter den Trümmern begraben gewesen und ich war nach meinem Sturz auf ihr gelandet! Ich schrie und stieß panisch die dunkel verfärbte Hand von meinem Bein.

Gott sei Dank musste ich das Gesicht nicht sehen. Es war unter Zement- und Ziegelbrocken verborgen. Schreckliche Albträume von meiner toten Omama folgten auf dieses Erlebnis. Von da an traf ich mich nicht mehr mit den Ausgebombten-Kindern, irgendwie gab ich ihnen die Schuld für den Vorfall, sie hatten diese Ruine zum Spielen ausgewählt – obwohl mich meine Mutter ermutigte sie wieder zu besuchen. »Wer weiß, vielleicht sind wir morgen schon ebenfalls ohne Wohnung und müssen zu fremden Leuten ziehen. Dann biste auch froh, wenn dich einer mag.« Ich wusste, dass sie Recht hatte, aber sie wusste nicht, dass wir immer gleich rausgeschickt wurden, um im Hof zu spielen, weil es in den anderthalb Zimmern, die die Familie zugeteilt bekommen hatte, einfach zu eng wurde. Und da ich keine Lust verspürte, noch einmal solch einen grässlichen Fund zu machen, mied ich die Familie. Ich hatte meiner Mutter auch nichts von der gruseligen Hand berichtet; womöglich würde sie mich gar nicht mehr auf den Hof lassen. Dieses traumatische Bild wurde bald von einem noch schrecklicheren verdrängt: Herr Hugothal aus der dritten Etage hing eines Tages blau angelaufen in unserem Hausflur und ließ dunkel die Zunge heraushängen. Sein treuer, aber inzwischen erbärmlich abgemagerter Rauhaardackel stellte sich auf den Absatz, sah in die Höhe zu Herrn Hugothals baumelnden Körper hinauf und jaulte herzzerreißend, als man ihn aus der Wohnung heraus gelassen hatte. Unser Nachbar hatte sich um die Mittagsstunde einen Strick genommen und ihn mit einem Seemannsknoten am hölzernen Treppengeländer befestigt. Das andere Ende hatte er sich als Schlinge um den dünnen Hals gelegt und war in die Tiefe gesprungen. Als einzige verwirrende Nachricht hatte er eine Notiz auf dem Fußboden des Flures hinterlassen. Mit Kreide stand dort in wackeligen Buchstaben: »Meine Ehre heißt Treue« geschrieben. Es war der Leitspruch der SS, der bedingungslose Ergebenheit für Führer und Volk verlangte. Da er weder eine Frau noch andere Angehörige hatte, übernahm die Hausgemeinschaft seine Bestattung. Doch es gab kaum noch Särge, so wurde er in einem morschen Besenschrank auf einem Trümmergrundstück beerdigt, ich hatte mir die Stelle genau gemerkt und mied sie wie den Teufel. Seine spärlichen Hinterlassenschaften wurden gerecht zwischen den Mietparteien aufgeteilt. Wir erhielten etwas verbogenes Werkzeug und einige Bilder, auf denen weiße Seerosen und schwimmende Meerjungfrauen gemalt waren, die ich sehr schön fand. Meine Mutter fluchte, sie hatte gehofft, ein paar gute Kleidungsstücke zu ergattern, denn ich brauchte dringend einen Mantel, den sie daraus hätte nähen können. Ich aber war froh, dass wir keine Kleidung bekommen hatten, ich wollte nicht im Mantel vom toten Herrn Hugothal herumlaufen. Sicher hätte ich immer an seine aufgequollene dunkle Zunge denken müssen – so wie ich es jetzt tat, wenn ich das Mädchen aus der Flüchtlingsfamilie in Herrn Hugothals gekürztem Mantel die Stiege heraufkommen sah.

Jeden Morgen wurde von den Bewohnern über die Weltlage diskutiert, meist im Hof beim Müll wegbringen, wobei es wenig fortzuwerfen gab, die Mülltonnen blieben so mager wie wir. In den vergangenen Monaten wurde nur noch müde gemurmelt, geflucht und manchmal leise gebetet. Nur wenige glaubten noch an einen Sieg. Herr Heise von gegenüber predigte zwar als linientreues Parteimitglied ununterbrochen den großen »Endsieg« und nötigte nach wie vor jeden, der die Treppe erklomm, zur korrekten Ausführung des Hitlergrußes, doch immer weniger Menschen kümmerten sich um seine mit zunehmend heiserer Stimme gebellten Befehle. Da sein einst nicht unerheblicher Einfluss bei den Erwachsenen – sie fürchteten ihn – spürbar nachließ, verlagerte er seine Bemühungen nun auf die

Jugend, der seiner Meinung nach ohnehin die Zukunft des »Großdeutschen Reiches« gehörte. Oft erschrak ich fast zu Tode, wenn hinter mir plötzlich die harte Stimme Herrn Heises erklang: »Heil Hitler!« Mir war, als könnte ich den kalten Luftzug spüren, jedes Mal, wenn Herr Heise seinen rechten Arm mit seinen makellos sauberen Fingernägeln hochriss. Manchmal rannte ich einfach davon. »Deutsche Jugend: zäh wie Leder, hart wie Krupp-Stahl und flink wie Windhunde! Der Führer zählt auf dich«, rief er mir dann hinterher. Doch das konnte ich mir nicht vorstellen. Ich hatte diesen kleinen schnauzbärtigen Mann aus dem Radio erst einmal von Weitem gesehen, er kannte mich nicht; wie sollte er da auf mich zählen – ich war nur ein kleines Mädchen. Unwillkürlich musste ich an Manfred denken. Ob er Hitler kannte? Ob er wusste, was Herr Heise meinte? Doch ich hatte nie den Mut, Herrn Heise mit meinen Zweifeln und Fragen zu konfrontieren. Ich wollte nur weg – fliehen vor diesem humpelnden Mann mit der lauten Stimme und dem schlechten Atem. Doch meist gab es kein Entkommen. Auch mein kurzer Wink und mein gemurmelter Gruß genügten ihm nicht. »Mensch Mädel, nimm Haltung an, steh gerade«, fuhr er mich dann mit rotem Gesicht an. Er drückte mir die Schultern nach hinten und hob meinen rechten Arm, sodass dieser jetzt gestreckt die Treppe hinauf deutete, als wolle ich jemandem den Weg zeigen. Ich hatte große Lust zu weinen. »Heil Hitler!«, blökte Herr Heise vor mir.

»Heil Hitler«, flüsterte ich und hoffte, Herr Heise würde noch heute ganz weit von hier fortziehen.

Herr Heise fixierte mich streng, er ließ nicht locker. »Lauter!«, forderte er energisch.

Ich blieb stumm und betrachtete ängstlich und trotzig den frisch gewachsten Linoleumboden unter meinen Füßen, während die alte Frau Johansen aus der zweiten Etage wortlos an uns vorbeiging. Warum? Warum sagte sie nichts?, dachte ich verzweifelt. Warum befreit sie mich nicht von den Schikanen dieses Mannes? Doch die Erwachsenen hatten andere Sorgen. Die Lebensmittelbezugsscheine waren kaum noch das Papier wert, auf dem sie gedruckt waren, und jede Nacht rissen uns die Bomber ankündigenden Sirenen mehrmals aus dem unruhigen Schlaf.

»Überleben« hieß die Parole der Stunde – so lange wie möglich und notfalls auf Kosten der anderen. Die einst penibel gepflegten Vorgärten waren kahl und hügelig – aufgrund eiliger Begräbnisse. Der Tod war eingekehrt in beinah jedes Haus, er gehörte dazu – immer wieder trafen Bomben die Menschen in den Lebensmittel-Warteschlangen, wurden Häuser und Läden zerstört. Doch die Toten, die ich im Vorbeigehen flüchtig sah, hatten die Haare nicht wohlgeordnet und ihre besten Kleider an, wie ich Oma im Krankenhaus in Erinnerung hatte. Diese hier lagen schlaff, oft verstümmelt einfach auf der Straße, blutüberströmt, verkohlt, verrenkt; meine Mutter drehte mir den Kopf weg, doch ich hatte schon zuviel gesehen, um nicht vom Grauen der Realität auch in meinen Träumen verfolgt zu werden. Jeden Abend beteten meine Mutter und ich vor unseren Betten zu Gott und baten ihn und Großmutter um Schutz in diesen schwierigen Zeiten.

Und immer wieder Fliegeralarm, manchmal vergaß ich sogar, wie oft wir in einer Nacht in den Keller rannten. Die Kellerräume mit ihren Phosphorzeichen zur

Orientierung im Dunkeln wurden zu unserer zweiten Heimat, wobei kaum mehr jemand dieses Wort in den Mund nehmen wollte. Was war davon geblieben? Meine Knie und Schläfen waren immer aufs Neue vom Blut verkrustet, weil ich so oft in der Eile, die die Gefahr verkündenden Sirenen hervorrief, die kantigen Stufen zum Luftschutzkeller hinunterfiel. Schlaftrunken und mit meinem Köfferchen, das meine wenigen Habseligkeiten, inklusive meiner Puppe und dem hölzernen Käfer beherbergte, stolperte und rutschte ich so manches Mal unglücklich die Treppen hinunter, ohne dass Inge oder meine Mutter es verhindern konnten. Wir sahen viele Male über rauchenden Trümmern im Osten die Sonne aufgehen. Manchmal staunte meine Mutter, dass sie nach diesen Nächten voller real gewordener Albträume überhaupt wieder aufging. Ich stand neben ihr und hielt mich an ihrer Hand fest, während ich allmählich bezweifelte, dass meine Großmutter uns auch durch den dicken, schwarzem Rauch hindurch vom Himmel aus ausreichend sehen und beschützen könnte. Die Erwachsenen warteten ängstlich und hoffnungsvoll zugleich auf den Tag, da der Krieg endlich ein Ende finden würde; manchmal flüsterten Inge und meine Mutter im Wohnzimmer; sie sehnten sich nach Frieden. Ich wusste noch nicht, was das Wort Frieden bedeutete, ich kannte nur den Krieg, ahnte aber, dass es etwas mit ruhigen Nächten und unvorstellbar viel Essen zu tun haben musste …

Kapitel 5

Meine Schutzengel-Großmutter schien eines Tages einen Augenblick abwesend zu sein, vielleicht »organisierte« sie gerade etwas oder las jemandem gehörig die Leviten da oben, wie sie es auch hier unten gern getan hatte: Am liebsten hatte sie jedem ihre Meinung gesagt, laut und deutlich, was nicht immer ungefährlich gewesen war, vor allem in Herrn Heises Gegenwart. Aber sie war gestorben, bevor er ihr ernsthaft etwas anhängen konnte. Jedenfalls schenkte sie mir nicht die nötige Aufmerksamkeit. Vielleicht lag es aber auch daran, dass Ernst, mein Glückskäfer verschwunden war. Im März 1945 jedenfalls wäre ich ihr beinahe gefolgt.

Vor wenigen Tagen hatte ich mit meiner Freundin Frieda und anderen Nachbarskindern im Schacht des Stettiner Bahnhofs gespielt. In dem Wasser, das dort aus dem Dunkel kam, waren wir gewatet, wir steckten die schmutzigen Finger in den Mund. Daraufhin wurden wir alle krank. Natürlich wussten wir nicht, dass in diesem Fluss schon einige Stationen weiter, am Bahnhof Friedrichstraße, Leichen, allesamt Kriegsopfer, schwammen. Ich bekam hohes Fieber und es schien unaufhörlich weiter zu steigen. Ich dämmerte vor mich hin, wimmernd vor Schmerzen, die die Dutzenden von pestbeulenartigen Ekzeme auf meinem Körper verursachten. Sie waren rund, gelb und wuchsen innerhalb von Stunden, bis der unerträgliche Druck sie endlich aufplatzen ließ und eine stinkende schmierige Flüssigkeit herausrann. Es bildeten sich stetig neue Geschwüre.

Meine Mutter war hysterisch vor Sorge. Sie hatte nichts mehr, weder Geld oder Beziehungen, noch Verwandte, um mir ordentlich helfen zu lassen. Und Ärzte waren in dieser Zeit für unsereins besonders rar. Auch Inge war ratlos. Als sie die zweite Nacht kaum geschlafen hatte, machte sich meine Mutter mit mir, meine Stirn glühte, am frühen Morgen auf zum anderen Ende der Stadt. Dort, hatte sie gehört, behandle ein Arzt Kinder, alle Kinder, auch arme ... Auf dem weiten Weg zu Fuß dorthin wurde mein schwerer Kopf in einem klapprigen Kinderwagen hin- und hergeschaukelt; ich fröstelte, während ich gleichzeitig meine abgetragene Kleidung durchschwitzte. Vor meinen Augen bildeten sich unaufhörlich geometrische Formen, wuchsen Kugeln zu Bällen, die mich zu überrollen drohten, teilten sich dunkle und helle Flächen bis in die Unendlichkeit. Ich vernahm drohend und ohrenbetäubend laut das Rauschen der Bäume, wähnte mich wieder im Bett, im nächsten Moment auf einem Boot, das mich über Bord warf. Füße und Hände verkrampften sich, um gleich darauf kraftlos herunterzubaumeln. Die schwarzen Ringe unter den Augen meiner Mutter mischten sich mit hektischen rosa Flecken. Ohne zu wissen, welche Straßen bereits unter Beschuss standen, nahmen wir den kürzesten Weg über holpriges Kopfsteinpflaster. Meine Mutter schob keuchend den Wagen über die Wannseebrücke und bog schließlich in das Viertel mit den einst so majestätischen Häusern und gepflegten Vorgärten ein. Sie wurde unsicher in dieser Gegend; die Arbeiterviertel, die dunklen Hinterhöfe der Berliner Mietshäuser, das Spree-Ufer und auch den Bahnhof Zoo – ja, das kannten wir alles, das war uns bis in den kleinsten Stein vertraut. Aber hier bei den vornehmen Herrschaften ... Meine Mutter hatte bis dahin nur sehr wenige und wenig gute Erfahrungen mit diesen Menschen gemacht. Die Wohnhäuser wurden größer und größer, bis wir in einer Straße ankamen, in der imposante Villen zu beiden Seiten die gespenstisch ruhige Straße säumten. Später erzählten sich dann die Berliner, wie wenig Wannsee vom Flächenbombardement abbekommen hatte und, dass die Wannseer – darunter viele deutsche UFA-Größen – zuerst das Kriegsende gar nicht wahrgenommen und sich schließlich gewundert hatten, was da draußen für komische Soldaten in unbekannten Uniformen umherliefen.

Eine rotwangige Empfangsdame führte uns in den Warteraum mit wundervollen Stuckarbeiten. Ich lag auf dem Schoß meiner Mutter und starrte auf die langen Reihen von cremefarbenen Blumen- und Meanderornamenten an der Decke, die immer wieder vor meinen Augen verschwammen. Meine Mutter wartete vier Stunden mit mir, ignorierte unsere knurrenden Mägen und versuchte, zwischen all den weinenden Kindern nicht den Verstand zu verlieren. Sie war so erschöpft, dass sie minütlich zu schrumpfen schien. Endlich winkte uns eine kleine, emsig umherlaufende Schwester in einem fleckigen Kittel heran. Wir folgten ihr durch eine breite Flügeltür in den karg eingerichteten Behandlungsraum. Der Arzt begrüßte meine Mutter mit einem knappen »Guten Tag«, und auch sie verzichtete auf den obligatorischen Hitlergruß. Sie legte mich vorsichtig auf die Holzpritsche, die als Untersuchungstisch diente und bemühte sich, konzentriert auf die Fragen des Doktors zu antworten.

»Wie alt ist das Kind? Wann sind die ersten Symptome aufgetreten? Haben Sie es mit Wadenwickeln probiert? Wie lange hat es schon Fieber?«

Als er mich schnell und mit geübten Handgriffen untersucht hatte, sah er meine Mutter besorgt an. »Es ist sehr ernst. Wenn ihre Tochter nicht schnellstens behandelt wird, stirbt sie vielleicht.« Meine Mutter strich um Fassung bemüht ihre gute Bluse glatt, begann aber heftig zu weinen.

»Was kann ich denn bloß machen, Herr Doktor, ich tue alles, was nötig is.«

Er kratzte sich an der Schläfe. »Wir brauchen Butter, mindestens drei Pfund reine Butter.«

Sie riss die Augen auf. »Echte Butter? Mein Gott, wo soll ich die denn jetzt hernehmen?«

Sie schluchzte heftig, während sie an die spärlichen Lebensmittelkarten dachte, die fast nutzlos geworden waren, die Menschen kämpften bereits vor den Geschäften um ein paar Gramm Fett. Der Arzt, ein faltiger dünner Mann mit strengen dunklen Schläfen, sah mir ins Gesicht. Dann schickte er uns hinaus. »Warten Sie draußen, gehen Sie ja nicht weg, bis Sie wieder aufgerufen werden.« Damit drehte er sich um und rief eilig die nächste Patientin herein, eine große Frau mit einem blassen Jungen an der Hand. Weitere zwei Stunden bangte meine Mutter um mich, ging im Kopf alle möglichen und unmöglichen Pläne durch. Sie gab mir zu trinken und tröstete mich. Bald aber saß sie nur still da und streichelte mir über den Rücken. Nach einer Ewigkeit erschien abermals der Doktor. Er schloss die Tür zum Wartezimmer. Aus einem Leinenbeutel wickelte er drei gelblich-weiße Butterstücke, deren Anblick meiner erschöpften Mutter einen kleinen ungläubigen Aufschrei entlockten. »Stellen Sie sie hier vor mir auf den Tisch«, befahl der Arzt ruhig. Er zog mich aus und begann meinen geschwollenen Körper mit der weichen Butter einzureiben. Ich spürte die wohltuende Kühle auf meiner brennenden Haut, während ich von den rauen Händen meiner Mutter gestützt wurde.

Sie hatte Tränen in den Augen, biss sich auf die Lippen. »Bitte sagen Sie mir die Wahrheit. Sie wird doch durchkommen?«

Der Arzt sah in die flehenden Augen meiner Mutter. »Wir können nur hoffen. Und beten ...«, fügte er leise hinzu.

Er wusch sich müde die fettigen Hände und wandte sich dann meiner Mutter zu. »Halten Sie sie warm, geben Sie ihr jeden Tag mindestens zwei Liter Wasser zu trinken und reiben Sie sie morgen und übermorgen noch zweimal mit der Butter ein. Auf Wiedersehen und viel Glück«, sagte er ernst und gab ihr den Leinenbeutel. Meine Mutter hob kurz den Blick von der kostbaren Medizin.

»Danke Herr Doktor, danke!« Dann verbarg sie den Beutel tief in den Falten ihres Rockes. Auf dem Rückweg hastete sie die Straßen entlang; sie würde nicht langsamer gehen, bis sie das schwere kostbare Bündel sicher in unserer Stube wusste. Ich war vor Erschöpfung längst eingeschlafen.

Kapitel 6

»Brennholz für Kartoffelschalen«, tönte es beinahe täglich in unserem Kiez, doch auf den hinteren Höfen in Berlin gab es schon lange nichts mehr zum Tauschen. Niemand konnte den Bauern noch Futter für das Vieh geben, die Bewohner – fast alle mittellose Frauen und Kinder – hatten sämtliche Kartoffelschalen einfach mitgegessen. »Die Schale is eh das Beste«, pflegte Inge mit Kartoffelstückchen im Mund zu sagen. »Da stecken nämlich all die Vitamine drin.«

Sie nahm die letzte schrumpelige Kartoffel aus dem Topf und legte sie mir auf den Teller. »So Lene, nun iss mal brav deine Vitamine auf.« Das ließ ich mir nicht zweimal sagen. Ich piekste die gekochte Knolle auf die Gabel und wischte gewissenhaft die wenigen Fettreste vom Porzellanteller. Nach unserem kargen Mittagessen setzten sich Inge und meine Mutter auf die Couch, während ich auf dem Boden aus einem fleckigen Geschirrtuch ein Kleid für Amelie knotete. Doch es schien nicht richtig gelingen zu wollen, irgendetwas fehlte noch.

»Mama, Amelie braucht 'n Gürtel.«

Meine Mutter nahm die Puppe in die Hand, kaute kurz nachdenklich auf ihrer rissigen Unterlippe herum und schlug dann vor: »In der Schublade im Flur muss ein bisschen Strippe liegen. Nimm die doch, wenn du willst.«

Eilig lief ich hinaus in den Flur, Amelie zog ich an ihren Haaren hinter mir her. Ich öffnete die wacklige Schublade und stellte mich auf die Zehenspitzen, um besser hineinschauen zu können. Vorsichtig schob ich verrostete Schrauben, einen Schlüssel – es war ein typischer »Berliner Schlüssel« mit einem Bart an beiden Enden – und einige Lappen zur Seite, doch ich konnte keinen Fitzel Schnur entdecken. Entschlossen steckte ich meine Hand tiefer in das Fach. Ich fühlte eine Blechdose und förderte eine Spielkarte, die Pik Sieben, ans Licht. Ich betrachtete sie aufmerksam, dann steckte ich sie mir in die Tasche. Geduldig kramte ich weiter. Inzwischen war mein ganzer Arm im Schrank verschwunden. Und endlich ertasteten meine Finger ein raues Band. Behutsam zog ich es heraus; ein paar Sicherheitsnadeln hatten sich in ihm verfangen. In diesem Moment rief meine Mutter: »Lenchen? Haste gefunden?«

»Ja, jetzt hab ich es«, antwortete ich und hüpfte, meine Beute triumphierend in der Hand schwenkend, ins Zimmer zurück. Ich kniete mich wieder hin und band mit verträumter Miene meiner Puppe das braune Stück Schnur um den Bauch. So, jetzt war es ein richtiges geblümtes Kleid mit Taille. Zufrieden betrachtete ich mein Werk. Stolz drehte ich Amelie vor und zurück, straffte hier noch etwas und zog dort noch ein Stückchen Stoff zurecht, während ich mit einem Ohr, zunächst nicht sonderlich interessiert, dem Gespräch der Erwachsenen lauschte. Doch dann fiel Manfreds Name. Mein erträumter Ersatzpapi. Wie es ihm wohl ging? Ich strengte mich an, konnte mich aber nur noch an die große Hand mit der Grießschüssel und den stoppeligen Kopf erinnern. Wie er sonst ausgesehen hatte, wollte mir einfach nicht mehr recht einfallen.

»Haste was von Manfred gehört?«, fragte meine Mutter Inge unvermittelt. Inges Finger verkrampften sich.

»Nein, er hat jetzt schon über zwei Monate nich mehr geschrieben.«

»Na, kein Wunder bei den Postwegen; is ganz schön was los an der Front«, erwiderte meine Mutter mit einem unsicheren Seitenblick auf Inge. Sie klopfte ihr unbeholfen auf die Schulter. »Mach dir mal keine Sorgen, der wird schon wieder auftauchen, Unkraut vergeht nich.«

»Ja, du hast bestimmt Recht«, sagte Inge tonlos und starrte auf den gegenüberstehenden Schrank, als könnte sie dort eine Antwort finden.

Und plötzlich fielen mir seine schönen ebenmäßigen weißen Zähne wieder ein. »Man hört so viel ... da im Osten, da is ja ordentlich was los ...«

»Du, Manfred is eine starke Natur und außerdem ein Glückskind. Haste nich selbst gesagt, er wurde an einem Sonntag geboren? Na siehste, eh du dich versiehst, steht er vor deiner Tür.« Meine Mutter glaubte selbst nicht an das, was sie sagte. Zu viele Schreckensmeldungen gab es im Bekanntenkreis über gefallene oder in Gefangenschaft geratene Soldaten. Ihr Versuch Inge zu trösten, machte die Situation nur noch schlimmer. Und als sie ihre Freundin am Arm fasste und angestrengt hinzufügte: »Nee echt. Der kommt bald wieder, da glaub ich fest dran«, begann Inge laut zu schluchzen. Dicke Tränen rannen über ihre schmalen Wangen.

»Oh Liese, ich hab solche Angst. Ich träume jede Nacht, er würde von einer Granate erwischt.« Sie verbarg ihr nasses Gesicht im Schoß meiner Mutter. »Ich kann nich ohne ihn leben, ich liebe ihn doch so sehr!« Ihr Weinen klang dumpf und klagend. Meine Mutter schluckte schwer, während sie Inge langsam über den

Kopf streichelte und beruhigende Worte zu finden versuchte.

»Es wird alles gut, er kommt gesund zurück und dann werdet ihr heiraten. Du wirst sehen ... Ich bin dann Trauzeuge und Lene is dann das Blumenmädchen.«

Ich schaute überrascht auf. »Was is ein Blumenmädchen?«, fragte ich ein wenig misstrauisch. Meine Mutter lächelte mir traurig zu. »Du wirst bei Inges Hochzeit ein wunderschönes Kleid aus Seide anziehen und bunte Blumen in die Luft werfen«, erklärte sie.

»Au ja«, jubelte ich, verstummte aber schnell, als ich bemerkte, dass Inge noch immer bebend in die Schürze meiner Mutter weinte. Ich überlegte, ob ich die Blumen mit Stiel oder ohne werfen musste und hoffte, dass es keine Rosen, die Blumen der Liebe waren – wegen der Dornen natürlich. Dabei begann ich, umständlich die beiden langen Zöpfe meiner Puppe neu zu flechten; das hatte ich gerade letzte Woche von Inge gelernt. Ich war beruhigt, sie würde mir sicher auch sagen, wohin ich die Blumen werfen und wen ich treffen musste.

Wir verließen selten unseren Kiez in diesen Tagen, es war zu unsicher. Auf den großen ehemals prächtigen Straßen Berlins hasteten die Passanten an bettelnden Menschen und verwirrt dreinblickenden Kriegsveteranen vorbei; immer bereit schnell Deckung zu suchen, falls die Sirenen Alarm geben würden. Das Elend saß hinter jeder Ecke, in jeder Einfahrt, auf jeder Treppenstufe. Und doch gab es kleine Wunder: Ein paar Rüben für das greise Ehepaar im Vorderhaus, eine helfende Hand für die junge Mutter mit den zwei mageren

Kindern, ein warmes Wort und ein paar Löffel Suppe für den graugesichtigen Deserteur, den nur das Mitleid und das Kellernischenversteck von Inges Tante vor dem Strick retteten. Und einen Arzt, der inmitten des Kriegsgeschehens die schwere Krankheit eines kleinen Mädchens namens Helene mit kostbarer gelber Butter heilte, während andere Kinder an Unterernährung starben. Aber, war das gerecht? War das Schicksal? Als auch die letzte Stelle an meinem Körper verheilt war, dankte ich meiner Großmutter sehr für ihr Zutun und bat sie gleichzeitig, in Zukunft noch etwas aufmerksamer zu sein. Damit tat ich das, was sie mich stets gelehrt hatte: »Frag meine Kleene, du musst immer höflich bitten. Wer nich fragt, bekommt ooch nichts.« Also betete ich fleißig jeden Abend um Schutz und Zuckerrüben. Doch Ernst, mein Käfer, blieb zu meinem großen Bedauern verschwunden und Zuckerrüben gab es auch ganz selten …

Meine Mutter litt am meisten unter der Ungewissheit. Wie lange würde dieser Krieg noch dauern? Wie würde es weitergehen, was würde als Nächstes kommen? War noch mehr zu ertragen?! Seit Stalingrad schien doch eh längst alles verloren. Es wurde zunehmend gemunkelt. Auf der einen Seite wurde noch immer von »Vaterlandshelden«, auf der anderen von »Kriegsverlängerern« getuschelt. Meine Mutter dachte oft an Oma und versuchte nicht zu verzweifeln. »Wir haben bis jetzt überlebt. Jetzt schaffen wir das auch noch«, machte sie sich selbst Mut. Sie zwang sich immer wieder an den nächsten Tag zu denken. Sie organisierte das Lebensnotwendige und sparte, wo es ging. Es wurde nichts, aber auch gar nichts weggeworfen. Ich hatte also viel spannendes Spielzeug zur Verfügung, besonders wenn ich allein zu Haus war: Die alte Zinkbadewanne stülpte ich um und erklärte diese, während ich ein Abflussrohr durch das große Loch im Boden der Wanne schob, kurzerhand zum U-Boot. Einer der muffig riechenden Stoffreste aus der Ecke musste als Fahne herhalten ... Der stumme einbeinige Wecker diente mir als Kompass und der Teekessel war mein Signalhorn. War Land in Sicht, setzte ich meinen Helm, den verbeulten Suppentopf, auf den Kopf und klemmte mein Gewehr, den Kochlöffel, unter den Arm. Dann stellte ich mich gerade hin und guckte verkniffen – so wie ich es bei den Soldaten auf der Parade gesehen hatte – und begann die Gegend zu erkunden. Ich stellte mir vor neben Manfred in fremde Länder zu marschieren, den Führer verbannte ich aus meinem Spiel. Der guckte immer so grimmig, sagten die Leute hinter vorgehaltener Hand. Ich kletterte über meterhohe Küchentische und überquerte reißende Spülsteine; ich erklomm riesige Bettengebirge und richtete schließlich mein Lager in der gefährlichen Sofatischhöhle ein. Ich bekämpfte die Feinde – ohne zu wissen welche; ich allein wollte sie besiegen, damit Manfred wiederkam und ich endlich den verheißungsvollen, mir unbekannten Zustand des Friedens erleben konnte. Und damit Inge wieder fröhlich war.

Manchmal knotete ich mir die Wäscheleine um den Hals, verdrehte die Augen und ließ die Zunge heraushängen – wie der Herr Hugothal oder der aufgeknüpfte Deserteur, der als abschreckendes Beispiel mit einem Schild um den Hals: »Ich bin ein Verräter« eine Zeit lang am Bahnhof Schöneberg gebaumelt hatte, bevor man ihn, von einem Schwarm Schmeißfliegen eskortiert, endlich hinuntergenommen hatte. Als ich meine Mutter gefragt hatte, was ein Deserteur sei, hatte sie nur müde abgewinkt. Frau Müller hatte mir erklärt, dass das jemand sei, der vor seiner Pflicht davonlaufe. Als Mama nach einer besonders anstrengenden Nacht, in der sie kein Auge zugetan hatte, nicht zur Arbeit gehen wollte, sagte ich, sie sei ein Deserteur; nur so, um das neue Wort auszuprobieren. Entgeistert sah sie mich an, und ich erschrak vor der Heftigkeit ihrer Reaktion. Sie schnappte nach Luft, riss den Mund auf, klappte ihn wieder zu und fing plötzlich heftig zu weinen an. »Dass du armes Ding das alles mitkriegen musst … Es is so schrecklich. Was sollst du lernen, was denken? Hat das denn nie ein Ende?!« Sie trampelte mit den Füßen auf den Boden, und ihr nasses Gesicht war von Wut und Trauer verzerrt. »Ich wünschte so sehr, ich könnte dir ein besseres Leben bieten, du wärst in einer anderen Zeit geboren.« Ich hatte sie nicht verstanden, aber das böse Wort mit »D« habe ich nicht mehr benutzt.

Wenn ich keine Lust mehr auf erdnahe Abenteuer hatte, wechselte ich einfach den Schauplatz: Ehemalige Besenstiele, die nun als Kleider- und Gardinenstangen ihr Dasein fristeten, wurden von mir ihrem ursprünglichen Zweck wieder zugeführt. Ich kletterte auf den Wohnzimmerschrank und ritt auf meinem Zauberbesen durch die Luft wie die Hexe auf dem Blocksberg. Dabei wich ich geschickt den Kriegsflugzeugen aus, die über unserer Stadt kreisten und trällerte lautstark das Lied von der kleinen Hexe – immer wieder wie eine Schallplatte. Erst wenn die Nachbarn an die Decke klopften, kehrte ich gedanklich zurück in die spärlich eingerichtete Wohnung. Dann setzte ich mich auf das Sofa und kuschelte mit meinem uralten, augenlosen Steiff-Teddy oder ging mit schlechtem Gewissen auf die Suche nach Mamas geheimen Vorräten an Zucker und Winteräpfeln. Meistens fand ich nichts als Staubmäuse. Ich hatte einmal eine probiert; das würde ich nicht wieder tun. Sie hatte alt und haarig geschmeckt.

Als es langsam dunkel wurde, stellte ich mich ans Fenster und versuchte über den Hof in die gegenüberliegenden Wohnungen zu schauen. Ich liebte es am Leben der anderen Menschen teilzuhaben, besonders wenn ich allein war. Im linken erleuchteten Quadrat sah ich einen bärtigen Mann, der aufgeregt auf eine langhaarige Frau einredete. Nervös lief er in der Stube hin und her, während die Frau immer wieder verzweifelt die Hände hob. Langweilig, das kannte ich schon, das taten sie jeden Abend. Im Fenster daneben aber begegneten mir zwei durchdringend grüne Augen. Sie starrten lauernd zu mir hinüber, dann wandten sie sich ab, und der getigerte Kater sprang grazil vom Fensterbrett hinunter. Im Fenster links konnte ich Herrn Heise erkennen. Er hatte fast keine Haare mehr und trug am liebsten eine elegante Weste über seinen abgetragenen Hemden. Er bestand noch immer darauf, von jedem Mieter einen vollendeten Hitlergruß zu empfangen. Immer wenn ich ihn jetzt kommen sah, versteckte ich mich unter dem Treppenaufgang, weil ich keine Lust hatte schon wieder strammzustehen. Herr Heise stand nun mit dem Rücken zu mir und schien etwas in der Hand zu halten. Sein rechter Arm bewegte sich schnell hinauf und hinunter; er selbst schaute dabei aufmerksam über seine Brille. Als er sich umdrehte, sah ich plötzlich ein Messer in seiner Hand aufblitzen. Ich hielt den Atem an.

Fasziniert beobachtete ich, wie er mit einem Tuch das riesige Messer polierte. Sein hingebungsvoller Blick wich einem jähen Schrecken, als er mich schließlich wenige Meter entfernt am Fenster entdeckte. Rasch zog er die Gardinen zu.

Kurz darauf wurde in seinem Zimmer das Licht gelöscht und ich hörte schnelle Schritte den sandigen Hof überqueren. Im Halbdunkel stieg Herr Heise über den Zaun hinter der Teppichklopfstange. Etwas beulte vorn seine Jacke aus. Ich zögerte; wenn ich ihm in die Arme lief, würde er mich wieder quälen, und wenn er es Mama erzählen würde, bekäme ich sicher die Prügel meines kurzen Lebens, andererseits wollte ich unbedingt wissen, was er da so hastig unter seiner Jacke versteckt hatte. Ohne weiter zu überlegen, flitzte ich hinterher. Herr Heise lief leise weiter, bis er sich unweit des mit Unkraut überwucherten Gemeinschaftsgartens in eine Ecke hockte. Die oberen Wohnungen im angrenzenden Haus standen leer, da das Dach fast gänzlich fehlte, der Wind pfiff gespenstisch durch die Fensterhöhlen, und ich bedauerte sehr, mich von meiner Neugier herausgelockt haben zu lassen. Sicher würde sich der böse Herr Heise gleich umdrehen, diabolisch lachen und mich zwingen, strammzustehen. Oder Schlimmeres. Und keiner würde kommen mir zu helfen. Ein geschäftiges Rascheln und Kratzen ließ mich meine Gedanken jedoch schlagartig vergessen. Herr Heises Beinahe-Glatze glänzte im Abendlicht; er schaute sich erneut um, dann griff er tief unter seine Jacke und holte ein weißes längliches Ding hervor. Mir stockte der Atem. Was tat er da? Behutsam, beinahe zärtlich schlug er das Tuch zurück und ich erkannte das gefährlich schimmernde

Messer wieder. Zitternd vor Angst und Kälte starrte ich hinter der Hauswand hervor. Was würde er tun? Hatte er mich vielleicht doch entdeckt? Doch Herr Heise wickelte das Messer und weitere silberne Besteckteile wieder fest ein und vergrub sie flink unter dem Dornengestrüpp neben sich. Dann erhob er sich langsam. Ich drehte mich blitzschnell um und rannte, so schnell ich konnte, zurück in die Wohnung.

Meine Mutter kehrte wenig später abgekämpft und mit einem halben Pfund Grießmehl zurück. »Nich viel, aber besser als nix«, kommentierte sie die magere Ausbeute und verstaute sie im deprimierend leeren Küchenschrank. »Oma hat das immer besser hingekriegt, nich wahr?«

»Ja«, sagte ich und hüpfte ungeduldig von einem Fuß auf den anderen.

Sie musterte mich argwöhnisch. »Was is?«

»Gar nichts.«

»Na komm her, was haste angestellt?«

»Wirklich nichts!«, versicherte ich mit großer Unschuldsmiene.

Sie legte den Kopf zur Seite und bohrte weiter: »Nee? Ganz sicher?«

»Ja«, sagte ich fest. »Aber rate mal, was ich gesehen hab.«

Erschöpft ließ sich meine Mutter in den alten Sessel fallen. »Na los, spuck's aus, ich bin zum Umfallen müde.«

»Na gut …«

Ich kletterte umständlich auf ihren Schoß und berichtete aufgeregt von Herrn Heises Silberschatz. Als ich geendet hatte, musste ich schwören, nicht zu flunkern und ihr am nächsten Tag den genauen Platz vom letzten Abend zu zeigen – nur zur Sicherheit natürlich, erklärte sie mir, falls Herr Heise überstürzt würde abreisen müssen. Man wusste ja nie …

Kapitel 7

Kurz vor Kriegsbeginn geboren, hatte ich bereits in frühster Kindheit gelernt schnell auszumachen, was völlig ungenießbar und was unter Umständen irgendwie zu essen war. Ich befand mich quasi in einer daueroralen Phase. Farnkraut, Eicheln und sogar ein Regenwurm wurden von meinen Geschmacksnerven getestet. Man wusste ja nie, schließlich hatte mir ein schmutziger Zeitungsverkäufer kürzlich erzählt, dass die Wilden in Afrika Heuschrecken äßen. Allerdings konnte ich mir das doch nicht vorstellen. Beim Gedanken, die langen dünnen Beine zwischen den Milchzähnen knacken zu lassen, schüttelte es mich unwillkürlich – obgleich mein Bauch chronisch leer war. Der Alte wollte mich erschrecken und genau das hatte er auch geschafft. Ich sah die Tiere und Pflanzen in meiner Umgebung nichtsdestotrotz in einem gänzlich neuen Licht. Und so war ich auch nicht überrascht, als ich einen kleinen Jungen auf der Straße auf ein vorbeireitendes Pferd zeigen sah und ihn, statt der erwarteten »Süß«-Rufe ausstoßen, fragen hörte, ob man das Pferd essen könne. Fand ich zusammen mit den Kindern aus der Nachbarschaft zwischen Staub und Unrat auf weitläufigen Schutthalden eine neue Pflanze, wurde umgehend ein »Freiwilliger« abgestellt sie zu kosten. Kam er am nächsten Tag wieder zum Spielen in den Ruinen heraus, kehrten wir an die Stelle zurück, pflückten die Pflanzen und machten Wildsalat daraus. Falls der Tester nicht wiederkam, war die Pflanze wohl ungenießbar, und wir suchten weiter. Wir waren nicht wählerisch. Meine Mutter hatte eine Heidenangst, dass wir verschüttet oder unter Beschuss geraten könnten und verbot mir immer wieder dort zu spielen. Sie fürchtete die Einsturz- und Vergiftungsgefahr bei unseren Abenteuern. Doch die meiste Zeit musste sie beim Arbeitsdienst verbringen und konnte mich nicht maßregeln. Ich büchste der ältlichen, schwerhörigen Frau Schmidt, die auf mich aufpassen sollte, oft aus. Wenn ich ihr nur genug Butterblumen und Löwenzahn mitbrachte und hoch und heilig versicherte, nicht wieder »auszurücken«, erzählte sie meiner Mutter nichts von meinen kleinen Ausflügen in die Umgebung. Von da an bekam Frau Schmidt immer die dicksten Blüten und die saftigsten Blätter. Eines Nachmittages jedoch empfing sie mich mit kalkweißem Gesicht und bugsierte mich sofort in die Küche statt in die Stube. Bevor ich etwas sagen konnte, bog sie unbarmherzig meinen Kopf in den Nacken und befeuchtete ein sauberes Taschentuch. Vorsichtig rieb sie mir sowohl das bereits getrocknete und als auch das nachsickernde frische Blut von der Unterlippe. Abwechselnd fluchte und tupfte sie. »Vermaledeite Sache. Treiben sich da rum. Sieh sich dit eener an! Dit arme Mädel. Warum machste ooch … Eene Schande is dit! Verfluchte Kerle …« Ich bemerkte erst jetzt wieder, wie weh mir die Schnittwunde am Mund tat; ich hatte sie auf dem Heimweg völlig vergessen. Mit Frieda hatte ich in einer Bomben-Ruine einen Schatz gefunden. Und wir hatten ihn gleich geteilt. Im Keller des Hauses hatte, von den Bewohnern vergessen und unter ein paar schimmeligen Lumpen verborgen, ein Einmachglas gelegen. Es war nicht beschädigt gewesen. Aufgeregt hatte ich es hin und her gedreht, den

Staub vom Glas gerieben und lautstark gemutmaßt, was es enthalten könnte. Die grüne Paste sah eigenartig aus, so etwas hatte ich noch nie gesehen. Frieda tippte auf Grüne Gurken. »Püriert«, hatte sie hinzugesetzt, als sie meinen fragenden Blick bemerkt hatte. Schließlich hatte sie die Sache in die Hand genommen. Im wahrsten Sinne des Wortes. Beim Versuch den Deckel zu lösen, war ihr das schwere Glas entglitten und beim Aufprall ein Teil herausgebrochen. Unvorsichtigerweise hatte ich versucht etwas von dem Gelee zu schlürfen; dabei hatte mir der zackige Rand die Unterlippe verletzt. Dicke Blutstropfen waren am Innenrand des Einmachgefäßes heruntergelaufen und hatten sich auf die grüne Oberfläche des Inhalts gelegt. Endlich hatte es Frieda geschafft, mit einem Stückchen Holz an das Essbare heranzukommen, was sich auf unseren Zungen als herrlich süße Stachelbeer-Marmelade entpuppte. Wir waren entzückt und ließen es uns schmecken.

Die alte Frau mischte eine breiige Masse an und beschmierte meine Lippe damit. Dann legte sie einige Blätter oben drauf. Diese selbst gemachte Heilsalbe schmeckte widerlich, aber das war egal. Ich wagte nicht mich zu beschweren. Ich erzählte Frau Schmidt von unserem Abenteuer, doch sie gab vor noch schwerhöriger zu sein, als sie ohnehin war. »Was, beim Spielen? Ja ja. Nix als Flausen im Kopp habt ihr Jören …« Sie wollte nichts davon wissen. Und genauso schilderte sie auch meiner Mutter den Vorfall: Sie wäre nur für eine Minute fort gewesen und schon wäre es passiert. Sie wisse auch noch, wie das geschehen konnte. Wahrscheinlich hätte ich versucht ein Messer abzulecken. Die nächsten Wochen schickte mich meine Mutter nicht mehr zu Frau Schmidt, denn sie fürchtete, dass sie langsam wunderlich würde und mich nicht mehr angemessen betreuen könnte. Doch schon bald war sie wieder auf ihre Hilfe angewiesen. Sie brachte mich wieder zu ihr, und alles wurde wie vorher: Frieda und ich stromerten in den Kiez-Ruinen umher, immer in der Hoffnung etwas Wertvolles zu ergattern. Wenn wir nicht kletterten, turnten wir an der Teppichklopfstange im Hinterhof oder spielten auf dem Pflaster »Himmel und Hölle«. Wir liebten es auf den Sprungfeldern herumzuhüpfen, und wann immer wir ein Stück Kreide oder einen Malstein in die Finger bekamen, fingen wir an »Himmel und Hölle« einzuzeichnen. Lebten wir in der Hölle? Wie sah der Himmel aus? Gedanken machten wir uns nur über die nächste Mahlzeit und wer meinen von einem Leierkastenspieler erfundenen Spitznamen »Hinterhof«-Helene benutzen durfte, ohne verhauen zu werden.

Als selbst das dunkle Brot, das manchmal wie Kies zwischen den Zähnen knirschte, immer knapper wurde, freute ich mich bereits den ganzen Nachmittag über auf die zwei Scheiben, die ich zur Nacht bekam. Immer wieder unterbrach ich sonntags mein Spiel und lief erwartungsvoll zu meiner Mutter. »Wie spät is es? Können wir jetzt Abendbrot essen?«

Sie streichelte mir ruhig über die Wange. »Nein, mein Schätzchen, ein bisschen musste noch warten.«

Ich stützte mich auf ihre Knie. »Aber ich hab doch solchen Hunger!«

Sie hustete und versuchte mich mit Geschichten und lustigen Fingerspielen abzulenken. Doch dieses Vorhaben wurde immer schwieriger. Schließlich erlaubte sie mir sogar, mit den älteren Nachbarskindern Brennnesseln suchen zu gehen. Sie kochte daraus eine dünne Suppe, deren Blätter pelzig am Gaumen klebten, aber das war uns egal. Wenn es dann endlich Abend war, zappelte ich nicht mehr ungeduldig auf meinem Stuhl herum, sondern betrachtete mit leuchtenden Augen das Brot auf meinem Teller. Doch sobald er leer war, ging mein Gejammer wieder los. »Noch eine, Mama, ich will noch eine haben.«

»Nein, Lene. Du kannst keine dritte Stulle haben, dann haste doch für morgen nichts.« Doch mein leerer Magen wollte das einfach nicht einsehen, so oft es mir meine Mutter auch erklärte. Mein Gequengel wurde energischer, aber es half alles nichts.

Da versuchte ich es auf eine andere Art. »Aber Amelie hat doch noch nix gegessen«, warf ich ein.

»Hm, na das geht natürlich nich, was machen wir denn da nur?« Nachdenklich neigte sie den Kopf. »Also, etwas muss sie ja essen. Da gibt es nur eine Möglichkeit: Da du ja schon aufgegessen hast, muss ich mit ihr teilen.« Meine Mutter schnitt ihre Stulle in zwei Hälften und reichte mir eine. »Hier für Amelie – und sag ihr, sie soll sie ja nich fallen lassen.«

Schnell rutschte ich vom Stuhl. »Nee, ich passe schon auf.« Im Türrahmen drehte ich mich noch einmal um. »Danke«, rief ich über die Schulter. »Da wird sich Amelie aber freuen.« Und schon war ich draußen. Vorsichtig trug ich die Klappstulle zu meiner Puppe im Nebenzimmer. »Hier Amelie, sieh mal: dein Abendbrot.« Dann wurde es still, nur mein Kiefer malmte. Kurz darauf setzte ich mich wieder an den Tisch zu meiner Mutter. »Amelie hatte keinen Hunger«, berichtete ich.

Meine Mutter tat erstaunt: »Wie, aber sie mag doch Margarinebrote sonst so gern.«

Ich zuckte die Achseln. »Vielleicht is sie schon zu müde«, wandte ich ein.

»Ja, das wird's wohl sein.«

»Also hab ich die Stulle gegessen.«

»Sehr vernünftig«, schmunzelte meine Mutter. »Ich hab ja auch noch.« Sie deutete auf ihren Teller. »Aber weißt du, eigentlich is mir das auch zu viel. Ich schaff das ja nich mehr. Hier iss du sie mal.«

Sie legte mir die andere Hälfte ihrer Stulle auf meinen leeren Teller und ich stopfte sie mir gierig in den Mund – doch genug war es nie. Nicht selten verschlang ich in der Nacht im Traum riesige Schüsseln voll gebutterten Kartoffelbreis und aß pfundweise süße Kirschen – ohne dass ich je Bauchweh bekam.

Die letzte Kriegsweihnacht nahte. Wir ahnten es, doch niemand wusste Genaues. Im Reichsfunk riefen die Sprecher zur »Deutschen Weihnacht« auf. Ich lauschte den Märchen, die Goebbels erzählte. Meine Mutter und Inge hörten mit starren Gesichtern die Durchhalteparolen: Hitler halte noch geheime Wunderwaffen bereit, die die große Kriegswende und endgültig das dritte Tausendjährige Reich brächten. »Wer es glaubt, wird selig«, kommentierte Inge die Nachrichten. Meine Mutter drehte das Radio aus und stimmte: »Leise rieselt der Schnee« an. Entgegen der Meldungen im Funk hatte die Rote Armee bereits das Reichsgebiet erreicht, was wir aber erst in einigen Monaten erfahren sollten. Von den zahllosen Luftangriffen, die viele deutsche Städte in Schutt und Asche gelegt hatten, waren wir zermürbt.

Am Abend des 24. Dezembers 1944 leuchteten »Christbäume« über den Häusern; die Lichter der Bomberstaffeln zeichneten sich gegen den dunklen Stadthimmel ab. Von oben wurden Staniolschnipsel abgeworfen, wie glänzende Lamettafäden. Sie sollten das Radar stören. Inge lief trotz der Angst meiner Mutter hinaus und klaubte einige zusammen. Wir hängten sie an unseren improvisierten Weihnachtsbaum als Christbaumschmuck. Meiner Mutter muss diese Kriegsweihnacht seltsam vorgekommen sein, alles deutete auf die baldige Niederlage hin, was auch keine »Wunderwaffen«-Versprechen Hitlers und seiner Helfer mehr wirklich übertönen konnten, doch für mich war alles ziemlich normal, schließlich hatte ich nie einen Heiligabend im Frieden erlebt. Als Weihnachtsgeschenk hatte ich mir ein Geschwisterchen gewünscht. Da meine Mutter mir diesen Wunsch abermals ohne weiteren Kommentar abgeschlagen hatte, hatte ich mir das Zweitschönste, einen Puppenwagen, gewünscht. Ich hatte so einen wie den meiner Freundin Frieda gewollt: mit richtigen Holzrädern und einem kleinen Kopfkissen darin. Dann aber hatte ich es mir doch anders überlegt und meiner Mutter meinen neuen, noch dringlicheren Wunsch mitgeteilt. Sie hatte aufmerksam zugehört, kurz überlegt und mich dann mit einem Lächeln wieder in den frostig sonnigen Hinterhof zum Spielen hinaus geschickt. Seitdem hatte ich oft vor Omas Foto gestanden und gebetet, dass mein Traum in Erfüllung gehe. Oma sah mich immer freundlich vom glatten Fotopapier aus durch das Glas an, aber verraten hat sie nie etwas. Ich wusste bis zum letzten Augenblick nicht, ob ich überhaupt ein Geschenk bekommen würde.

Nun war es endlich so weit. Ich saß gespannt, aber etwas müde am Tisch, weil ich in der Nacht zuvor vor Aufregung kaum geschlafen hatte. Meine Mutter sang zusammen mit Inge, die mit roten Wangen an ihrem Ersatzkaffee nippte, inzwischen das dritte Weihnachtslied. Ein bisschen ungeduldig summte ich mit. Nachdem wir einander »Fröhliche Weihnachten!« gewünscht hatten, rückten die Erwachsenen mit den Geschenken heraus. Inge hielt mir fröhlich eine königsblaue an den Ecken angestoßene Schachtel hin. »Hier für dich, meine Süße!« Ich nahm strahlend mein Geschenk entgegen und begann aufgeregt an den Schnüren herumzunesteln. Hm, es fühlte sich ziemlich leicht an, zu leicht vielleicht für das, was ich erhoffte. Vorsichtig hob ich den Deckel und spähte in den Karton. Er enthielt ein paar selbst gehäkelte braune Kniestrümpfe. »Habe ich für dich bei der Frauenschaft gemacht«, erklärte sie stolz. »Das einzig nützliche«, fügte sie düster hinzu.

»Leider hatten sie keine andere Farbe – ich hätte ja gern was Frischeres für dich gehabt … Aber schön warm sind sie. Kalt genug is es ja …«

»Danke sehr«, sagte ich artig und drückte Inge einen Kuss auf die Wange. Meine Enttäuschung schluckte ich tapfer hinunter.

Im gleichen Augenblick hielt mir jemand die Augen zu. Ich quietschte vor Vergnügen. Eine tiefe, verstellte Stimme hinter mir fragte: »Na, wer bin ick?«

Unwillkürlich hielt ich einen Augenblick den Atem an. Dann roch ich die gewaschenen Haare meiner Mutter. »Mama, du bist es«, jubelte ich.

Meine Mutter lachte. »Mensch, hab ich ein schlaues Kind. Na da hast du dir ja wohl ein Geschenk verdient.«

Ich drehte mich gespannt zu ihr um. Meine Mutter nahm einen Karton mit der verblichenen Aufschrift: »Anton Feigenbaum – Wäsche, Handschuhe, Kurzwaren« vom ehemals weißen Küchenschrank. Sie klappte die Deckel auseinander und nahm das saubere Geschirrtuch zur Seite. Ich bekam eine rosige Gesichtsfarbe vor Freude; sie hatte mir tatsächlich meinen sehnlichsten Wunsch erfüllt. Stolz erklärte sie: »Ich hab Himmel und Hölle in Bewegung gesetzt, bin rumgerannt und nu schenk ich dir …«, sie hielt inne, »na ja, Liebe geht halt durch den Magen«, schloss sie. Sie hatte einige der seltenen Lachfältchen um die Augen. Feierlich hängte sie mir – an einer dicken Schnur befestigt – einen ganzen Laib Brot mit einer zerknitterten roten Schleife geschmückt um den Hals. Dieses gewaltige Graubrot war nur für mich allein, ich konnte endlich so viel essen, wie ich wollte! Ich machte große Augen und schaute auf meinen Schatz, der vor meinem Bauch baumelte.

»Juchu. Danke, Mama!« Langsam strich ich über den schweren rauen Laib, dessen Gewicht mich fast zu Boden zog; es war herrlich! Meine Mutter erzählte Inge, wie sie das Brot ganz frisch am selben Tag auf dem Schwarzmarkt gegen unseren letzten silbernen Bilderrahmen getauscht hatte. Mir kam ein Gedanke, unwillkürlich musste ich schlucken. Ich schielte verstohlen auf die Kommode, wo der Bilderrahmen gestanden hatte, so lang ich mich erinnern konnte. Jetzt hing meine zufrieden lächelnde Großmutter auf dem bräunlichen Foto schutzlos an einem nackten Nagel an der Wand und sah uns beim Feiern zu. Bis abermals der Alarm erklang und wir wie bereits unzählige Male zuvor in den muffigen Luftschutzkeller flohen.

Kapitel 8

Im April 1945 marschierten russische Soldaten in Berlin ein. Sprengbomben rissen Häuser entzwei, verbreiteten Angst und Schrecken und kosteten viele Opfer. Im Nebenhaus wurde der Luftschutzkellereingang verschüttet. Das Bergungskommando konnte die meisten Insassen schnell durch einen anderen Zugang befreien, doch manche Menschen starben, weil sie nicht rechtzeitig gefunden wurden und erstickten. Die Luft roch nach Staub und Furcht.

Hitler hatte an seinem Geburtstag nicht selbst zum Volk gesprochen. Meiner Mutter war bang zumute. Die Gerüchte bezüglich des Kriegsgeschehens verdichteten sich. Sie schärfte mir abermals ein, mit niemandem über solche Dinge, wie Krieg, Hitler oder »die Russen« zu reden. Das konnte einem in der vermeintlich ruhigen, doch unter der Oberfläche gefährlich brodelnden Stimmung ungeahnte Schwierigkeiten einbringen. »Und davon haben wir doch genug, nich?!« Ich nickte stumm. Das hatte ich schnell gelernt. Ich würde nichts sagen. Angst an allen Ecken und Enden …
Kurz darauf erreichte uns die Meldung, dass Hitler gefallen sei. Ich überlegte, ob ich damit endlich von den von Herrn Heise tyrannisch geforderten Hitlergrüßen befreit sein würde. Doch Herr Heise war ohnehin kurz darauf spurlos verschwunden. Keiner hatte ihn in den letzten Tagen mehr gesehen, er schien auf und davon, ohne irgendjemandem Bescheid gegeben zu haben.

Währenddessen lag der Krieg in den letzten Zügen. Die Informationen über das Kriegsgeschehen wurden noch spärlicher und unzuverlässiger oder fielen ganz aus. Wir schienen uns blind in einer großen dunklen Höhle zu befinden, ohne zu wissen, wo eine Wand war oder der Abgrund begann. Nur ab und zu warf ein Informationsfetzen einen verschwommenen Schatten auf die graue Wand der Ungewissheit. Zu fliehen versuchte eigentlich niemand mehr, wohin auch, die Gegner schienen vor der Tür zu stehen. Gerüchten zufolge war der Bezirk Wedding zu Teilen schon besetzt; in unserem Arbeiterbezirk hätten viele Menschen die kommunistischen Soldaten anfangs noch jubelnd begrüßt. Inzwischen hörte man davon nichts mehr ... Andere schreckliche Geschichten von der Rache der Sieger machten die Runde; vor allem Flüchtlinge aus dem Osten berichteten von den Gräueltaten. In den Folgemonaten sollten Soldaten der Roten Armee in den sowjetisch besetzten Gebieten über eine Million Frauen und Mädchen vergewaltigt haben.

Als es schließlich hieß, die Truppen kämen näher zu uns, brachen Frau Müller und Herr Hausmann die Tür zu Herrn Heises Wohnung auf. Dort fand man viel belastendes Material: Er war bis zum Schluss, bis zu seinem rätselhaften Verschwinden, überzeugter Nationalsozialist geblieben. In Windeseile und mit Angstschweiß auf der Stirn vergruben zwei graubärtige Männer aus unserem Mietshaus Herrn Heises gesammelte Orden und Abzeichen im verwilderten Hof, bevor seine Hinterlassenschaft bei den anrückenden Besatzern ein schlechtes und damit lebensgefährliches Licht auf unser ganzes Haus und seine Bewohner werfen konnte. Großes Unglück konnte noch immer von den überall präsenten Hakenkreuzsymbolen ausgehen. Meine Mutter rechnete fest damit, dass die Männer beim Vergraben des belastenden Materials auf Herrn Heises Silberbesteckversteck stoßen würden, doch niemand berichtete davon. Die dicken Akten, Schriftstücke und Nazibücher aus Herrn Heises Wohnung wurden in verschiedenen Öfen verbrannt. So manches kompromittierende Foto anderer Bewohner wurde dabei gleich den Flammen mit übergeben. Erleichterung ging durch die Stockwerke. Diese konkrete Gefahr schien gebannt. Als alles beseitigt war, versammelte sich die ganze Hausgemeinschaft im Luftschutzkeller; die Sirenen heulten nun beinahe ununterbrochen. Wir machten es uns so bequem wie möglich; wir richteten uns auf einen langen Aufenthalt in diesen Mauern ein. Säuerliche schlechte Luft erfüllte den engen Raum, die Menschen hockten auf ihren Säcken und Koffern. Kurz nach zwölf klopfte es an der Tür; alle hielten den Atem an. Es klopfte energischer. Die Tür ging auf und fiel gleich danach wieder ins Schloss. »Die Russen kommen!«, verkündete plötzlich eine laute Stimme. Die Menschen erhoben sich um zu sehen, wer diese längst befürchtete Schreckensnachricht verkündete. Ich konnte niemanden ausmachen, sah nur breite und schmale Rücken vor mir. Die Stimme überschlug sich nun fast vor Erregung, als sie weitersprach: »Ick hab se selbst jeseh'n, schwere Panzer rollen durch die Straßen. Se sind auf dem Weg ins Stadtzentrum.« Niemand sagte ein Wort, alle Augen ruhten auf dem Mann mittleren Alters, von dem die kräftige Stimme ausging. Unterbrochen wurde er nur vom Geknatter der vom Himmel aus schießenden

Tiefflieger. Niemals werde ich den entsetzten Ausdruck auf Inges ausgemergeltem Gesicht vergessen. Sie öffnete ungläubig den Mund und begann dann angsterfüllt zu schluchzen. Meine Mutter versuchte Inge mit zitternder Hand zu trösten. »Die tun uns nichts, du wirst sehen, das sind alles bloß Geschichten.« Der unruhige Blick meiner Mutter streifte mich, während sie ihre Freundin an sich drückte. Doch Inge konnte sich nicht beruhigen, sie klammerte sich an die dünnen Arme meiner Mutter und stammelte wirres Zeug, immer wieder rief sie halblaut: »Manfred«, während ich verwirrt daneben saß und zusah, wie plötzlich alle im engen Luftschutzkeller durcheinanderliefen. Meine Augen wanderten über die beiden Frauen an meiner Seite hinüber zu den Nachbarn, die sich in zwei Gruppen aufgeteilt zu haben schienen. Zwar standen sie alle dicht beieinander, doch unterschieden sie sich in ihren Bewegungen: Die eine Gruppe von Leuten bewegte sich schnell, machte eilige Schritte und redete unablässig. Die andere dagegen bestand aus Menschen, zumeist älteren, wie mir auffiel, die sich langsam, beinahe zaghaft bewegten. Ihre Rücken waren krumm, ihre Gesichter müde, sie sagten kaum etwas. Doch diese Menschen waren in der Minderheit, die meisten waren in hektische Betriebsamkeit verfallen. Fieberhaft wurde noch einmal alles nach verräterischen Spuren durchsucht, die letzten Vorräte in Nischen versteckt und getuschelt. Es herrschte nervöse Unruhe wie in einer Bienenwabe. Unter der großen Stadt in tausenden Kellerräumen brodelte die Angst der Frauen, der wenigen verbliebenen Männer und der Kinder vor dem unbekannten Sieger des von der eigenen Nation begonnenen Krieges.

Allmählich wurde es still im Keller, doch niemand wagte sich nach draußen. Nachttöpfe und Eimer verströmten einen beißenden Geruch und schließlich stand der unbekannte Mann, der die furchtbaren Neuigkeiten gebracht hatte, auf und sagte ernst: »Ick werde nachsehen, wo se sind. Vielleicht sind se nach Norden abjedreht.« Niemand hielt ihn auf, als er schließlich stumm den Keller verließ. Ich konnte meinen Atem hören, während die Erwachsenen furchtsam nach draußen lauschten, doch kein Laut drang durch die dicke Kellertür. Manchmal wünschte ich mir ihm nachzulaufen und dieser Bedrängnis, dem muffigen Geruch und dem Warten zu entkommen, doch nicht nur meine Beine waren trotz der Unruhe fast eingeschlafen. Eine gute halbe Stunde verging, da klopfte es wieder an der Tür; unser selbst ernannter Kundschafter kehrte zurück und berichtete blass und atemlos: »Jetzt sind se da! Direkt hier vorm Haus.« Das Gemurmel schwoll an. Der Bericht erstarb im Gewirr der erschreckten Stimmen. »Ruhe!«, brüllte Frau Müller, die auf einen dreibeinigen Hocker gestiegen war und beinahe mit dem Kopf gegen die feuchte Kellerdecke stieß. Die Masse verstummte augenblicklich. Frau Müller gab dem Mann mit zittrigen Händen ein Zeichen fortzufahren. Er erhob wieder die Stimme: »Ick habe vorsichtig durch den Hauseingang jelugt. Auf der Straße tränken Soldaten ihre Pferde oder sitzen in der Sonne und unterhalten sich auf Russisch. Aber weit und breit keen Panzer.«

»Haste nur nich jesehen«, »... kommen gleich um die Ecke«, schwirrten die Ausrufe durcheinander. »Ick weiß nich, wie viele es sind.« Das Knattern der Geschütze, vorrangig der »Kartjuscha«, der Stalinorgel, unterbrach seine Erzählung erneut. Darauf folgte Stille. Inge drängte ihn mit einer beinahe hysterischen Geste weiterzureden. »Aber ick schätze so Fuffzig bis Hundert.«

»Was tun sie?«, fragte aufgeregt die Eisenwarenhändlerin von gegenüber.

»Se haben ihre Sachen abgelegt, manche schlafen.« Er zögerte. »Ick gloobe, die wollen hier bleiben. Die richten sich häuslich ein …« Ein schmerzliches Raunen ging durch den Keller, als wäre ein großes Tier tödlich verwundet worden. Eine Frau mit schmaler Nase und hohen Wangenknochen versuchte umständlich eine Frage zu formulieren: »Was … wie sehen sie aus? Also, was für einen Eindruck machen die Soldaten?« Sämtliche Anwesenden sperrten die Ohren auf, in der Hoffnung etwas über die Menschen, die in Zukunft, in den nächsten Stunden, Tagen, vielleicht sogar Jahren über ihr Leben bestimmen würden, zu erfahren. Doch der Mann mit den grauen Bartstoppeln am Kinn schüttelte kaum merklich den Kopf. »Mehr konnte ick nich sehen. Für Details war keene Zeit.« Der Mann setzte sich auf den Fußboden und versank in Schweigen.

Stunden vergingen, ich wusste irgendwann nicht mehr, welcher Tag eigentlich war, hatte jedes Zeitgefühl verloren. Als es wieder dunkel wurde, öffnete die üppige Blondine aus dem Vorderhaus eine Flasche Schnaps. Während sie sie herumgehen ließ, manche bekamen keinen Schluck herunter, andere tranken gierig, rief sie mit schwerer Zunge verächtlich: »Und dit alles verdanken wir dem Führer.« Sie vollführte eine spöttisch galante Geste mit dem Arm. Dann spie sie auf den kalten Boden und stieß ein irres Lachen aus. »Dieser Scheißkerl!« Sie griff nach der Flasche und trank hastig, die klare

Flüssigkeit lief ihr in den Ausschnitt. »Und die Sieger … Na, ihr werdet schon sehen …« Plötzlich sackte sie kraftlos auf ihren Klappstuhl zurück und begann kurz darauf, heftig zu weinen. »Wär'n wir bloß bei die Amerikaner«, schniefte sie. Die Anwesenden wurden wieder unruhig. Mit den Schatten kamen die Gewaltfantasien und Ängste hervor, stärker als jemals zuvor. Ich konnte Inges Angst riechen, als sie verzweifelt schluchzend die Arme hochriss. »Nein, ich kann doch nich … Die können nich … Und wenn sie nun …?« Sie bekam keinen vernünftigen Satz zustande. So hatte ich sie niemals erlebt. Sie heulte wie ein Kind. Nach dieser Szene saß niemand mehr still. Die Männer beratschlagten aufgeregt, was zu tun sei. Die Nacht schien ewig zu dauern. Im Morgengrauen begannen viele Frauen, von dunkler Ahnung getrieben, ihre Kleider und Gesichter mit Dreck zu beschmieren. Einige schnitten sich in blinder Hoffnung die Haare ab; manche rasierten sich zur Gänze den Kopf, um unattraktiver zu erscheinen und so zu verhindern, die Aufmerksamkeit der Soldaten auf sich zu ziehen.

Der Verstand war in dieser Situation nutzlos, die Angst potenzierte sich in dem engen Kellergewölbe und wuchs von Minute zu Minute. Aus dem Augenwinkel sah ich, wie eine junge Frau in ihre Unterwäsche urinierte. Als wir aber wenige Stunden später tatsächlich die schweren Stiefel die Treppe hinuntersteigen hörten; half all dies nichts … »Es gibt sone und solche Soldaten«, hatte meine Mutter vorhin noch, mehr zu sich selbst als zu Inge gesagt. »Da hoffen wir mal, dass wir nur solchen begegnen.« Sie hatte ein schiefes Lächeln versucht, doch ihr Unterfangen war kläglich gescheitert. Vor Furcht hatten ihre Lippen gezittert, und ich hatte mich in ihren Arm verkrochen. Wir hatten uns, wie einige andere im Keller, symbolisch weiße Taschentücher um die Oberarme gewickelt. Mit diesem weißen Zipfel, der von der Jacke meiner Mutter hing, trocknete ich mir jetzt die Tränen.

Die nächsten Tage brachten Chaos: Wohnungstüren wurden eingetreten, es wurde rücksichtslos geplündert, viel war nicht mehr übrig. »Uhri Uhri! Dawai!« – vor allem Wecker und Armbanduhren waren sehr beliebt, aber auch Kleidungsstücke und Einrichtungsgegenstände. Das Haus war offen, man war weder Herr über seine eigenen Räume noch sein Bett, geschweige denn über seinen Körper. Nichts gehörte einem mehr. Nicht einmal man selbst. Vergeblich war der Versuch Frau Müllers gescheitert, die jungen Mädchen aus den Wohnungen der umliegenden Häuser auf dem Dachboden zu verstecken; ein besonders neugieriger Besatzer entdeckte die Falltür nach einer knappen Woche klaustrophobischen Ausharrens der Mädchen. Jeden Abend hallten Gesänge durch unser Treppenhaus. Es kam allmählich zu einer furchtbar albtraumhaften Gewöhnung an die Situation. Im Kerzenschein, der Strom war schon seit langer Zeit ausgefallen, spielten sich täglich grauenhafte Szenen ab. Der Zustand von Schrecken, Schmerz und Leid wurde durch seine zunehmende Dauer ausgehöhlt. Die Frauen auf unserer Etage stumpften äußerlich ab; die Menschen konnten nur ein gewisses Maß an Horror verkraften. Und dieses Maß war nun überschritten. Einige Verzweifelte gingen auf die russischen Männer los, wie der greise Herr Milger, der vor seinem eigenen

Ehebett erschossen wurde. Zwei junge Frauen nahmen sich das Leben, eine lief bis zur Spree und sprang hinein, die andere stürzte sich aus dem Fenster. In ihrem Nachttisch fand man einen roten Stern, der von einer russischen Soldatenuniform stammte und von einer Stricknadel durchbohrt, sowie an den Seiten angesengt war. Das Ehepaar Nachtigall, die »lustigen Lerchen« genannt, weil sie jeden Abend auf Töpfen und einer selbst geschnitzten Flöte Hausmusik machten, um das Elend zu vergessen, erhängten sich eines Nachts unbemerkt gemeinsam im Keller. Meine Mutter begann von diesem Zeitpunkt an mich abermals häufig vorübergehend im Etagenklo einzusperren, wo es so schrecklich stank und dunkel war. Ich schrie und heulte, doch sie schob nur Amelie durch die Tür, dann schloss sie sofort wieder zu. Doch ich hatte ihre Tränen gesehen. Während der Stunden, die ich in dem ehemals weiß getünchten Toilettenraum verbringen musste, wünschte ich mir fest, Ernst wäre wieder da und mit ihm der Mann, der ihn mir geschenkt hatte. Ich drückte mir die Lider hinunter und meinte, ihn manchmal für einige Sekunden vor der Keramikschüssel, auf der ich saß, spüren zu können. Ich rief mir Ernsts Krabbeln ins Gedächtnis. Doch mit dem Schwarz verschwanden auch die beiden jedes Mal beim Öffnen meiner Lider. Es dauerte zum Glück nicht lange, bis meine Mutter erkannte, dass mir von den Besatzern keine Gefahr drohte, und so wurde ich nicht mehr im ekligen Etagenklo eingeschlossen, sobald russische Stimmen zu vernehmen waren, sondern nur noch in meinem Zimmer. Die Verdunklungsrollos blieben zum ersten Mal seit Jahren unbenutzt, sie waren überflüssig geworden. Ich konnte abends den Mond von meinem Bett aus beobachten, wenn ich die Fensterpappe etwas zur Seite schob, und fragte mich, wie weit weg er wohl wäre. Ich hatte das Gefühl, ihn greifen zu können, so nah schien er zu hängen. Doch sobald ich die Hand ausstreckte, war es, als entfernte er sich unaufhaltsam von mir. Im Nebenzimmer hörte ich, wie meine Mutter: »Psst, psst« machte. Ich stellte mir vor, wie sie ihren schlanken Zeigefinger vor den Mund hielt, so wie sie mir immer bedeutete leise zu sein, wenn jemand etwas nicht hören sollte. Aber ich hörte sie doch und hoffte nur, dass meine Großmutter oben im Himmel schon schlief und nichts hörte. Ich versuchte, wie sie, fest die Augen zusammenzukneifen, doch meine Ohren konnte ich leider nicht verschließen.

Inge war gleich am zweiten Tag wieder in ihre eigene Wohnung geflüchtet, die etwas außerhalb lag. Wir hörten lange nichts von ihr, doch nur ich schien sie zu vermissen. Meine Mutter lebte in ihrer eigenen unberechenbaren Hölle – beherrscht von Scham, Angst und Schmerz. Nebenbei versuchte sie uns nicht verhungern zu lassen. Allmählich sah man immer die gleichen bärtigen Gesichter in unserem Haus. Ich begann die lauten Besucher, die mir nie selbst etwas zuleide getan hatten, auseinanderzuhalten. Von einigen kannte ich inzwischen sogar die Namen. Doch meine Mutter wurde sehr zornig, wenn ich davon sprach. Mir war aufgefallen, dass ein kleiner Mann in strenger Uniform uns nun regelmäßig besuchte. Er hatte einfach eines Abends in unserer Wohnung gestanden, sich höflich als Offizier Andrej vorgestellt, mich auf Russisch geherzt, noch bevor meine Mutter mich einschließen oder in den Keller bringen konnte und war am nächsten Tag um die gleiche Zeit wiedergekommen. Er hatte uns Brot und Kohl, sogar Zucker und Dosenfleisch mitgebracht, meine Mutter aß später nur mit Widerwillen davon. Sie musste mit ihm Schnaps aus Einmachgläsern trinken. Er redete gern über Kunst, wovon meine Mutter wenig verstand, lobte die deutsche Musik und bemühte sich, möglichst fehlerfrei unsere Sprache zu sprechen. Ich hatte keine Angst vor ihm, ich war sogar froh, wenn er da war, denn dann trauten sich die anderen Soldaten nicht zu uns herein, die oft grölend das Haus stürmten – die meisten Nachbartüren hatten längst keine Schlösser mehr … Vor denen, die leise redeten, fürchtete ich mich am wenigsten. Andrej schützte uns. Das hatte ich verstanden und auch, dass ich draußen oder in der Küche zu spielen hatte, wenn Andrej drinnen wichtige Dinge mit meiner Mutter zu bereden hatte. Oder ich wurde in das andere Zimmer verbannt, und die Erwachsenen saßen allein, um sich »in Ruhe zu unterhalten«.

Eines Vormittags fragte ich sie neugierig, was Andrej ihr letztes Mal erzählt hatte. Entsetzt starrte sie mich an und griff nach einer weiteren Kartoffel, um sie zu schälen. Sie gab mir keine Antwort, hielt nur den Kopf gesenkt und schien sich auf die Lippen zu beißen. Ich sah, wie das Messer abglitt und sie sich tief in die Kerbe zwischen Zeige- und Mittelfinger schnitt. Ihr rotes Blut floss über die bereits geschälten gelben Kartoffeln im Topf, und ich schrie augenblicklich los. Es war so viel Blut …, es sammelte sich am Boden zu einer Lache und wurde immer mehr. Ich dachte, jetzt würde sie sterben. Aber sie starb nicht; Frau Wiesengrund von nebenan kam schnell angelaufen und verband die Wunde fachkundig. Sie sah meiner Mutter eine Weile ins Gesicht und streichelte ihr sanft über den gekrümmten Rücken. Sie sprach leise auf meine Mutter ein und steckte ihr dann heimlich eine kleine Dose Vaseline, eine kostbare Rarität in diesen Wochen, in die Rocktasche.

»Wird sie sterben?«, fragte ich gefasst. Sie setzte mich auf einen Stuhl, sah mir ernst in die Augen und versicherte mir immer wieder, dass meine Mutter diesen Schnitt ganz sicher überleben würde. Ich erinnerte mich, dass sie einmal als Krankenschwester gearbeitet hatte, bevor ihre beiden Beine angeschwollen waren wie Ballons, sodass sie fast nicht mehr gehen konnte. Sie wusste also, wovon sie redete; ich beruhigte mich ein wenig.

»Es tut sehr sehr weh, aber se wird's schaffen. Se weeß es nur noch nich.« Schwerfällig erhob sie sich wieder und setzte Wasser zum Kochen auf. Als der dünne Kamillentee fertig war, saßen wir stumm zu dritt am Tisch und schlürften das heiße Gebräu. »Wisst ihr«, sagte Frau Wiesengrund müde und sah uns beide an, »ihr müsst euch vorstellen, dit hier«, sie machte eine ausholende Armbewegung, »sei nur ein böser Traum. Bald werden wir alle aufwachen und es wird uns besser jehen.« Sie knuffte mich angestrengt in die Schulter. »Denn man darf nie vergessen: Uff Rejen folgt ooch immer Sonnenschein. Anders jeht's jar nich …« Ihre linke Hand knetete die Finger ihrer rechten. »Glücklich is, wer verjisst, was doch nicht zu ändern is.« Ihre Stimme klang seltsam blechern, als sie dies sagte. Meine Mutter zuckte zusammen. Tiefe Männerstimmen waren auf dem Hof zu hören. Hastig stand Frau Wiesengrund auf, tätschelte mir den Kopf und verschwand dann eilig und wortlos in ihrer eigenen Wohnung. Die Soldaten stiegen die Stufen hoch, doch liefen sie an unserer Tür vorbei, und da erkannte ich, dass sich meine Mutter wieder gefasst hatte. Sie bürstete das Blut von den Kartoffeln und stellte sie auf den Herd.

Gas und Wasser wurden immer knapper. Strom gab es nur sehr selten für wenige Stunden. Das Essen erhielten wir fast ausschließlich von Andrej. Wir wurden unruhig, wenn er eine Weile nicht kam und traurig, wenn er doch kam. Meine Mutter lief wie eine Puppe umher, sie gab mir zu essen und wusch mich so gut es ging. Sie deckte mich abends zu, bevor sie zu Andrej ins Nebenzimmer ging. Sobald es dunkel wurde, schien ihr Gesicht einzufrieren, sie bewegte sich mechanisch. Wenn ich sie etwas fragte, sah sie mich wie aus weiter Ferne an und schien manchmal nicht die Kraft zu haben mir zu antworten, aber sie rutschte beim Kartoffelschälen nicht mehr mit dem Messer ab. Ihr Schnitt in der Hand verheilte nur schlecht, immer wieder riss er bei der kleinsten Bewegung auf; schließlich jedoch blieb eine rot gefärbte Narbe zurück. In ihren Bewegungen, manchmal hastig und schnell, dann wieder steif und langsam, erinnerte sie mich an eine Marionette. Sie zog fast immer die Schultern leicht nach vorn und beugte den Rücken unwillkürlich, sobald sie aufstand.

Morgens war es etwas besser. Meine Mutter versuchte so lange wie möglich zu schlafen. Wenn ich wach wurde, blinzelte sie aus dem Fenster, zwang sich aufzustehen und schrubbte mir als erstes kräftig das Gesicht mit dem einzigen Waschlappen, der nur für mich bestimmt und hinter einer losen Kachel versteckt war; sie selbst benutzte ein löchriges Handtuch zum Waschen. Dann bereitete sie ein dürftiges Frühstück zu und räumte die Wohnung auf. Ich fütterte, wickelte und kämmte währenddessen meine treue Puppe Amelie. Mittags verbarg sich meine Mutter von Kopf bis Fuß in einem alten Tuch, trug die leeren Flaschen und Zigarettenstummel von Andrejs Besuch am Vorabend hinaus und machte sich mit dem Wassereimer auf den Weg zur Pumpe, die einige Straßen weiter stand. Es dauerte viele Stunden bis sie zurückkam, da die Schlange an der Pumpe jeden Tag länger zu werden schien. Sie verließ das Haus nur, wenn es unbedingt notwendig war, denn draußen lauerten noch mehr (unbekannte) Gefahren. Einmal kam sie zitternd zurück und starrte eine ganze Weile auf den Boden. Ihre Gesichtsfarbe war leicht grünlich, und ich fragte sie immer wieder besorgt, was sie habe. Doch sie tat den Mund nicht auf und ich erfuhr nie, was sie an diesem Tag erlebt oder gesehen hatte. Irgendwann stand sie auf, nahm mich in den Arm und legte sich mit mir auf das Sofa. Ihr Atem ging schnell, aber sie bewegte sich nicht. Am Abend kam Andrej, doch sie sagte noch immer keinen Ton. Er ließ Brot und Fisch da und kam erst am übernächsten Tag wieder zu uns.

Irgendwann hörten Andrejs Besuche plötzlich auf. Niemand brachte mehr Heringe, Schallplatten und Kameraden mit, niemand rauchte, niemand kam, um zu reden oder sich die Briefmarkensammlung meiner Mutter im Nebenzimmer zeigen zu lassen, oder mit ihr auf Russisch zu plaudern. Keine Soldaten, kein Essen, keine Geräusche – meine Ohren konnten wieder »durchatmen«. Meine Mutter fegte jedes Zimmer, riss die

Fenster auf und platzierte überall geriebenen Kampfer und sogar wilden Schnittlauch, um den Geruch nach abgestandenem Rauch zu vertreiben. Einige Tage später sahen wir zum ersten Mal Inge wieder. Sie hatte versucht zu Verwandten aufs Land zu fliehen, doch sie war nicht weit gekommen. Drei junge russische Soldaten hatten sie abgefangen.

Am 8. Mai stand sie plötzlich in unserem schmalen dunklen Flur. Sie hatte eine winzige Tüte aus Zeitungspapier unter dem Arm und lächelte mich in unendlicher Traurigkeit an. Tiefe Falten hatten sich um ihre Mundwinkel gebildet, und ich entdeckte zu meiner Verblüffung einige weiße Haare zwischen ihren Locken. Sie sah aus wie eine sehr junge alte Frau. »Hallo, Lene«, sagte sie ruhig. »Mensch, wie dünne du geworden bist. Wie geht's dir?«

»Gut«, antwortete ich automatisch.

Sie riss mich erleichtert an sich und drückte mich so fest, dass ich fast keine Luft mehr bekam. Als sie mich wieder losließ, wischte sie sich schnell die Tränen von den Wangen. Dann öffnete sie umständlich das Tütchen in ihrer Hand. »Hier, probier mal.« Misstrauisch linste ich in die Tüte.

»Was is'n das?« Ich griff in die klebrige braune Masse und pulte das daran haften gebliebene Zeitungspapier ab. Mit großen Augen schob ich ein Stückchen in den Mund. Es schmeckte unglaublich süß – ein heißes Glücksgefühl durchströmte mich.

»Karamellbonbons – selbst gemacht, die sind alle für dich.« Sie reichte mir mit fahrigen Bewegungen die Süßigkeit. Ich konnte es kaum glauben. Wo um alles in der Welt hatte sie die nur her?

»Oh danke, Inge. Danke, danke, danke!« Ich umarmte sie stürmisch und drückte ihr einen klebrigen Kuss auf den Hals.

»Nu lass mal. Ist schon gut.«

Sie streichelte mir zärtlich über das struppige Haar. »Wo is denn die Mama?«, fragte sie leise. Ich legte ernst den Finger auf den Mund.

»Die schläft gerade.« Inge starrte auf die Holztür. »Alleene«, fügte ich aus einem Impuls heraus hinzu. Doch da stand meine Mutter schon in ihrem schmutzig-rosa Morgenrock im Türrahmen.

»Inge!«

Die beiden Frauen gingen aufeinander zu, als wollten sie sich umarmen. Doch dann zögerten sie und der Moment war vorbei.

»Guck ma, was mir Inge mitgebracht hat!« Aufgeregt hielt ich die Tüte in die Höhe. »Ka-ra-mell-bonbons!«, krähte ich. Inge und meine Mutter sahen sich an, und dann umarmten sie sich doch. Einige Minuten lang hielten sie einander fest – schweigend, aus Angst, ein Wort könnte den mühsam errichteten Damm brechen. Schließlich löste sich meine Mutter verlegen aus der Umarmung und lief auf Socken um den Tisch herum.

»Ach, und ich kann dir nich mal einen Kaffee anbieten …« Doch Inge reagierte nicht. Sie hatte sich wie früher auf unserem abgesessenen Sofa niedergelassen und sah minutenlang aus dem nun glaslosen Fenster.

»Der Krieg ist aus«, sagte sie tonlos. Es war plötzlich seltsam ruhig, die Stadt schien wie ausgestorben, die Zeit stillzustehen.

Es war Frühling. Es war Frieden.

»Und was nun?«, fragte meine Mutter leise, als sie hinaus auf die Trümmerberge sah.

Inge bewegte sich nicht, sie atmete kaum hörbar ein und aus. »Jetzt machen wir weiter«, sagte sie nachdenklich. Sie drehte langsam den Kopf und sah mir zu, wie ich genüsslich ein Karamellbonbon nach dem anderen in den Mund schob. »Einer muss doch weitermachen.«

Kapitel 9

Inge zog zu uns, ihre Wohnung war »ausgebombt« und von Manfred hatte sie noch immer keine Nachricht erhalten. Sie wusste nicht, wie es ihm ergangen war, nicht einmal, ob er noch lebte. Sie hoffte inständig, dass er eines Tages zurückkehren würde. Und bis dahin musste auch sie sich wieder einigermaßen erholt haben. Das gab ihr Kraft. Nie würde sie ihm erzählen, was hier geschehen war; mit ihm würde sie ein neues Leben beginnen. Ich saß mit Amelie in der Ecke und schnitt ihr gewissenhaft die Haare. Wegen der Läuse. Ich wollte nicht, dass sie Läuse bekam. Die angerostete Schere in meiner Hand verlangte meine volle Konzentration, denn sie schnitt, obwohl ich gewissenhaft so viel Rost wie möglich entfernt hatte, nur noch, wenn man sie in einem ganz bestimmten Winkel zu den Puppenhaaren hielt. Zusammen mit Inge reparierte meine Mutter notdürftig die Fenster und Türen; sie wuschen das bisschen Bett- und Tischwäsche – wobei sich die beiden jungen Frauen mit knirschenden Zähnen die Hände wund schrubbten, um die vielen Flecken herauszubekommen. Die Menschen begannen die Bürgersteige vor ihren Häusern zu fegen, entfernten ohne Wort und Regung schimmelige Matratzen und menschliche Exkremente von der Straße. An der Pumpe ging es nun schneller und man konnte seine Eimer meist unbehelligt zurückschleppen. Vor allem aber konnte man wieder einigermaßen ruhig schlafen, wenn man es schaffte, den schrecklichen stetig wiederkehrenden Träumen für ein paar Stunden zu entrinnen. Die Stimmung im Viertel wechselte zwischen bitterem Sarkasmus, unsinniger Freude des Überlebens und nackter Angst vor dem nächsten Tag. Die wenigen Aushänge, die sich »An die Deutschen« richteten, verkündeten bis jetzt nur Nichtigkeiten. Umso dankbarer nahm meine Mutter Inges Gesellschaft an, und wenn es nur war, um nicht mit den eigenen Gedanken allein gelassen zu werden. Unablässig redeten sie über praktische Dinge oder waren in Bewegung: Brennholz und etwas Essbares musste organisiert werden. Inge räumte emsig die wenigen verbliebenen Möbel von einer Seite zur anderen und schaffte es sogar ein Eimerchen Farbe aufzutreiben. Damit strich sie die Stube sonnengelb und hängte ein löchriges buntes Baumwolltuch über die Couch. »Ich kann diese Farbe nicht mehr sehen«, schimpfte sie, während sie die Tuchenden unter die braunen Sofapolster stopfte. Dann schnitt sie sich mit einer verbogenen Gartenschere mühsam ihre brünette Lockenpracht ab, wie ich es vorher bei meiner Puppe getan hatte und schwor ein ums andere Mal, der dümmste Mensch auf der ganzen Welt gewesen zu sein. Meine Mutter wusste, wie sie sich fühlte, sie selbst hatte Mühe die nagenden Gedanken nicht die Oberhand gewinnen zu lassen. »Vielleicht haben wir das alles verdient ... dank unserem Hinterherlaufen – genauso doof wie Führers Hund Blondie, das konnte doch nichts werden mit dem seinen Visionen«, schnaufte sie verächtlich. Ich wusste, dass Blondie Hitlers liebster Gesell, sein Schäferhund gewesen war. Wo der wohl jetzt steckte?

Meine Mutter widersprach: »Sag doch sowas nich, kein Mensch hat das verdient, keiner ...«

Inge schlug sich gegen die Schläfe, dann zeterte sie weiter: »Echt, wie ein Kotelett: von beiden Seiten bekloppt.« Ich war nicht sicher, ob sie Hitler oder sich selber meinte.

»Millionen anderer waren genauso dumm. Wir waren blind. Und man konnte doch auch nichts sagen …«, pflegte meine Mutter dann etwas hilflos zu erwidern, um Inges tägliche Selbstvorwürfe abzumildern. Doch schon bald wurde sie dessen müde und ignorierte Inges Aussprüche genauso gründlich wie den durch nichts zu stoppenden kalten Luftzug zwischen Tür und Fenster.

»Das macht es nicht weniger schlimm«, zischte Inge zornig. »Ein Volk von Dummköpfen und Teufeln! Wir haben nur bekommen, was wir verdient haben«, sagte sie bitter. »Oder glaubst du, unsere Soldaten waren den anderen gegenüber höflich?« Sie weinte schon wieder. Meine Mutter riss vor Schreck beide Augen weit auf.

»Wie …? Auch Manfred?!« Inge antwortete nicht, machte eine wegwischende Handbewegung. »Aber wir haben doch nichts getan – damals«, protestierte meine Mutter schwach.

»Eben!« Inge schrubbte wie besessen den Fußboden. »Wir haben nichts getan, außer genäht und strammgestanden, geschwiegen – oder getanzt und gesungen …« Sie schnaubte verächtlich. »Es zittern die morschen Knochen«, stimmte sie höhnisch an.

»Hör auf!«, schrie meine Mutter plötzlich außer sich. »Wir waren jung, wir haben es so gelernt.« Meine Mutter war zu erschöpft, um weiter wütend zu sein. Dennoch verlieh sie ihren Worten Nachdruck, indem sie Inge fest in die Augen sah. Inge schaute mich kurz an, senkte den Blick und rubbelte dann über den Boden, bis er matt glänzte. Sie sprachen nicht weiter davon.

Eines Abends, ich lag schon im Bett, hörte ich Schritte auf dem Flur. Bald darauf drang ein energisches Flüstern durch den Spalt unter der Zimmertür. Das Licht ging an und aus und wieder an. Neugierig stieg ich aus dem Bett und schlich zu meiner Mutter hinüber. »Mama, da is jemand. Und ich glaube, es ist nich die Inge.« Ich versuchte sie wach zu rütteln, doch das Bett war leer. Ich erschrak sehr. Nun war ich ganz allein mit dem Ungeheuer oder Einbrecher – ich hatte mich noch nicht entscheiden können, was schlimmer war – da draußen. Instinktiv kroch ich zurück unter meine Bettdecke und wagte nicht mich zu bewegen. Doch als ich polternde Schritte vor meiner Tür vernahm, hielt ich es nicht länger aus. Ich stürzte zum Schrank, griff geistesgegenwärtig meinen Hexenbesen, von dem meine Mutter immer erzählte, er besäße magische Kräfte und trippelte zur Wand, um in Todesangst durch das Schlüsselloch zu spähen. Leise summten Stimmen vor meinem Auge, schien mir, doch erkennen konnte ich nur ein Stück schwarzen Stoff. Also kein Ungeheuer, jedenfalls nicht mit zotteligem Fell oder ekliger Schuppenhaut; ich warf einen schnellen Blick zum Fenster und schickte ein Stoßgebet durch die mit Pappe vernagelten scheibenlosen Fenster zum Himmel: »Oma, wach auf! Jetzt! Du musst …«

Ich kniff die Augen zu und nahm all meinen Mut zusammen, dann riss ich mit einem Ruck die Tür auf. Entsetzen auf beiden Seiten der Türschwelle: Die Einbrecher erschraken sich fürchterlich vor mir und stießen verräterisch spitze Schreie aus, denn ich schlug mit meinem verzauberten Besen auf ihre Schienbeine ein und brüllte aus Leibeskräften nach meiner Mama. Eine Hand fasste mich hart am Arm und befahl mir sofort still zu sein. Verdutzt verstummte ich augenblicklich, denn ich hatte die Stimme erkannt; es war meine eigene Mutter, die mich festhielt. Sie war der ungeheuerliche Einbrecher, und sie hatte einen Komplizen, der mir den Besen entwand. Unter dem dunklen Kapuzenmantel sah ich Inges kurze Locken hervorlugen. »Lenchen, wir sind's. Beruhig dich doch. Du schreist ja das ganze Haus zusammen.« Mein Schluchzen ging in ein erleichtertes Seufzen über.

»Ich, ich dachte, da wär … und Mama war nich da …« stammelte ich. »Ich hatte solche Angst.«

Meine Mutter umarmte mich. Da ich mich aber strikt weigerte nun allein zu bleiben, unter keinen Umständen wäre ich in dieser Nacht wieder in mein Bett gegangen, nahmen mich Inge und meine Mutter wohl oder übel auf ihre nächtliche Expedition mit. Ich wurde in dicke Wollsachen gesteckt, die mich den ganzen Weg über kratzten, aber ich war zu vorsichtig, um jetzt zu jammern, schließlich hatte es mich viel Überredungskunst und viele Tränen gekostet, bis sie mich endlich auf ihren geheimnisvollen Ausflug mitnahmen. Wir schlossen leise die Wohnungstür und schlichen die Treppen herunter, wobei wir sehr achtsam waren, die Dielen, die quietschten, zu umgehen. Endlich kamen wir unten an, das Haus kam mir ganz fremd vor, so dunkel und leise. Ich hatte das Gefühl, durch eine riesige Halle statt den schmuddeligen Hausflur entlang zu laufen. Die schattenhafte Figur vor mir überquerte lautlos den

Hof und ich folgte ihr blind. Ich zitterte vor Anspannung und war froh meine Mutter hinter mir zu wissen. Anders als erwartet traten wir nicht auf die Straße hinaus, sondern bogen scharf rechts ab, bis mir plötzlich der Weg bekannt vorkam. Hier war ich schon einmal im Dunkeln gewesen. Ich begann, die Fensterhöhlen zu erahnen und erinnerte mich an Herrn Heises Glatze im Mondlicht. Schon ließ sich Inge auf die Knie sinken und begann mit ihrer linken, behandschuhten Hand eifrig zu graben. Ich staunte, meine Mutter sah mich an und legte verschwörerisch einen Finger auf die Lippen. Ich schaute wieder auf Inge hinunter. Kaum konnte man die kauernde Person vom schwarzen regennassen Erdboden unterscheiden. Ich fror und floh in die Jacke meiner Mutter.

Der alte Baum warf groteske Schatten an die Hauswand, deutlich erkannte ich Wölfe mit schrecklichen Klauen und scharfen Zähnen, aber ich wollte nicht jammern. Auf keinen Fall. Ich verbarg das Gesicht am warmen Bauch meiner Mutter.

Als ich wieder aufsah, waren da nur noch Blätter und Zweige. Die Zeit verging, doch nichts geschah. Zu unseren Füßen fluchte Inge leise.

»Scheiße, hier is nichts.«

Meine Mutter hockte sich hinunter zu ihr. Ihre Knie berührten die dicken Steine, die das Beet vom Weg abtrennen sollten. »Doch Inge, da muss was sein. Ich bin ganz sicher. Hier an dem Strauch war das.« Sie scharrte hektisch in der Erde. »Mensch, hier war das doch, das muss doch …«

Inge schüttelte den Kopf. »Ich hab alles umgebuddelt, tiefer is nich ohne Spaten …«

Ich spähte nach oben, im ersten Stock ging ein Licht an. »Psst«, sagte ich warnend und legte einen Finger auf die Lippen. »Ihr seid zu laut.«

Verdutzt sahen mich die beiden Frauen an. Bange Minuten vergingen, dann hörten wir Wasser rauschen und kurz darauf erlosch das Licht. Ich erinnerte mich nun deutlich an den Abend, an dem Herr Heise seinen Schatz vergraben hatte. Ich konnte beinahe wieder den Brandgeruch riechen, der in der Luft gehangen hatte. Er hatte es hier versteckt. Es war direkt unter dem weggerissenen Balkon gewesen. Meine Hand deutete wie von selbst auf die rechte Seite des kahlen Gewächses. »Da«, flüsterte ich.

»Auf der anderen Seite von dem Busch.«

»Nee, ich meine, du hast mir die Stelle hier gezeigt ...«, widersprach meine Mutter. Doch Inge grub bereits hastig an genau der Stelle, auf die ich gedeutet hatte. Ich wischte mir die Nase am Ärmel ab, in der Dunkelheit sah es meine Mutter nicht. Zumindest rügte sie mich nicht. Plötzlich stieß Inge auf etwas Hartes. Sie beugte sich über den breiten Graben.

»Juchu, da is es! Lenchen hatte Recht – wie immer.« Inge kniff mich zärtlich.

»Gut gemacht!« Meine Mutter freute sich sichtlich, wurde aber furchtbar nervös, als im zweiten Stock ein Fenster erleuchtet wurde. »Toll is das! Haste alles? Na dann los jetzt, nix wie weg hier.«

»Halt, erst müssen wir das Loch wieder zu buddeln. Los, helft mal mit.« Zu dritt schütteten wir ehrfürchtig, aber eifrig feuchte Erde in das Loch, als wollten wir einen alten Hund begraben. Schelmisch grinsend und mit zerzausten Haaren saßen wir kurz darauf bei zugezogenen Vorhängen auf dem Sofa und begutachteten unsere Beute. Im flackernden Schein der Kerzen schlug sich Inge vor diebischem Vergnügen auf die knochigen Schenkel. »Toll, das war ein Tipp, echtes Silber! Dass ihr euch das nicht schon längst geholt habt.«

Meine Mutter blickte betreten zu Boden. »Eigentlich mach ich ja so was nich. Es gehört uns ja eigentlich ja nich ...«

»Mann eh, der Heise, der alte Quälgeist hat sich längst abgesetzt. Der kommt bestimmt nich wieder. Und wir, wir brauchen das jetzt.« Sie zeigte auf ihr hohlwangiges Gesicht im angelaufenen Spiegel. »Kiek dir mal an, wie wir aussehen. Wir kriegen doch nichts zwischen die Zähne und dafür«, sie hob triumphierend eine silberne Gabel, »bekommste auf dem Schwarzmarkt wenigstens noch was. Stell dir mal vor: Brot, Eier, Milch, Rollmöpse ...« Mir lief das Wasser im Mund zusammen. Meine Mutter schien sich indessen auf dem Sofarand zu winden vor Reue.

»Es is nich recht. Ich fühl mich so schlecht. Und jetzt haben wir auch noch die Kleine ...«, jammerte meine Mutter.

»Ach, nun reiß dich mal zusammen«, unterbrach Inge sie streng. »Für die war das ein Spaß mit uns, ein kleines harmloses Abenteuer. Hat sie was fürs Leben gelernt. Die Kleene hat ganz andere Sachen miterlebt. Und ein paar kräftige Wurststullen würden ihr auch nich schaden.«

Ich nickte eifrig. Die Aussicht auf ein paar deftige Mahlzeiten war verlockend. Vor meinen Augen verwandelten sich die verschnörkelten, angelaufenen Messer, Gabeln und Löffel in Bratkartoffeln mit Eiern, mein Leibgericht. Und zum Nachtisch Vanillepudding und Birnen ...

Am nächsten Tag begegnete uns Frau Müller vor der Haustür. Nach einer kurzen Begrüßung ging sie nicht gleich weiter, sondern forderte mich unvermittelt auf, ihr meine Fingernägel zu zeigen. Verdutzt streckte ich die Hände aus.

»Schön sauber«, konstatierte sie. »Sind die deiner Mama auch so sauber?« Unwillkürlich besah sich meine Mutter ihre Nägel. Dann schaute sie fragend in Frau Müllers kleine Schweinsäuglein.

»Wieso um alles in der Welt interessieren Sie sich für meine Nägel?« Frau Müller trat mit geheimnisvoller Miene einen Schritt näher.

»Nun«, begann sie umständlich, »ick denke dabei so an nächtliche Jartenarbeit ...« Sie genoss die Situation sichtlich. Meine Mutter und ich sahen uns nur verständnislos an. Frau Müller wurde ungeduldig. »Ick habe«, versuchte sie es erneut, »schwarze Nägel erwartet bei Ihnen ...« Meine Mutter konnte und wollte mit diesen vagen Andeutungen nichts anfangen.

»Aha«, sagte sie knapp und zog mich weiter.

»Ja, warten Se doch«, rief Frau Müller enttäuscht. »Ick will Ihnen wat sagen, und Se laufen einfach weg«, entrüstete sie sich.

Meine Mutter drehte sich zu ihr um. »Ja, dann sagen Sie es doch. Ich hab nich den ganzen Tag Zeit.«

»Also gut, wie Se wollen.« Frau Müller beugte sie abermals zu uns herüber. »Ick dachte, Se hätten dreckige Fingernägel vom Graben.« Gespannt wartete sie auf unsere Reaktion. Sie hielt sich vorsichtshalber am Treppengeländer fest. »Ick hab Se beobachtet letzte Nacht«, fügte sie beinahe verzweifelt hinzu. Ihre dunklen Augen leuchteten.

»Ach so is das«, erwiderte meine Mutter nachdenklich. Dann fragte sie ganz direkt: »Was haben Sie denn genau gesehen?« Nun beugte sie sich neugierig zu Frau Müller hinüber. Irritiert ging diese ein paar Zentimeter auf Abstand.

Dann brüstete sie sich lautstark: »Na alles. Ick hab es jenau jesehen, wie Se da … jebuddelt haben. Sie und ihre Freundin da … Und die Kleene, die hatten Se nämlich ooch mit.«

»Und was, meinen Sie, haben wir da gesucht?«, fragte meine Mutter unverblümt. Frau Müller rang erschrocken nach Luft.

»Na, dit weeß ick doch nich. Sie haben doch jegraben!«

Meine Mutter sah aus, als hätte sie einen Entschluss gefasst. »Frau Müller, ich wollte Ihnen schon lange mal was zeigen. Haben Sie ein Minütchen Zeit?« Frau Müller riss die Augen auf. »Aber selbstverständlich habe ick für meine Nachbarin Zeit«, säuselte sie.

»Dann kommen Sie doch einfach mal kurz mit hoch.«

»Aber jern.« Frau Müller hatte schon behände die ersten Stufen erklommen, deren Aufstieg sie sonst immer keuchend verfluchte.

»Sie werden begeistert sein«, versprach meine Mutter. Frau Müller rannte jetzt fast. Ich trottete ratlos hinterher. Oben angekommen führte meine Mutter Frau Müller geradewegs in die Küche.

Nachdem sie die Nachbarin mit einem Kaffeeklatsch über Belanglosigkeiten eine halbe Stunde auf die Folter gespannt hatte, trieb sie ihr mit einem Satz den Schweiß auf die beflaumte Oberlippe: »Ach, jetzt hätte ich ja fast vergessen, warum ich Sie heraufgebeten habe.« Frau Müller taxierte gespannt den Schrank, den meine Mutter öffnete und quälend lange darin herumwühlte. Schließlich zog sie einen in ein kariertes Taschentuch gewickelten Gegenstand heraus. Mit gleichgültiger Miene legte sie ihn zwischen sich und Frau Müller auf den Tisch.

Es herrschte gespannte Stille. Irgendwann hielt es Frau Müller nicht mehr aus.

»Is es dit?«

Meine Mutter nickte kurz. Sie löste das Taschentuch. »Es ist etwas angelaufen; Sie wissen ja, wie das ist – mit echtem Silber …« Frau Müller konnte sich kaum auf ihrem Stuhl halten. Behutsam legte meine Mutter ihr den schweren glänzenden Tortenheber in die Hand.

»Wie schön.« Frau Müller wiegte in anerkennend in der Hand und besah sich den kunstvoll gearbeiteten Griff von allen Seiten.

»Wissen Sie«, sagte meine Mutter, »ich finde, wir haben es schon schwer genug. Meinen Sie nich auch, wir als Nachbarinnen sollten zusammenhalten?«

»Unbedingt!« Frau Müller löste den Blick nicht vom silbernen Tortenheber.

Meine Mutter reichte ihr das Taschentuch. »Hier, nehmen Sie! Sehen Sie das gute Stück einfach als Geschenk an – auf gute Nachbarschaft! Wird ja endlich mal Zeit.« Ich sah Frau Müller an. Sie lächelte verschämt, schien hin und her gerissen.

»Ach nee, dit kann ick doch nich annehmen, so schönes Silber …«

»Oh doch, es ist ein Geschenk.«

Frau Müller zierte sich nicht länger. »Na jut, vielen Dank denn. Ick werde den Tortenheber in Ehren halten. Und – ick habe natürlich nichts jesehen … wat denn ooch …?«, zwinkerte sie. Sie lachte und meine Mutter stimmte angestrengt mit ein.

Kapitel 10

Wir haushalteten recht geschickt, doch der Schwarzmarkt war gnadenlos. Um ein Haar wäre Inge dort bei einer Razzia sogar erwischt und verhaftet worden. Das Silber war schnell verbraucht: Allein Inges Geburtstagskuchen hatte mehrere Besteckteile gekostet, aber meine Mutter hatte darauf bestanden, wenn wir schon Unrecht getan hatten, wenigstens mich mit einem ordentlichen Stück Kuchen dafür zu entschädigen. Und so hatten meine Mutter und ich Inge noch im Bett gratuliert, und uns dann zu dritt gleich zum Frühstück vergnügt den Bauch mit Pflaumenkuchen vollgestopft, hatten den sonnigen Augenblick in vollen Zügen genossen, ohne zu wissen was kommen würde. Unter den wohlwollenden Blicken meiner Großmutter von oben, waren wir anschließend in den Park gegangen bzw. bestaunten das, was davon übrig war. Die Stadt schien dreckig, über und über mit dem feinen Staub des Trümmerschutts bedeckt. Viele Straßen waren aufgerissen oder verbarrikadiert; erschreckend viele Grünflächen wiesen verdächtige Hügel auf, die zum Teil auch mit Kreuzen gekennzeichnet waren, schließlich gab ich es auf die Gräber zu zählen.

Handgemalte Plakate an Häuserwänden sollten die deutschen Soldaten zu den Sammelplätzen leiten. Doch man sah nur wenige Männer, die jünger waren als 60. Vielleicht sahen sie auch nur so alt aus. Unrat, Möbelreste und Autowracks bedeckten nach wie vor die meisten der Gehsteige. Nachbarn hatten uns von den

Sowjetflaggen erzählt, die auf dem Reichstag und vor dem Brandenburger Tor wehten. Wochenlang mieden Inge und meine Mutter Wege, die daran vorbeiführten. Lieber nahmen sie lange Umwege in Kauf. Zu groß war noch die Angst, zu tief saß der Schreck, zu dicht unter der zarten Haut der Oberfläche lauerte die Verzweiflung. Erinnerung konnte nur in kleinen Dosen vertragen werden. Beim Spazierengehen fanden wir unter einem Busch einen ehemals kaminroten, luftlassenden Gummiball. Ich kickte ihn gedankenverloren davon, doch Inge holte ihn zurück und stellte sich vor uns auf. »So, wir spielen jetzt. Du Lenchen stellst dich darüber … Noch 'n Stück, ja genau.« Meine Mutter sah sich unsicher um, aber dann ging auch sie in Position, sodass wir ein Dreieck bildeten. Ich hopste vor Freude von einem Bein auf das andere.

»Inge, Inge, darf ich anfangen?«

»Na klar.« Zielgenau ließ sie den unförmigen Ball zu mir hinüber fliegen. »Verliebt«, rief ich und warf meiner Mutter den Ball zu. Sie fing ihn auf – »Verlobt …«, um ihn sogleich kichernd weiter zu Inge zu werfen. Er eierte im hohen Bogen durch die Frühlingsluft. Inge kreischte und streckte die Arme aus. Sie hechtete nach links, machte eine verzweifelte Fangbewegung und ließ sich im gleichen Augenblick auf den feuchten Rasen plumpsen. Den Ball hatte sie fest an ihre Brust gedrückt; er wirkte jetzt noch deformierter. »Verheiratet«, japste sie grinsend. Triumphierend hielt sie ihre Beute in die Höhe, während sie sich Erde vom Arm wischte.

Die Schmetterlinge zeigten schon ihre bunten Flügel, und auf dem Heimweg tanzten Mücken in der Luft, die Inge mittels heftiger Handbewegungen zu verscheuchen suchte. Schließlich verschluckte sie aus Versehen eine. Nach dem ersten Ekel kaute sie überdeutlich und rieb sich den Bauch. »Hm, Eiweiß, lecker!« Meine Mutter und ich bogen uns vor Lachen, und ich war damals sicher, dass dies der schönste Tag meines Lebens wäre – mitten in all den zerstörten Häusern und Lebensläufen. Erst viel später fiel mir ein, wie viele aufgeschlitzte Polster, wie viele Fliegen ich auf den Straßen in unserer Umgebung gesehen hatte. Ich beschloss nicht weiter darüber nachzudenken. Ich schloss diesen schönen Tag in mein Herz ein, legte ihn unter Glas, ohne Fliegen und ohne den Geruch von Verbranntem. »Jetzt bricht eine neue Zeit an«, hatte Inge erst kürzlich mit ernster Miene gesagt. »Genau, es kann nur besser werden«, hatte meine Mutter ihr zugestimmt, während ich aus dem großen Taschentuch, das Einzige, was von unserem »Silberschatz« übrig geblieben war, ein neues Kleid für Amelie knotete. Wir waren wieder arm wie die Kirchenmäuse, aber immerhin hatten wir wieder ein paar Pfund mehr auf den Rippen, was die wenigsten Berliner von sich behaupten konnten. Und ich erinnere mich genau: Ich aß niemals wieder so guten Obstkuchen wie an Inges 23. Geburtstag.

Die Versorgung mit Lebensmitteln war unter den Besatzern ähnlich schlecht wie die während des Krieges. Nun hieß es wieder Hamstern und Kartoffeln klauen. Das war zwar sehr gefährlich, aber es waren die einzigen halbwegs effektiven Möglichkeiten, in der Großstadt Berlin mit ihren immer noch vier Millionen verbliebenen hungernden Einwohnern an etwas Essbares zu kommen. Sämtliche Rasenflächen, die nicht als

Friedhöfe umfunktioniert waren, hatten sich in Kartoffeläcker verwandelt. Kleingärten und ihre Beete und Bäume wurden Tag und Nacht bewacht, um dreiste Diebe abzuhalten, doch ich – für mein Alter sehr klein und wendig, wie viele Kinder meiner Generation – fand immer wieder einen Weg durch modrige Zäune und provisorische Sperren. Nur ein einziges Mal wurde ich gejagt. Ein schlecht sehender Kriegsheimkehrer hatte tatsächlich halbherzig auf mich geschossen, während ich mir fast reife Äpfel in die Tasche quetschte. Doch ich schlug Haken wie ein Hase und entkam. Sicher hatte Großmutter von ihrer Wolke aus einen Windstoß hinunter gesandt, so, dass er mich verfehlte und die Kugel weit entfernt vom Ziel einschlug, malte ich mir aus. Trotz der irrationalen, aber tief verwurzelten Gewissheit, dass mir nicht ernsthaft etwas zustoßen könnte, war ich doch klug genug, meiner Mutter nichts von diesem Vorfall zu berichten.
Nur meiner Freundin Frieda erzählte ich an einem nebligen Nachmittag davon. »… und dann, dann hat er sein großes Gewehr angelegt und gebrüllt: ›Bleib stehen, du Bastard‹. Er war mindestens zwei Meter lang und hatte eine riesige Hakennase. Ich aber, ja also, ich hab mich flach auf den Boden geschmissen, so, dass er mich nich mehr sehen konnte und mit Äppeln nach ihm geworfen. Dabei habe ich ihn voll an der Ommel getroffen und der is zurück …« Zwar lauschte Frieda meiner wilden, im Ganzen jedoch wie ich fand unwesentlich ausgeschmückten Schilderung bis zum großen Finale meiner erfolgreichen Flucht, doch sie glaubte mir kein Wort. Sie meinte, ich schwindle und wolle mich nur wieder wichtig machen. Ungerührt tippte sie sich an die Stirn

und sagte verächtlich: »Auf dir jeschossen – gloob ick dir nich.«

»Doch, ehrlich«, beteuerte ich, »der hat echt abgedrückt!« Ich versuchte, möglichst glaubwürdig dabei auszusehen; wenigstens die Wahrheit sollte sie mir glauben. Doch Frieda hatte schon zu viele meiner »tollen Erlebnisse« gehört ... Sie sah mir ins Gesicht und schüttelte spöttisch den Kopf.

»Mensch Helene, wer soll dir denn dit glooben? Zuerst vergräbt anjeblich einer 'n Silberschatz, ausjerechnet bei euch ...! Den ihr natürlich in der Nacht findet. Und nu soll einer auf dir kleines Mädchen jeballert haben. Du spinnst ja.« Ich protestierte. »Und außerdem, woher sollte der wissen, dass du 'n Bastard bist, he?«

»Vielleicht kennt er meinen Vater und weiß, dass der und meine Mutter nicht verheiratet waren«, warf ich verzweifelt ein. Sie tippte sich an die Schläfe. Damit war das Thema für sie erledigt. Sie machte auf dem Absatz kehrt und rannte in den viel zu großen Schuhen ihres Bruders Heinrich nach Hause. Ich erwähnte dieses Erlebnis nie wieder, keiner sollte mich für eine Aufschneiderin halten. Die Wahrheit glaubte sie mir nicht. Ich begann wieder ausgedachte Geschichten zu erzählen; damit hatte ich mehr Erfolg.

In der folgenden Woche legte ich mich zusammen mit Frieda in einem nahe gelegenen Waldstück in einem Holzverschlag auf die Lauer. Wir saßen mit knurrenden Mägen im Halbdunkel der Hütte und warteten darauf, dass der Bewacher, ein junger Mann auf einem klapprigen Gartenstuhl, endlich einmal austreten müsse. Doch nichts geschah, er blieb wie angewurzelt sitzen, während die Ameisen in wohlgeordneten Kolonnen an den kurzen Stuhlbeinen emporkrochen. Der schien die Ruhe weg zu haben. Allmählich dämmerte es bereits, wir würden großen Ärger zu Hause, Frieda vermutlich sogar den Teppichklopfer, zu spüren bekommen. Dennoch wollte ich nicht mit leeren Händen zurückkehren; ich kannte die mildernde Wirkung, die eine Handvoll Steckrüben auf meine Mutter und Inge haben konnte. Mucksmäuschenstill krabbelte ich bäuchlings in den wilden Garten hinein, genau an die Stelle, wo ich meinte, ein Beet ausgemacht zu haben. Ich begann, die Augen nicht vom Hinterkopf des Mannes abwendend, mit den bloßen Händen in der feuchten Erde zu wühlen. Tatsächlich förderte ich schon bald einige mickrige Kartoffelknollen und ein paar Mohrrüben zutage. Eine Möhre steckte ich gleich in den Mund. Der Sand knirschte zwischen den Zähnen, aber ich schmeckte den herrlich süßen Saft auf der Zunge. Als Frieda meinen Erfolg bemerkte, wollte auch sie das Beet entern. Doch sie bewegte sich zu hektisch. Im nächsten Moment schabte etwas laut am Holz entlang: Zu plötzlich war sie aufgestanden, ohne neben sich zu sehen; es folgte ein ohrenbetäubender Lärm, der Spaten an der Wand war umgefallen. Starr vor Angst warteten wir auf die schier unvermeidbare Entdeckung. Ich hielt die Augen geschlossen. Als ich sie wieder öffnete, sah mich Frieda fragend an. Langsam hoben wir die Köpfe um einige Zentimeter. Der Mann rührte sich nicht. In meiner Magengrube ballte sich ein mulmiges Gefühl zusammen. »Der schläft aber tief!«, flüsterte Frieda erstaunt. Ohne zu antworten, legte ich den Finger auf die Lippen. Mir wurde die Sache allmählich unheimlich; ich wollte Frieda mit mir fortziehen, doch sie wehrte sich. Sie hatte die Möhre bemerkt, die noch in meiner Faust steckte, und begann nun eifrig zu graben. Der stille Wächter interessierte sie nicht weiter. »Los komm, hier is noch mehr«, sagte sie mit glänzenden Augen. Ich zögerte, drehte mich noch einmal nach dem blonden Hinterkopf des Mannes um, wollte aber Frieda dann doch nicht die gesamte Beute überlassen. So wandte ich – von unvergesslicher Gänsehaut überzogen – Stuhl und Mann den Rücken zu. Dennoch wurde ich das unangenehme Gefühl nicht los beobachtet zu werden. Wir gruben hastig das Gemüse aus und stopften es in unsere ausgebeulten Taschen; dann stahlen wir uns davon. Im Umdrehen sah ich den Mann noch immer auf seinem Stuhl sitzen. Ich beobachtete sein Profil; er schien in den Horizont zu schauen, doch an seiner Kehle entdeckte ich plötzlich eine dünne dunkle Linie. Mein Herz begann zu rasen; war er tot? Sicher, sonst hätte er uns bestimmt verjagt. Wir hatten einen Toten bestohlen … Wer hatte ihn umgebracht? Auch Mundräuber wie wir? Für ein paar Radieschen? Ich ließ Frieda stehen und rannte von Panik ergriffen nach Hause. An jeder Ecke meinte ich den Mann zu sehen. Mal schien er mir entgegen zu wanken, dann wieder lauerte er mir in einem Hauseingang auf. Durchgeschwitzt und verstört lief ich meiner Mutter in die Arme. An diesem Abend aß ich fast nichts. Sie dachte, es läge daran, dass ihr die nur mit einem Fingernagel voll Fett gebratenen falschen Buletten angebrannt sind, was Inge gut gelaunt nur mit dem Spruch: »In der Not frisst der Deibel Fliejen! – Auch verkohlte …«, kommentierte. Mir aber ging die Szene vom Nachmittag nicht aus dem Kopf, sodass ich mit einem schmerzenden Knoten im Magen einschlief.

Wenn Inge und meine Mutter zusammen auf der lädierten Couch lümmelten und tuschelten, machten sie meist ziemlich ernste Gesichter. Das Fenster stand auf und milde Stadtsommerluft durchzog das Zimmer. Mit dem Luftzug erreichten mich die leisen Worte meiner Mutter. »Ich glaub, ich werde ein Souvenir behalten von den Russen«. Ihre Worte klangen bitter; fast als hätte sie gerade in eine Pampelmuse gebissen. Welches bleibende Andenken könnte ihr Andrej nur hinterlassen haben? Er hatte doch alles mitgenommen. Und die beiden Frauen hatten doch alles im Raum getilgt, was irgendwie an die Männer erinnerte.

»Ach iwo, das bildest du dir bestimmt bloß ein und dann die schlechte Ernährung, die Aufregung die letzten Monate – da is es normal, dass …« Sie verstummte, als sie sich meiner Gegenwart bewusst wurde. Sie senkte die Stimme ein wenig, aber nur ein wenig. Ich bemerkte, wie meine Mutter vehement den Kopf schüttelte.

»Nee nee, ich wünschte ja, es wär so … Aber«, sie griff sich unwillkürlich um den Leib, »meine Brüste spannen schon so und mein Bauch …, ich meine, ich fühl das. Genau wie damals.« Inges Augen huschten über den Bauch meiner Mutter. Doch sie blieb bei ihren Zweifeln.

»Nu wart mal ab.«

»Ja, aber lange kann ich nich mehr warten«, kreischte meine Mutter plötzlich. Sie fasste sich sogleich und fügte nervös hinzu: »Sonst is es zu spät für, für …« Ich verstand kein Wort. Zu spät wofür? Worum ging es hier?

»Wenn hier wirklich ein kleiner Deutsch-Russe drin is«, sie tippte meiner Mutter auf den Bauch, »dann kriegen wir den auch noch groß.« Ich starrte auf den Bauch meiner Mutter. Hieß das etwa, ich würde doch noch ein Geschwisterchen bekommen? Auch ohne Papa? Ich wagte nicht zu fragen, denn im gleichen Augenblick sah meine Mutter ihre engste Vertraute entsetzt an.

»Niemals!«, zischte sie. »Das lass ich nich zu – eher, eher ...«, sie machte eine hilflose Handbewegung. Ich spürte, wie sie mich ansah. Dann wandte sie das Gesicht wieder Inge zu ... Inge legte ihr beruhigend die Hand auf das Kleid.

»Nu mal langsam mit die jungen Pferde«, sagte sie. Nach einer kurzen Weile und etliche schnelle Atemstöße meiner Mutter später – ich überlegte schon, ob ich lieber eine Schwester oder ein Bruder haben wollte, und ob das Baby dann womöglich später russisch spräche – durchbrach Inge die lastende Stille, indem sie sagte: »Dann fahren wir eben nach Wittenberg.« Verwirrt schaute meine Mutter in Inges klaren Augen.

»Was wollen wir denn da?«

Inge zögerte nur eine Sekunde. »Im Sankt Gerhardt Stift dort«, wieder spürte ich den durchdringenden Erwachsenenblick, »machen sie es anonym weg«, erklärte sie leise. Gehetzt sah meine Mutter sie an. »Ich kenne dort jemanden«, sagte Inge, »von früher.« Meine Mutter senkte den Kopf, aber ihre Finger entspannten sich ein wenig. Zaghaft fragte ich, ob ich auch mit auf die Reise dürfte. Inge hob mich auf ihren Schoss. »Na klar, Kleene. Wo sollste denn sonst bleiben, wenn wir beide weg sind?« Sie zupfte bei jedem Wort an meinem Ohr: »Du – kommst – mit! Über-all-hin.« Ich strahlte. »Dann kriegst du endlich mal ein bisschen Kultur zu sehen – in der alten Lutherstadt. Wenn Mama ihre

Besorgungen machen muss, gehen wir zwei beide auf die Wartbug.« Doch plötzlich kam sie ins Grübeln. »Nee, warte mal … oder doch? Verwechsel ich jetzt was? Ich glaube, die Wartburg is bei Eisenach …« Ich sah sie fragend an, dann meine Mutter. »Na, is ja auch egal, wir machen uns das schon schön. Hauptsache, wir kriegen da was zwischen die Kauapparate, ne? Aber schlimmer als hier kann es da auch nich sein …«

»Holen wir da das neue Baby ab?«, fragte ich hoffnungsvoll. »Wird es ein Junge oder ein Mädchen?« Ich bekam keine Antwort. Wortlos wandten die beiden Frauen den Blick ab. Inge versuchte mich abzulenken. Das kannte ich schon. Also stieg ich darauf ein und spielte mit ihr »Hoppe Hoppe Reiter«. Doch ich vergaß die Sache nicht. Einige Tage später allerdings erklang ein Jubelschrei durch das gesamte Treppenhaus, unten vom Klo hoch bis unter das Dach. Frau Müller öffnete sogar die Tür und streckte den Kopf heraus, um zu erfahren, was los sei. Mit großen Sprüngen kam wenig später meine Mutter beschwingt die Treppe hochgesprungen, immer drei Stufen auf einmal nehmend. So fröhlich hatte ich sie ewig nicht mehr gesehen. Sie wirbelte mich auf dem Treppenabsatz herum und lief hinein zu Inge: »Die Roten sind da!«

Inge stutzte. Meine Mutter lachte ein bisschen verrückt. »Und diesmal sind se sowas von willkommen …« Inge schluckte einmal, dann lächelte sie erleichtert. Meine Mutter fiel ihr um den Hals und heulte fast.

»Gott sei Dank is uns das erspart geblieben«, schnaufte Inge in den Ärmel meiner Mutter. Die beiden Frauen drehten sich im Kreis und tanzten einmal quer durch das Zimmer. Ich wusste nicht, was das alles zu bedeuten hatte, tanzte aber mit. Sie nahmen mich zwischen sich, jede an einer meiner Hände. Als wir wieder auf der Küchenbank saßen, wurde meine Mutter ernst.

»Lene, sieh mich mal bitte an, du wirst noch kein Geschwisterchen kriegen, verstehst du?«

»Nee, mir sagt ja keiner was«, maulte ich.

»Also, erst mal nur wir drei, ja? Wir brauchen doch auch keinen anderen, wir haben doch uns!« Ich nickte, obwohl ich schon ein bisschen traurig war. Aber Inge und meiner Mutter knuddelten mich ab wie einen wolligen Pudel und ich kam nicht weiter zum Nachdenken. Wir spielten eine Runde »Mau Mau«. Und noch eine und noch eine, heute waren sie besonders nett zu mir. Wie so oft gewann ich ein Spiel nach dem anderen. Im Kartenspielen sei ich unschlagbar, versicherte mir Inge immer wieder mit anerkennendem Blick. »Von wem sie das wohl hat«, sagte dann jedes Mal meine Mutter mit vielsagendem Unterton. Und kurz darauf brachen die beiden in lautes Kichern aus.

Durch Zufall, Inge nannte es »ein Bombenglück«, erhielten wir eine andere Wohnung in Reinickendorf. Sie war viel weniger stark beschädigt als unsere alte und hatte sogar in sämtlichen Fenstern Scheiben. Ich konnte es kaum glauben. Nie wieder würden wir von der kalten Zugluft, die durch die Pappabdichtungen in den Fensterrahmen drang, etwas wegholen. »Wenn schon hungern, dann wenigstens nich auch noch frieren«, deklamierte Inge ein um das andere Mal.

Wenn meine Mutter fassungslos fragte, wie sie das nun wieder hinbekommen hatte, bekamen wir nur zu hören: »Na ich kenn da eben noch den einen oder andern von früher … Anständige Menschen bleiben hilfsbereit.« Mehr wollte sie nicht verraten. Wahnsinn, in solch einer schwierigen Zeit, wo tausende Menschen obdachlos waren, hatten wir es warm und trocken. Wir zogen also ziemlich problemlos in die französische Zone Berlins um: Residenzstraße Nr. 46.

»Die Franzosen sind doch so kinderlieb, hat meine Mama jesagt«, erklärte mir Frieda vor unserem Umzug. »Vielleicht kriegste da ja 'ne Schwester oder 'nen Bruder …« Ich horchte auf. Sie sollte nicht ahnen, wie Recht sie damit haben würde. »Aber«, Frieda legte verschwörerisch ihre Hand um meine Ohrmuschel, »so toll is dit mit den Jeschwistern jar nich. Du musst alles teilen. Und hast nie mehr Ruhe …« Trotz ihrer Warnung stellte ich mir vor, wie es wäre eine Schwester zu bekommen; vielleicht würde ich sie sogar mal mit Amelie spielen lassen.

Kapitel 11

Das Essen war knapp, das Geld war knapp, die Arbeit war knapp. Doch im Herbst erhielt meine Mutter eine Stelle als Serviererin in einer Kantine der französischen Alliierten. Das war wie das große Los für uns. Sie war sehr bemüht und nervte uns manchmal schon ein wenig mit ihrem Pünktlichkeitswahn. Aber es war ihre Chance: Endlich konnte sie etwas Geld für uns verdienen und freies Essen bekam sie zusätzlich – und das war fast noch wichtiger. Durch einen glücklichen Umstand hatte sie als ungelernte Kraft, beim Arbeitsdienst war sie einer Hospital-Wäscherei zugewiesen gewesen, die begehrte Stelle bekommen. Auch Inge fand Arbeit. Das gefiel mir gar nicht. Denn ich hatte nun das Pech, wenn beide Frauen Spätdienst hatten, allein ins Bett gehen zu müssen. Die Vorteile, ich ließ meist das Waschen und Zähneputzen ausfallen, wogen die schrecklichen Nachteile keineswegs auf. Denn ich sah in jedem Winkel Schatten, ungeheuer erschreckende, böse, dunkle Gestalten. In der Nähe unserer Wohnung befand sich eine Straßenbahnhaltestelle. Oft konnte ich vor Furcht nicht einschlafen, weil ich sicher war, in der nächsten Bahn säße der Teufel. Er würde vor unserer Tür aussteigen und dann ganz leise die knarrende Treppe hochkommen. Ich konnte ihn mir ganz genau vorstellen mit seinem Pferdefuß und der furchtbaren Fratze, die jedermann zu Tode erschrecken konnte. Sobald ich das Brummen der nahenden Bahn nur ahnte, wurde mein Rücken steif vor Schreck. Ich starrte mit weit aufgerissenen Augen in die Schatten, die bei jedem Windstoß im Hof gruselig über die Wand huschten und mich dort unaussprechliche Dinge sehen ließen. Ich lauschte wachsam auf das kleinste Geräusch; oft war ich sicher, im Treppenhaus die ungleichmäßigen Schritte des Bösen zu hören. Ich verkniff mir den Gang auf die Toilette – aus Angst den hässlichen scharfen Klauen des Teufels, der sicher schon in der Zimmerecke lauerte, zum Opfer zu fallen. Ich spürte, wie meine Blase unangenehm stetig voller wurde, doch ich wagte mich keinen Zentimeter fort. Stundenlang tat ich kein Auge zu. Manchmal, wenn ich es gar nicht aushielt, rief ich so laut ich konnte nach »Tante Lehn«. Ich konnte mich nicht erinnern, warum sie so hieß, das war irgendwie ihr Spitzname seitdem ich sie kannte. Tante Lehn hörte mich leider nicht immer. Sie war eine rüstige Rentnerin, die einen tiefen Schlaf hatte. Dennoch sah sie nachts oft nach mir: Manchmal nannte ich sie sogar Oma, so lieb war sie mir geworden, und sie erinnerte mich an sie, denn sie roch oft, wie meine Oma gerochen hatte. Doch meine Mutter hörte das nicht gern, so sehr sie Tante Lehn auch mochte.

»Du kennst doch deine Oma«, sagte sie traurig. Sie zögerte einen Augenblick, als überlegte sie, wie sie fortfahren sollte. »Sie is tot.« Wieder hielt sie inne. »Das is Tante Lehn.« Natürlich wusste ich das alles, aber meiner Mutter schien es sehr wichtig zu sein. Also nannte ich Tante Lehn »Tante Lehn«, nur selten, wenn wir beide allein waren, sprach ich sie mit »Oma« an, und sie lächelte und wuschelte mir über den Kopf. Wenn Tante Lehn mich nachts nicht hörte, krabbelte ich zitternd vor Furcht und Kälte unter der Decke hervor und sprang dann hin zum Eimer neben dem Bett, um Pipi zu machen. Das Klo war ja unten auf der Treppe. Bei größeren Vorhaben stellte ich mich also an die Wohnungstür und rief aus Leibeskräften nach Tante Lehn, die dann mit mir auf die Toilette ging. Oft war mir sehr kalt, während ich auf der Schüssel saß und sie wartend danebenstand. Manchmal musste ich dann auch vor Aufregung gar nicht mehr, und ich spürte den unangenehmen Druck erst wieder, wenn ich abermals allein im Bett lag – und es zu spät war. Ab und zu rief ich Tante Lehn abermals aus der Wohnung; nie schimpfte sie, sondern begleitete mich geduldig zur Toilette. Dann legte sie mir ihren selbst gehäkelten Überwurf über die Schultern. Damit er mir nicht von den kleinen Armen rutschte, wickelte sie mich regelrecht darin ein, sodass ich manchmal kaum meinen Arm freibekam, um nach dem Papier zu greifen. Geld für Toilettenpapier hatten wir keines, also wurde meist Zeitungspapier benutzt, was zur Folge hatte, dass meine Schlüpfer oft von der Druckerschwärze verfärbt waren. Wie manch andere, sammelte Tante Lehn wegen ihrer winzigen Rente auch immer draußen große Blätter als Klopapierersatz, die sie dann auf den Halter an der bröckeligen Wand spießte. Wenn mir auf dem Klo langweilig wurde und Tante Lehn zu müde zum Reden war, spielte ich mit den Blättern oder versuchte zu raten, von welchem Baum sie stammten. Ich staunte, wohin sich die Geister und Hexen zurückgezogen hatten, wenn Tante Lehn da war. Denn dann ließ sich keine der angsteinflößenden Kreaturen blicken. Aber nachdem ich die Tür ins Schloss fallen hörte, sah ich sofort wieder die Gespenster hervorlugen – und konnte nicht selten wiederum nicht einschlafen. Ich fürchte, diese Geister haben nicht nur mich in manch einer Nacht um den Schlaf gebracht.

Morgens war ich bei unserer Nachbarin oder im Kindergarten oft so müde, dass ich kaum meinen eigenen Kopf halten konnte. Wenn ich allein zum Kindergarten laufen musste, weil meine Mutter und Inge arbeiteten oder nach Lebensmitteln anstanden, führte mich mein Weg an einem großen Friedhof vorbei. Mir graute schon beim Aufstehen vor dem Gang an der niedrigen, feuchten Friedhofsmauer entlang. Wer sagte denn, dass der Teufel tagsüber schläft? Er war doch schließlich kein Vampir, oder? Musste er überhaupt schlafen? Was, wenn er mit seinen langen krakenartigen Armen über die mit Efeu bewachsene Mauer greifen und mich schnappen würde? Er würde mich mit Haut und Haaren fressen. Wer sollte ihn auf dem Friedhof schon daran hindern? Da war doch keiner ... nur Tote. Ich zählte ungeduldig die Pflastersteine, die mich noch von der Mauer trennen würden, ich stand furchtbare Ängste aus. Und obwohl es mir streng verboten war, allein die Straße zu überqueren, tat ich es dennoch jedes Mal. Ich konnte einfach nicht anders, auch wenn mich danach den halben Vormittag das schlechte Gewissen quälte. Aber wenigstens war ich nicht gefressen worden. Zum Glück auch nicht überfahren ...

Meine Mutter sollte zwischen dampfenden Suppenschüsseln und abgegessenen Tellern den Mann treffen, der sie ihr weiteres Leben über begleiten würde – in guten wie in schlechten Zeiten ... Und mein Leben und das meiner Halbgeschwister würde stark von ihm beeinflusst werden. Meine Mutter arbeitete erst einige Wochen in der Kantine und war immer noch etwas ängstlich. In der Mittagspause sprach sie ein dunkelhäutiger Koch an. Er hatte sich gerade eine frische blendend weiße Schürze umgebunden und trat unvermittelt an sie heran, während sie noch aß: »Bonjour Mademoiselle. Isch gesehen, du essen immer nur Älfte von deine Essen. Was machst du mit anderes? Magst du meine Essen nischt?«

Der Koch schien persönlich beleidigt zu sein. Meine junge Mutter hustete vor Schreck und Furcht. Sie senkte den Blick und antwortete nicht. Er sprach nicht gerade leise. »E, bitte sag mir, schmeckt dir nischt?«

Er sah sie amüsiert und ein wenig herausfordernd an. Einige Kantinengäste an den umliegenden Tischen drehten bei seinen Worten neugierig die Köpfe herum. Meine Mutter spürte die Hitze in ihr Gesicht steigen. Sie schwankte zwischen Scham und Wut. Was wollte dieser fremde Mann denn von ihr? Schließlich konnte sie doch mit ihrem Mittagessen tun, was sie wollte. Sie strich sich trotzig die Haare hinter das Ohr und tat, als sähe und höre sie ihn gar nicht. Es schien zu wirken. Die Leute wandten sich wieder ihrem Essen zu. Doch der Koch war hartnäckig: Er blieb ein paar Schritte von ihr entfernt stehen und beobachtete sie scharf aus den Augenwinkeln. Er hatte die Hände in die fülligen Hüften gestemmt und schien nicht gewillt zu sein, meine Mutter in Ruhe zu lassen. »Alors, ast du Antwort für misch?« Das rechte Lid meiner Mutter zuckte unwillkürlich, als er sich neben sie setzte.

»Pardon, ist ier noch frei?« Sie legte den Löffel auf das Tischtuch und blickte sich gehetzt um. Der Koch trommelte ungeduldig mit den Fingern auf dem Tisch.

Da hielt sie es nicht mehr aus. Ihre Finger verkrampften sich in ihrer Jacke. Gepresst war ihre Stimme zu hören.

»Das Mittagessen da auf meinem Teller gehört doch mir, nicht wahr?« Ihr Gegenüber nickte. »Also, ich kann damit machen, was ich will ...«

»Ja«, bestätigte der Koch, fügte aber im gleichen Atemzug hinzu: »Aber isch will sehen, was du mit meine Essen machst.«

»Na gut«, sagte sie leise, während sie wie gebannt den Salzstreuer fixierte. »Du willst es wirklich wissen?« Er hob interessiert den Kopf.

»Oui!«

»Dann guck zu, verflucht noch mal!« Sie zog unter dem Tisch eine kleine Blechkanne aus ihrem Rock hervor und schüttete blitzschnell den Rest der sämigen Gemüsesuppe hinein. Sie schloss fest den Deckel. Ihr Gesicht war rot vor Wut und Scham. Der Koch staunte. Er wollte etwas sagen, vielleicht einen Scherz machen, doch bevor er fortfahren konnte, war meine Mutter aufgestanden. Sie stieß hart gegen die Tischkante, als sie davon stürmte. Er verfolgte einen Augenblick lang verwirrt ihren Weg der Tür zu, dann lief er hinterher. Im Flur holte er sie ein.

»Warum machst du das?«, fragte er nicht unfreundlich. Meine Mutter versuchte, sich an ihm vorbeizudrängeln, aber er beharrte auf seiner Frage. Hatte er denn noch immer nicht genug? Wie peinlich, vor all ihren Kollegen ... Nun gut, wenn dieser aufgeblasene Franzose darauf bestand, würde sie ihm eben ihre Meinung sagen. Und wenn man sie deshalb entlassen würde, dann sollte es eben sein. Dieses eine Mal würde sie sich nicht herumschubsen lassen. Sie hatte genug. Sie reckte das Kinn, sah ihm direkt in die dunklen Augen und zwang sich ruhig zu sprechen. Sie wählte entgegen einem starken Impuls ihre Worte mit Bedacht.

»Du kochst sehr gut, nur … etwas viel Salz …« Im letzten Augenblick überlegte sie es sich doch anders, sie brauchte diese Anstellung, verdammt, sie konnte sich keinen Ärger leisten. »Entschuldigung, aber ich muss jetzt weiterarbeiten.« Sie quetschte sich eilig zwischen ihm und der Wand vorbei, nicht ohne ihm dabei auf den Fuß zu treten.

Kopfschüttelnd brummte er: »Fräsch, la duce ist fräsch …« Halb amüsiert und halb beleidigt sah er ihr nach; beinahe schien es, als wolle er ihr folgen und sie erneut zur Rede stellen. Eine Arbeitskollegin meiner Mutter hatte die kleine Szene vorhin im Speiseraum beobachtet. Sie fasste den Koch nun sanft am Arm, als er zurückkam. Er sah sie ungeduldig an, hörte aber zu, als sie zu sprechen begann.

»Jean, lass sie, sie ist schüchtern.« Er schnaubte verächtlich. Die Frau fuhr fort. »Und sie hat viel mitgemacht.« Sie senkte den Blick. »Wie wir alle …«, fügte sie schwach hinzu. Er wollte sich wegdrehen, doch sie war noch nicht fertig: »Dein Essen: Jean, sie hat eine kleine Tochter. Das Essen, das sie übrig lässt, ist für ihr Mädchen zu Hause. Deswegen isst se extra nur die Hälfte.« Er sah sie überrascht an.

»Sie at Kind?«

»Ja, aber keinen Vater dazu.«

»Warum sagt sie nischt?«, fragte er verdutzt. Er sah den Flur entlang.

»Du magst sie, stimmt's?« Sein Ausdruck nahm einen fast gequälten Ausdruck.

»Ja … isch glaube.«

»Du musst ihr Zeit lassen, sie hat Angst.«

»Vor mir?«

»Auch vor dir.« Nachdenklich ging der französische Koch aus Algerien zurück in die Küche. In den nächsten Tagen beobachtete er die hübsche deutsche Serviererin nur aus sicherer Entfernung. Er wollte sie nicht wieder verschrecken mit seiner direkten Art. Sie war … irgendwie so verletzlich.

Es war am Donnerstag kurz vor Feierabend. Meine Mutter hatte in den letzten Wochen versucht, dem temperamentvollen Koch unauffällig aus dem Weg zu gehen. Doch nun kam er entschlossen geradewegs auf meine Mutter zu und führte sie mit einem energischen: »Viens!« und dem ihm eigenen dominanten Blick, der keinen Widerstand duldete, in die große Küche. Vor dem Herd lächelte er sie an. Er umfasste vorsichtig einen ihrer schmalen Oberarme mit zwei Fingern und kommentierte diese Geste mit: »Dünn!« Er nahm eine kindskopfgroße Stahlkelle vom Haken und erklärte: »Du arbeiten gut und viel, du essen auch gut und viel, ok? Dein Essen alles für disch, oui! Das«, er hob den Deckel eines riesigen Topfes, »ist für dein Tochter zu Ause.« Er senkte die Kelle bis auf den Grund des Gefäßes und begann die nahrhaften Einlagen aus Kartoffeln, Möhren und Fleisch in eine Milchkanne zu schöpfen. Mit roten Wangen hielt er sie ihr entgegen. Meine Mutter fühlte sich sichtlich unwohl. Sie roch das seltsam lebendige Gemisch aus Gewürzen und Schweiß in der riesigen, heißen Küche, sah die grellen Lampen und den weißen Fußboden. Sie zögerte. Vor ihr stand dieser seltsame Mann, vor dessen burschikoser Art sie sich fürchtete, der aber doch gut zu ihr war. Damit, dass er ihrer Tochter helfen wollte, riskierte er seine Stelle. Unentschlossen suchte sie nach ihrer inneren Stimme, aber nichts war zu hören. So war das immer bei ihr, wenn man seine innere Stimme einmal brauchte, war sie heiser. Ihr Misstrauen wollte die Oberhand gewinnen, doch das Angebot war zu verlockend – von dem guten Eintopf würde Lene sicher zwei Tage lang satt werden. Hastig nahm sie die Kanne, bedankte sich schnell und verließ fluchtartig Koch und Küche. Als sie sich auf halber Strecke umdrehte, rief er ihr nach: »Du kommen morgen wieder, d'accord? Für dein Tochter.« Es klang wie ein sanfter Befehl in ihren Ohren.

Ich fragte nicht, was das Wort »fraternisieren« bedeute, als Inge davon sprach, sondern löffelte nur die herrlich dicke Suppe in mich hinein.

Meine Mutter kam am nächsten Tag nicht wieder in die Küche. Aber am übernächsten. Und auch am darauf Folgenden. Jedes Mal gab ihr Jean übrig gebliebenes Essen für mich mit, ohne etwas dafür zu verlangen. Wohl war ihr zwar nicht bei der Angelegenheit, aber ich hatte mich so schnell an das deftige Abendessen gewöhnt, dass sie den Tag fürchtete, wo sie mit leeren Händen heimkam und in mein enttäuschtes Gesicht schauen würde. Sie hörte, was die anderen beiläufig über Jean sagten. Sie registrierte jede seine Bewegungen genau; sie war auf der Hut. Solange es nicht zu persönlich wurde, unterhielt sie sich auch mit ihm, oder besser, sie hörte zu. Denn er redete gern und viel.

»Isch liebe sehr Kinder«, versicherte er immer wieder meiner schweigenden Mutter, während er Kartoffeln,

Auberginen, Rindfleisch und Käse in Zeitungspapier wickelte – für ein Kind, das er nicht kannte und eine Frau, die sich vor Männern fürchtete. Er wolle eines Tages sehr viele Söhne und Töchter haben, in seiner Heimat bekam man viele Babys, erklärte er stolz und begann dann, in den wärmsten Tönen von seinen vielen Nichten und Neffen daheim in Algerien zu schwärmen. Er erläuterte, wer mit wem verheiratet war, wer am schönsten singen könne, und wer das beste Couscous mache, außer ihm natürlich. Meine Mutter hörte mit unbeweglichem Gesicht zu, sie konnte sich all die fremd klingenden Namen ohnehin nicht merken und wollte es auch gar nicht; sie verfolgte zufrieden, wie mein Lunchpaket immer größer wurde. Doch manchmal, wenn Jean allzu bunt und lustig von seinen lebhaften Verwandten erzählte, musste sie doch lachen. Zum Beispiel, als er berichtete, wie sein Onkel Sult bei seiner eigenen Hochzeit beim Tanzen über seine großen Füße gestolpert war und dabei zufällig drei der schönsten Jungfrauen mit in die Tiefe gerissen hatte. Es hatte einen kleinen Skandal gegeben.

An einem Samstag legte Jean noch zwei etwas trockene, aber wunderbar süße Madeleines zu meinem Paket hinzu, als er meine wortkarge Mutter fragte: »Du magst auch Kinder?« Sie nickte schüchtern. »Wie alt ist dein Tochter?«

»Sechs.«

Er lächelte. »Oh, dann ist Zeit für Schule, e?«

Meine Mutter lächelte unwillkürlich bei dem Gedanken, wie ich mich bald stolz und neugierig auf der Schulbank recken würde, um über all die Köpfe hinweg nach vorn zum Lehrer sehen zu können. Sie würde meine dicken Haare zu zwei ordentlichen Zöpfen flechten, die beim Sitzen links und rechts auf dem Pult aufliegen würden. Hoffentlich würden die Jungs in meiner Klasse nicht auf die Idee kommen die Zopfspitzen ins Tintenfass zu tauchen, wie sie es bei ihr damals getan hatten. Diese Lausbuben hatten ihre Haare als Pinsel missbraucht und damit allerlei Unfug auf ihre Pulte gemalt. Die Tintenflecke waren nach einigen Wochen nicht mehr aus ihren Haaren und ihrer Bluse herausgegangen, und meine Großmutter Hedwig hatte zuerst sie ausgeschimpft und anschließend den Direktor der Schule lauthals zur Rede gestellt, sodass er in seinem hohen Stuhl immer kleiner wurde und schließlich versicherte, sich höchstpersönlich um diese Angelegenheit zu kümmern. Die Buben waren ihres Wissens ordentlich vertrimmt worden, was sie aber nicht daran hinderte, ihren Schabernack weiter zu treiben. Mit der Zeit wurden ihre Zöpfe immer kürzer, alle paar Monate musste wieder etwas gekürzt werden. In dem Moment, als meine Mutter für einen kurzen Augenblick die drückende Last des Alltags vergaß und sich in mädchenhafter Sorglosigkeit verlor, gestand sich Jean ein, was er schon lange geahnt, bisher aber als Albernheit abgetan hatte: Er hatte sich heftig in meine Mutter, eine Deutsche, verliebt.

Von nun legte er sich noch mehr ins Zeug, er wollte so viel wie möglich über sie erfahren, bemerkte jedoch schnell, dass er sehr behutsam vorgehen musste, wenn er sie für sich einnehmen wollte. Er ließ ihr Zeit, wie man es ihm geraten hatte. Er zwang sich zu Geduld und Bescheidenheit. Jeden Tag wechselten die beiden inmitten von Ratatouille und Paté nun ein paar Worte mehr.

»Wie eißt dein Tochter?«, wollte er nach gut einer Woche wissen.

»Helene«, antwortete meine Mutter knapp.

»Elän?« Er sah sie verständnislos an.

»He-le-ne«, wiederholte meine Mutter geduldig.

Jean versuchte wieder und wieder meinen Namen nachzusprechen, doch er brachte nur ein gestammeltes: »Elän« zustande. Er musste grinsen. »Ah qui: Elänne … Ah. Und wie ist dein Name?«, fragte er, obwohl er ihn natürlich längst wusste. Meine Mutter antwortete nicht, zu frisch waren die Erinnerungen. Doch Jean ließ nicht locker, diese hübsche junge Frau hatte es ihm angetan.

Er fragte meine Mutter jeden Tag erneut nach ihrem Namen. Er suchte uns die besten Bissen heraus und versuchte zu verstehen, was diese Frau sah, was sie dachte und fühlte. Er schenkte ihr Blumen und Schokolade, die Arbeitskollegin meiner Mutter hatte ihm ihre Lieblingssorte verraten, Traube-Nuss, und zu ihrem Geburtstag überreichte er ihr sogar eine echte, sündhaft teure Flasche »Chanel No. 5«.

Er wartete geduldig und eines Abends war sie ihr Schweigen leid und beantwortete seine Fragen, nur ihren Namen, den verriet sie ihm noch nicht, obgleich er ihn doch längst wusste … Von nun an erzählte sie bei jedem Treffen ein bisschen mehr und stellte erstaunt fest: Ihr kleines beschränktes Leben, ihr uneheliches Kind, der Tod ihrer Mutter, ihre Not, ihre Zukunft – all das interessierte ihn, er wollte, er konnte zuhören. Nach und nach gewöhnte sie sich an die Kantinen-Gespräche mit Jean, ließ sich sogar seine zurückhaltende Art sie zu necken, gefallen. Eine Eigenschaft schätzte sie besonders an ihm: Er sprach ehrlich aus, was ihm durch den

Kopf ging. Und er interessierte sich sichtlich für sie als Person.

Wochen vergingen, und meine Mutter kam immer mehr ins Grübeln: Es konnte für uns alle viel leichter werden, wenn sie ihre Schüchternheit überwand. Er konnte sehr sensibel sein, und er hatte eine gute Stelle als Koch – warum also länger allein bleiben? Sie sprach sich selbst Mut zu, und irgendwann hatte meine Mutter ihre Scheu beinahe abgelegt.

»Anneliese«, sagte meine Mutter leise, als sie sich über den Küchentresen beugte.

»Was?«, fragte Jean verwirrt. Im gleichen Moment bereute sie, dass sie ihm ihren Namen gesagt hatte. Doch nun gab es kein Zurück. »Wie?«, fragte Jean noch einmal.

»Ich heiße Anneliese«, antwortete meine Mutter. Überrascht ließ Jean den Rührbesen sinken.

»Ist das dein Name?«, fragte er ungläubig.

»Ja.«

Jean begann vor Freude übermütig im Soßentopf herumzurühren. Betont gleichmütig bat er sie: »Sagst du … encore une fois?« Meine Mutter formte jede Silbe deutlich mit den Lippen, er starrte sie verzückt an.

»An-ne-lie-se.«

Er kräuselte seinen breiten Mund und versuchte ihr nachzusprechen. Er übte den ganzen Abend vergnügt ihren Namen, dennoch sollte es ihm niemals gelingen, ihn richtig auszusprechen. Für ihn war sie einfach: »Ann«.

Und wieder einmal hieß es für uns Bündel schnüren und umziehen. Wir mussten zurück in den Wedding, in der Ackerstraße wurde uns eine Parterrewohnung zugewiesen.

»Na, wenigstens können wir da nicht vor Verzweiflung aus dem Fenster springen«, stellte meine Mutter kühl fest. Sie wär so gern in Reinickendorf geblieben, aber eine größere Familie hatte nun Anrecht auf die schöne Wohnung dort. Der Wedding hatte uns wieder ... Die schäbigen Wohnhäuser mit den vielen Hinterhöfen waren noch grauer und rußiger als früher. Einige standen nicht mehr oder lediglich die hinteren Teile, während die Vorderhäuser bis auf das Fundament weggeschossen worden waren. Wir quartierten uns im »Souterrain« ein. Die Wände waren so feucht, dass manchmal Wasser an den vergilbten Tapeten entlangrieselte, »Wohnung mit fließend Wasser«, kommentierte meine Mutter spöttisch die Verschlimmbesserung unserer Wohnsituation. Ihren Job hatte sie verloren, aber Jean war ihr geblieben. Ich war heilfroh, wieder in der Nähe meiner Freundin Frieda zu sein.

Kapitel 12

Die Trümmerfrauen hatte ganze Arbeit geleistet. Berlin befreite sich Stück für Stück vom Kriegsballast. Eine improvisierte Normalität kehrte allmählich in die Mietskasernen und in die Köpfe der Menschen zurück. In unserer Straße gab es zwar weder Milch noch Eier, aber dafür wieder Geranien in manchen Blumenkästen. Man konnte regelmäßig die Zeitung lesen und sogar eine Messerspitze Bohnenkaffee bekommen – wenn man die richtigen Verbindungen hatte ... Viel Schutt war abgetragen, meine Mutter hatte mit ihren eigenen Händen dabei geholfen, einige Ruinen würden noch Jahre stehen bleiben, wie zu Stein gewordene Erinnerungen an die Schrecken des Krieges. Doch es gab nun auch wieder Platz für Neues. Und auch wenn niemand wusste, wie die neue Welt aussehen würde, begannen die Menschen einander wieder zu grüßen. Die alten Rechnungen und Wunden waren nicht vergessen, doch die Sehnsucht nach Normalität war überwältigend. Man tat, als sei es ein ganz normaler Tag. Und das war es irgendwann auch – zumindest beinahe. Die Zwangsarbeit wurde aufgehoben, und allmählich funktionierte auch die Verwaltung wieder. Der Sog, den Blick auf die Zukunft zu richten, und zwar einzig darauf, hatte vor allem die jungen Menschen erfasst. Meine Mutter schien nun geradezu gebannt nach vorn zu schauen, um bloß nicht zurücksehen zu müssen – wie Tausende. Niemand wollte sich an den Krieg erinnern, die Ruinen und Kriegsinvaliden wurden möglichst gar nicht mehr wahrgenommen. »Nach vorn« und »Aufbauen« hießen die Devisen. Inge hoffte täglich auf Manfreds Rückkehr. Manchmal stand sie einen ganzen Nachmittag lang am Fenster und beobachtete die Straße, ging an den abgebrochenen Baumstümpfen auf und nieder, die einmal eine schöne hohe Allee gesäumt hatten. Sie hatte nichts mehr von ihm gehört, und auch ihre stundenlangen Suchen im Archiv des roten Kreuzes und anderer Hilfsdienste hatten keinen Hinweis über seinen Verbleib geliefert. Doch Inge hielt zäh an ihrer Hoffnung fest, sie arbeitete hart, sparte ihren geringen Verdienst und hatte sich ein grünes Kleid gekauft, das sie erst tragen wollte, wenn Manfred wieder bei ihr war. Mithilfe ihrer Hoffnung meisterte sie ihren Alltag. Sie begleitete uns zu meiner Einschulung: Ich bekam eine rote Schultüte mit einem Marienkäfer als Glückssymbol darauf von meiner Mutter und geflickte Schuhe von Inge in den Arm gedrückt. Am ersten Schultag saß ich nach der allgemeinen Begrüßung gespannt neben meiner Freundin Frieda auf der alten Holzbank, die den runden Gesäßabdruck von vielen Generationen vor uns angenommen hatte, und lauschte der hohen Stimme von Fräulein Auerbach, unserer Lehrerin. Mit großen Augen besah ich mir ihre Fülle von goldblonden Locken, die ihr über das volle Gesicht und den breiten Rücken fielen. Unwillkürlich musste ich an das Christkind denken. Unsere Lehrerin durchschritt würdevoll das Klassenzimmer und erklärte dabei die Hausordnung: »Nicht in den Fluren herumrennen … die oberen Stockwerke sind für die Erstklässler tabu … jeglicher Lärm ist zu vermeiden …«

Ich gab es bald auf, mir alles merken zu wollen und konzentrierte mich stattdessen auf den in der großen

Nase bohrenden Jungen schräg hinter mir. Ob das Nasebohren in der Schule auch verboten war? Bestimmt, überlegte ich. Das durfte man ja nicht einmal zu Hause tun, außer wenn es keiner sah, aber dann musste man die Popel unauffällig am Innenrand der unteren Sitzfläche vom Stuhl deponieren, sonst fand Mama sie beim Putzen und wurde fuchsteufelswild. Aber wie war es mit dem Bohren im Ohr? Das war nicht so schlimm wie den Finger in die Nase zu stecken, fand ich – ich musste unbedingt Mama danach fragen ... Frieda stieß mich an. Ihr Kopf deutete auf die Lehrerin.

»Die ›hat 'nen Hintern wie ein Brauereipferd‹ , hat mein Opa vorhin bei der Willkommensfeier jesagt.« Wir kicherten beide.

»Was meint er denn damit?«, fragte ich sie nach einer Weile.

»Keene Ahnung«, erwiderte Frieda kleinlaut. Fräulein Auerbach drehte sich um und begann der Klasse den Buchstaben »A« zu erklären. Ich war tief beeindruckt, wie viele wichtige Dinge mit »A« begannen: »Apfel«, »Aufräumen«, »Abwaschen.«

»Wer weiß noch ein Wort?«, fragte die Lehrerin.

Anton brüllte »A-rlauben« in die Klasse.

»Nein, das beginnt mit einem ›E‹«, erklärte Fräulein Auerbach bestimmt.

»Außerdem sollst du dich melden und nicht hineinrufen.«

»Wieso ›E-rlauben‹?«, fragte mich Frieda verwirrt. Doch ich war zu beschäftigt, um ihr zu antworten, mir war gerade ein Einfall gekommen. Und zum ersten Mal meldete ich mich in der Schule. Der Gedanke, meiner Mutter und Inge davon zu berichten, ließ mich noch aufgeregter werden. Frieda starrte mich bewundernd an. »Weißt du noch ein Wort, dass mit »A« bejinnt? Ejal, was es is ...« Ich nickte und dachte dabei an Friedas Großvater.

Mit heißen Wangen sagte ich auf Fräulein Auerbachs Zeichen hin laut und deutlich und mit konzentrierter Miene: »Arsch.« Die ganze Klasse lachte.

Beim Mittagessen rutschte ich unruhig auf meinem Stuhl herum. »Was is denn los?«, fragte meine Mutter. »Biste immer noch so aufgeregt von der Schule?«

»Ja, also nee...«

»Hast wohl Hummeln im Hintern«, neckte mich Inge. Ich stocherte in meinem Essen herum und ließ die Beine baumeln. Inge und meine Mutter wandten sich wieder ihrem Gespräch zu. Ich schob ein paar Erbsen hin und her und musterte die beiden. Sie schienen sehr vergnügt und redeten die ganze Zeit von ihrer Schulzeit, so als wären sie gerade eingeschult worden und nicht ich. Ich stand auf und holte mir noch ein Glas Wasser. Ich brannte darauf, ihnen von meinem ersten Beitrag zum Unterricht zu erzählen, wusste aber nicht genau, wie sie, speziell meine Mutter, darauf reagieren würden. Plötzlich schaute mich meine Mutter an.

»Lenchen, du hast doch was. Nun los, erzähl mal!«

Ich sah sie unschlüssig an. Aber schließlich gab ich der Versuchung nach. Was sollte schon passieren? Es hatten doch alle gelacht, sogar Fräulein Auerbach. Ich erzählte in kurzen Sätzen von der Geschichte mit dem »A«.

»... und dann hab ich ›Arsch‹ gesagt und die ganze Klasse hat gelacht.«

Inge prustete los vor Lachen, kleine Kartoffelstückchen flogen ihr aus dem Mund und quer über den Tisch. Meine Mutter saß mit offenem Mund da. Wären Inges Kartoffelstückchen noch etwas weiter geflogen, hätte meine Mutter sie mit ihren Zähnen auffangen können. »Und was hat die Lehrerin gesagt?«, fragte Inge gespannt, als sie runtergeschluckt hatte und wieder Luft bekam.

»›Das ist richtig‹ hat sie gesagt.«

Inge lachte nun lauthals. Sie klopfte mir auf die Schulter. »Tja, da hat sie Recht. Kann man nichts sagen.« Ich hatte auch lachen gemusst, sah nun aber forschend meine Mutter an. Sie schien die ganze Angelegenheit nicht ganz so amüsant zu finden wie Inge. In diesem Augenblick beschloss ich, sie die Sache mit dem Ohrenbohren lieber ein anderes Mal zu fragen.

»Aber … ich habe nich gepopelt!«, fügte ich kleinlaut hinzu. »Jedenfalls nich dolle.«

»Wie biste denn auf sowas gekommen?«, fragte sie mich fassungslos. »Ein A-Wort …« Ich wurde unsicher, entschloss mich dann aber für die Wahrheit.

»Na ja, das war das erste Wort mit ›A‹, was mir eingefallen ist.« Meine Mutter sah mich immer noch fragend an. »Frieda is gar nichts eingefallen«, fügte ich mit schwacher Stimme hinzu.

»Ja, besser is«, stellte meine Mutter konsterniert fest. »Mein Gott, Lenchen. Und das gleich am ersten Tag. Was sollen die bloß von uns denken?« Meine Mutter legte matt die Hände in den Schoß.

»Nun, mach mal nich so ein Drama draus, Liese. Die werden schon das Richtige denken von der Helene«, wandte Inge ein.

Ich wagte einen letzten Vorstoß: »Die Frau Auerbach hat gesagt, dass ich 'ne aufgeweckte Schülerin wär«, erklärte ich wahrheitsgemäß. Ich hielt den Atem an und schaute ängstlich in die Runde, wie meine Worte wirken würden.

»Siehst du«, sagte Inge triumphierend zu meiner Mutter. »Die Frau hat Lene richtig eingeschätzt, sind ja nicht alle Pauker sone verbohrten Spießer wie unsere es waren.«

Ich schaute meine Mutter geradezu flehend an und endlich, endlich zeigte sich ein Lächeln auf ihrem Gesicht.

»Das hat sie wirklich zu dir gesagt?«

»Ja«, erwiderte ich stolz. »Nur zu mir.«

Inge schlug meiner Mutter so aufmunternd auf den Rücken, dass der Löffel auf dem leeren Teller klapperte.

Zu meiner Erleichterung sah ich, wie ihr Lächeln breiter wurde. Gut gelaunt verzehrten wir den Nachtisch: A-pfelkompott.

Im Winter musste jeder Schüler ein Brikett mit zum Unterricht bringen, um die Schule den Vormittag über halbwegs warm zu halten. Ich lernte neben dem kleinen Einmaleins und dem Alphabet, wie ich zu Hause sorgfältig das kleinste Brikett für die Schule auszuwählen hatte. Dummerweise war ich nicht die Einzige, die das tat und so wurde es bei uns im Klassenraum nie richtig warm, weil das Heizmaterial nicht ausreichte. Ich übte ehrgeizig mit Frieda, wie man die Kreide über die Tafel ziehen musste, um dieses schrecklich quietschende Geräusch zu erzeugen, das immer Gänsehaut und manchmal auch eine Rüge verursachte. Meine Mutter kämmte mir mit an Besessenheit grenzender Gründlichkeit jeden Morgen die Haare, stets in heller Panik vor Kopfläusen, die ich mir womöglich von meinen Klassenkameraden einfangen könnte, und zog mir kratzige Faltenröcke an; die braunen Kniestrümpfe von Inge wenigstens hatte sie längst aufgeriffelt. Sie hingen jetzt als unschuldig weiß-beige karierte Topflappen bei uns über dem Mülleimer.

Eines Abends hörte ich Inge mit meiner Mutter abermals über Manfred reden. »Ich hab Angst sein Gesicht zu vergessen. Jeden Tag schwindet die Erinnerung ein bisschen. Ich, ich habe nich mal ein Foto von ihm mehr bei mir. Is alles verbrannt. Und das letzte musste ich vernichten wegen der deutschen Uniform, die er bei der Aufnahme trug.« Sie weinte.

»Das war richtig, Inge. Das Risiko wär einfach zu groß gewesen. Mein Gott, wenn die Russen das bei dir gefunden hätten ... Ich darf ja nich dran denken. Andere haben da Sachen erzählt ...«

Meine Mutter wechselte ihre Sitzposition. Ich vernahm Inges Schluchzen. »Ich darf sowieso nich dran denken«, fügte meine Mutter resigniert hinzu, wandte sich aber gleich wieder Inge zu. »Du wirst sein Gesicht so schnell nicht vergessen. Diese strahlenden Augen, die weißen Pferdezähne ...«

Inge protestierte halbherzig: »Er hat keine Pferdezähne!«

»Is doch bloß Spaß«, beschwichtigte meine Mutter sie.

»Und wenn er nun gar nich wiederkommt?« Meine Mutter streichelte lange Inges Hand. Sie kaute nervös auf ihrer Unterlippe und musterte Inges aufgelöstes Gesicht. Noch war nicht Inges Zeit, der hässlichen Realität ins Auge zu sehen.

»Er wird wiederkommen, irgendwann wird er bestimmt wiederkommen ...« Es klingelte, die beiden Frauen erstarrten, dann stürzte Inge zur Tür: Doch Frau Holzbaum ließ nur fragen, ob sie sich den Nussknacker ausleihen dürfte.

Kapitel 13

Jean wollte mich nun endlich einmal kennenlernen und meine Mutter lud ihn zu uns nach Hause ein. Sie wischte dreimal Staub und stellte das gute Geschirr mit dem pastellfarbenen Blumendekor, bzw. das, was davon übrig geblieben war, auf den wackeligen Tisch. Mich hatte sie in ein geliehenes Rüschenkleid gesteckt. Es war mir etwas zu klein und zwickte unter den Armen. Aber als ich hörte, dass wir Besuch, ich registrierte nur »schwarz« und »Mann«, bekämen, hörte ich augenblicklich auf zu nörgeln und starrte gespannt zur Tür. Als es klingelte, sprang meine Mutter schnell auf, zog mir ein letztes Mal das Kleid zurecht und ermahnte mich, auf keinen Fall meine Lieblings-Schulanekdote mit dem »A« zu erzählen. Ich versprach es ihr hoch und heilig, obwohl ich inzwischen sehr stolz auf die Geschichte war, jetzt wollte ich nur den »schwarzen Mann« sehen. Ich war sehr neugierig auf Jeans Hautfarbe und muss ihm sehr viele Fragen gestellt haben, als er endlich bei uns auf dem Sofa saß. Meine Mutter ermahnte mich schließlich verlegen, doch Jean machte es augenscheinlich Spaß, mich auf den Schoß zu heben und mir in französisch-deutschem Mix ausführlich zu antworten. Inge verteilte kleine trockene Stück Sandkuchen auf den Tellern und stellte die Kaffeekanne auf das Tischtuch. Unser Gast hatte ein kleines Päckchen Schokoladendrops und eine lange fleischfarbene Wurst als Mitbringsel auf die Anrichte gelegt, die ich gern genauer in Augenschein genommen, ja vielleicht schon mal ein winziges Stück probiert hätte, doch ich wurde an den Tisch zitiert. Ich saß auf zwei Extrakissen, um besser an die Tischplatte zu reichen. Interessiert musterte ich Jeans stark behaarten Unterarme, seine kleinen Ohren und die vollen Lippen unter dem schwarz glänzenden Schnurrbart. »Woher kommst du?«, fragte ich wieder einmal ohne Umschweife.

»Isch komme aus Algier, mon fille. Das ist ein sehr warmes Land weit, weit weg. Kennst du Nordafrique?« Ich schüttelte den Kopf. Er grinste. »Das abe isch mir gedacht!« Er erzählte mir von seiner Heimat, die er sehr vermisste. In schillernden Farben erschuf er ein buntes Märchen an unserem kargen Kaffeetisch. Er ließ vor meinem inneren Auge die Bergspitzen vor Hitze flimmern und träge Kamelkarawanen vorbeiziehen. Auch träumte ich davon, eines Tages dorthin zu reisen. Jean benahm sich sehr höflich, er plauderte, lobte den Kaffee und bewunderte meine Tolle aus Haar am Oberkopf, die Mama mir nur zu besonderen Anlässen machte und »Hahnenkamm« nannte. Als er mich danach fragte, erzählte ich ein bisschen von der Schule und dem wunderschönen Haar meiner Lehrerin. Zweimal stupste mich Mama unter dem Tisch an, weil sie Angst hatte, dass ich jetzt doch gleich auf die A-Geschichte käme. Aber ich fand Jeans bunte Armbänder und seine Ausführungen über die richtige Zubereitung von Lammragout viel spannender als die öden Schulbegebenheiten.

Später sang er mir ein wundervoll fremd klingendes Lied vor, das von einer Wüstenprinzessin, der untergehenden Sonne und einer unglücklichen Liebe erzählte. Die fremden Worte verstand ich nicht, doch Jean erklärte uns ihren Sinn. Ich lauschte hingerissen, und als ich ihn überredet hatte es noch einmal zu singen, summte ich die zauberhafte Melodie mit. Meine Mutter lächelte, ermahnte mich aber, am Tisch nicht so herumzuzappeln. Inge war von Jeans Charme und seinen großzügigen Gastgeschenken begeistert. Sie lobte seine Kochkünste, seinen Job, sein freundliches Aussehen; nur sein Temperament machte ihr manchmal Angst. So zuckte sie erschreckt zusammen, als ich auf Jeans Schoß sitzend aus Unachtsamkeit eine der guten Tassen vom Tisch stieß, sodass sie zerbrach, und unser Gast mich daraufhin lautstark ausschimpfte. Er hatte beobachtet, wie sorgsam meine Mutter mit dem Geschirr umgegangen war und war nun sehr ärgerlich. Von einem Moment auf den anderen überrollte mich ein Donnerwetter, Jeans dichter Schnurrbart zitterte, während er so eindringlich von Aufmerksamkeit und Gehorsam redete, dass ich in der Sofaecke immer kleiner wurde. Meine Mutter fasste sich als Erste. »Is schon gut, nich so schlimm, Kleine«, tröstete sie mich, obwohl ich wusste, dass sie wegen der zerbrochenen Tasse sehr traurig war. Jean schaute mich immer noch böse an, sagte aber nichts mehr. Inge stand auf. »So, wir holen jetzt Schaufel und Besen und kehren das Malheur auf, in Ordnung?«

In der Küche drückte sie mich und grinste. »Weißte was? Scherben bringen Glück!« Kurz darauf saßen wir wieder alle zusammen um den Couchtisch und tranken weiter Kaffee mit Milchpulver – ich zur Strafe aus einem Marmeladenglas. Ich hätte zu gern noch einmal das schöne Lied von Jean gehört, traute mich aber nicht zu fragen. Ich wollte auf keinen Fall noch einmal sehen, wie sein Schnurrbart zitterte, weil er wegen irgendetwas, das ich getan hatte, so wütend wurde.

Kapitel 14

Allmählich legte sich Inges flammende Fürsprache für Jean, und sie betrachtete ihn aufmerksam, manchmal unbewusst aus zusammen gekniffenen Augen, wenn er in unserer Küche saß. Oft und lange hatte sie sich mit ihm unterhalten.

Meine Mutter aber blühte auf. Sie konnte endlich einen Teil der Verantwortung abgeben, konnte sich anlehnen und beschützt fühlen. Nur die strenge Erziehung, die mir ihr Freund zuteil werden ließ, hieß sie nicht gut. Andererseits, sagte sie sich, ist es an der Zeit, dass mal eine »harte Hand«, von der auch Oma immer gesprochen hatte, etwas Ordnung in das Chaos bringe. Schließlich musste auch ich auf das Leben, das bekanntlich »kein Zuckerschlecken« war, vorbereitet werden. Sie genoss die mentale und materielle Aufmerksamkeit von seiner Seite, auch wenn sie seit den ersten Wochen merklich nachgelassen hatte, wie sie sich selbst heimlich eingestand. Doch sie schämte sich ihrer Aufrechnungs- und Vergleichsgedanken, schließlich war sie keine Frau, die aus Kalkül handelte. War es Zuneigung oder gar endlich Liebe? Liebe, die länger als ein paar heimliche Nächte dauern und nicht mit so einer herben Enttäuschung enden würde wie damals? Sie schüttelte den Gedanken an die große Liebe ab und zwang sich, sich vorerst auf das kleine Pflänzchen der Zärtlichkeit zu konzentrieren, bevor sie sich weiter den Kopf zermarterte. »Denn meistens kommt es anders als man denkt«, hatte Oma stets zu sagen gepflegt. Tatsächlich, das Pflänzchen wuchs allmählich und wurde größer; meine Mutter gewöhnte sich immer mehr an die starke Schulter an ihrer Seite, und als sie sich nach seiner Gegenwart zu sehnen begann, wenn er nicht da war, war sie glücklich.

Bald darauf planten Jean und meine Mutter ihre Hochzeit. Nur standesamtlich natürlich, da Jean – mehr oder weniger – dem muslimischen Glauben angehörte – ein Exot. Inge sah diesem Tag mit gemischten Gefühlen entgegen. Sie wollte meiner Mutter, die seit Tagen immer wieder verträumt sagte: »Stell dir vor, ich heirate, ich werde eine richtige Ehefrau!«, die Vorfreude nicht verderben, doch im Laufe der Vorbereitungen wuchsen ihre Bedenken.

Doch nun war es so weit: An ihrem ersehnten Hochzeitstag stand meine Mutter in einem seidenen lindgrünen Kleid vor dem Spiegel und prüfte ernst ihr Aussehen. Es war das Kleid, dass Inge für den Tag, an dem Manfreds Rückkehr zu feiern sein würde, gekauft hatte. Da es aber noch immer kein Lebenszeichen von ihm gab, hatte es Inge meiner Mutter zu ihrer Hochzeit gegeben. Nur leihweise versteht sich, denn Inge schien nach wie vor felsenfest davon überzeugt zu sein, Manfred, der perfekte Ehemann, werde eines Tages vor ihrer Tür stehen. Das goldene Kettchen mit dem Anker, das wohl von meinem »Erzeuger« stammte, lag in einer Schublade; meine Mutter wollte und brauchte es nicht mehr. Ich hüpfte in einem selbstgenähten halblangen Kleid mit Puffärmeln aufgeregt um meine Mutter herum, kletterte auf den Möbeln umher und summte das Lied von der schönen, traurigen Wüstenprinzessin, bis sie mich aufforderte, endlich still zu sitzen. »Mensch Lene, du machst mich ja ganz nervös.«

»Wieso?«, fragte ich arglos.

Doch statt einer Antwort bekam ich einen Keks in die Hand gedrückt und musste auf meinen »vier Buchstaben sitzend« in der Küche warten. Kurz darauf ging Inge zu ihr ins Zimmer und ich hörte, wie die beiden miteinander sprachen. Sie redeten lauter als sonst, und ich spitzte die Ohren, um zu hören, was sich da zusammenbraute. Allmählich wurde ihr Ton schärfer und die Stimmen noch lauter. Ein Wort gab das andere, welche es waren, konnte ich nicht genau verstehen, so sehr ich mich auch anstrengte und sogar, als ich das Kauen einstellte. Zum Schluss sah ich meine Mutter wütend die Tür aufreißen und hinausstürmen. »Lass mich bloß in Ruhe mit so ’nem Quatsch, du bist ja nur neidisch!« Inge rannte ihr hinter her.

»Aber nicht doch, Anneliese. Genau deswegen ja musste ich dir das sagen, bevor es zu spät. Bitte, heirate ihn nich. Du wirst dich und die Kleine unglücklich machen. Der ist nix für dich. Das is mir jetzt klar geworden.«

Meine Mutter fuhr in Inges elegantem Kleid herum und lachte böse. »Ach ja, aber wohl für dich, was? Weil Manfred nicht kommt, nie mehr kommen wird, hältst du jetzt nach anderen Ausschau, wie?! Und sowas ist meine beste Freundin. Ha, dass ich nich lache!« Sie hatte den Mund zu einer schmalen Linie zusammengepresst, während sie hastig ihre Jacke griff und mich vom Stuhl hob. Inge stand traurig daneben, sie war tief verletzt und dazu beinahe verzweifelt über den Starrsinn meiner Mutter, den sie andererseits gut verstehen konnte. Es sollte endlich einen Fels in der Brandung geben, ihr Wunsch nach ein bisschen Sicherheit war Inge nur allzu vertraut. Meine Mutter wollte ihr Glück festhalten, mit beiden Fäusten, wenn es sein musste – jetzt oder nie. Und auch, wenn die Hochzeit extra vom Oberkommandanten genehmigt werden musste, weil er Franzose – Sieger – war und sie, eine Deutsche zu den Besiegten gehörte; sie wollte endlich geheiratet werden.

»So und nun lass mich doch endlich zufrieden mit deiner Schwarzseherei – das is ja unerträglich. Und das jetzt, wo ich endlich mal Glück habe ...«, fauchte meine Mutter.

»Aber ...« Inge kam nicht weit.

»Der Erste hat mich mit 'nem dicken Bauch sitzengelassen, eins der Kleinen hab ich verloren und meine Mutter auch viel zu früh; jetzt will ich endlich mein Glück beim Schopfe packen. Und da lass ich mir von niemandem reinreden!« Sie starrte Inge hasserfüllt an. »Als Nächstes erzählst du mir noch, ich würde den Feind heiraten! Aber die Zeiten sind vorbei, nun werden andere Saiten aufgezogen, meine Liebe ...! Und diesmal, weißte, diesmal will ich auf der richtigen stehen.« Inge schwieg. Meine Mutter verstand Inges Einwände nicht, für sie waren sie bösartige Warnungen vor einer irrationalen Gefahr; und überhaupt, was wusste Inge schon über Jean? Sie wurde noch zorniger. Sie war wütend darauf, dass Inge alles kaputt machen, dass sie ihr das Glück nicht gönnen wollte und nicht zuletzt auf ihre eigene Unsicherheit. Sie fühlte, dass sie sich entscheiden musste, genau jetzt, in diesem Augenblick. Entschlossen zerrte sie sich mich zur Tür. »Ich muss zum Amt, sonst kommen wir noch zu spät wegen dir.« Inge ließ resigniert die Schultern hängen, folgte uns aber sofort.

»Vielleicht wäre das das Beste«, murmelte sie mit einem besorgten Ausdruck im Gesicht. Trotz des schnellen Schrittes meiner Mutter ließ sich Inge nicht abhängen, sie würde dabei sein, würde für uns da sein, auch wenn meine Mutter ihrer Ansicht nach heute einen großen Fehler beging. Es wäre nicht der Erste.

Außer uns waren nur noch drei weitere Gäste im Standesamt anwesend. Die Hochzeitszeremonie verstand ich nicht, ich langweilte mich schrecklich und versuchte mir heimlich eine Blume aus dem Wildblumenstrauß, der ganz dicht neben mir auf einem Stuhl lag, ins Haar zu stecken. Doch die Margerite wollte einfach nicht halten. Inge saß unglücklich neben mir und knetete nervös die Hände, während sie auf das ungleiche Paar starrte.

In dem Augenblick, in dem ich quengelig werden wollte, kam meine Mutter auf uns zu und zeigte mir ihren weiß-goldenen Trauring, dessen Anblick mich sogar dafür entschädigte, dass ich keine Blumen werfen durfte, weil Jean das albern fand. Ich war hingerissen von ihrem Ehering und fragte, wann ich auch endlich heiraten könnte. Inge versuchte ihr Seufzen zu unterdrücken. Meine Mutter gab keine Antwort. Wir liefen zur Kantine, wo meine Mutter und Jean sich kennengelernt hatten. Dort war in einem kleinen Raum ein runder Tisch hübsch gedeckt worden für die kleine Hochzeitgesellschaft. Das Festessen bestand aus selbst gemachten Buletten, Kartoffelsalat und Paté, in diesem Fall eine Hasen-Pastete. Inge kümmerte sich aufmerksam um die Gäste, doch die Missstimmung zwischen meiner Mutter und ihr blieb spürbar. Gegen halb vier verabschiedeten sich die wenigen Gäste, da meine

Mutter und Jean noch aufräumen mussten. Inge wollte ihnen helfen, doch meine Mutter winkte ab, die frisch Vermählten würden jetzt lieber allein sein. Also nahm mich Inge an die Hand und wir liefen zusammen durch die wenig belebten Straßen nach Hause.

Ich konnte lange nicht einschlafen. Mein Kopf war voller Eindrücke, Fragen und Gedanken. Zum ersten Mal in meinem Leben hatte ich einen Papa und war sehr gespannt, wie es wohl sein würde. Ich hoffte zudem, dass meine Chancen auf ein Geschwisterchen nun steigen würden, denn das schien irgendwie ursächlich zusammen zu hängen.
Mitten in der Nacht schlich ich auf Zehenspitzen über den Flur um nachzusehen, ob noch etwas von dem Kuchen übrig war. In der Küche traf ich Inge. Im Schneidersitz saß sie mit einer Tasse Tee in der Hand auf dem Fußboden und schien nachzudenken. Ich setzte mich mit dem letzten Schinkenbrot, keinen Krümel Kuchen hatte ich noch finden können, neben sie und lehnte kauend meinen Kopf an ihre Schulter. »Du Inge, wir werden nich mehr zusammenwohnen, ne?«, fragte ich voll dunkler Ahnungen. Ich hatte schon vorgestern gesehen, wie Inge einen Koffer vom staubigen Dachboden geholt und unter dem Bett hatte verschwinden lassen. Inge versuchte nicht mir etwas vorzumachen. Sie hatte längst erkannt, wie schlecht ich mich von ihr hinters Licht führen ließ.

»Nein Süße, ihr seid jetzt eine richtige Familie. Ihr werdet in eine neue schöne Wohnung ziehen. Wahrscheinlich sogar schon bald.« Ich kaute lange auf dem einen Bissen herum. Meine Befürchtung hatte sich bewahrheitet. Ich dachte über Inges Worte nach.

»Aber du bist doch auch meine Familie«, wandte ich ein. Inge drückte mich, sagte aber nichts.

»Oh bitte, Inge, du musst mitkommen. Du kannst auch wieder in meinem Zimmer schlafen. Dann erzählen wir uns so lustige Geschichten vor dem Einschlafen wie früher. Und«, ich schluckte unwillkürlich, »ich werde auch ganz artig sein, versprochen.«

»Och Helene, du bist so lieb! Ich wünschte wirklich, ich könnte mit euch zusammenbleiben, aber es geht nich. Doch meine Familie werdet ihr immer bleiben – egal, was kommt.« Mein Schluchzen wurde lauter. Sie atmete tief durch und versuchte mich zu trösten: »Pass mal auf, das is aber gar nich schlimm, weil wir uns nämlich ganz oft besuchen. Das is dann nur wie vorher – wir wohnen nich zusammen, aber wir treffen uns trotzdem ganz oft. Ja, das klingt doch gut, oder?« Ich nickte traurig.

»Und du kommst immer zu meinem Geburtstag, versprochen?«

»Versprochen, Indianer-Ehrenwort«, sagte Inge und küsste meine Stirn. »Und außerdem kommt doch bald Manfred zurück und da wohnen wir dann sowieso in einer eigenen Wohnung«, sagte sie. »Also getrennt wohnen, aber ganz oft sehen, ja?«

Ich ließ meinen Kopf auf ihren Schoß sinken. Plötzlich fühlte ich mich sehr müde. Ich spielte mit einem runden Holzknopf an Inges Pyjama und starrte in den schwachen Lichtschein des Mondes. Er tauchte den Raum in ein kaltes Licht, das den Möbeln die Konturen nahm und die Dunkelheit der Ecken in fließende Schwärze verwandelte. Ich ließ meinen Kopf nach hinten hängen und starrte an die Decke. Als ich ihn schließlich zur Seite drehte und an Inges Hüfte vorbeisah, entdeckte ich unter dem Schrank hinten an der Wand einen vielbeinigen Schatten. Sofort musste ich wieder an die Spinnen unter dem Bett denken, die mich so oft auf den totenblassen Händen der Gespenster in meinen Albträumen verfolgten. Ich schnaufte leise, konnte aber den Blick von dem seltsam vertrauten und gleichzeitig angsteinflößenden Anblick nicht abwenden. Inge fasste mich sanft am Nacken und hob meinen Kopf in die Höhe. »Unterm Schrank is 'ne Spinne«, sagte ich tonlos.

Inge stemmte die Hände in die Hüften und flüsterte munter: »Na, dann werden wir den frechen Untermieter mal herausscheuchen; schließlich is das noch unsere Wohnung, nich wahr?« Ich nickte. »Hier wohnen wir alleine!« Wieder nickte ich. In gespieltem Eifer fügte sie hinzu: »Und wer zahlt hier die Miete, he? Wenn sie hier wohnen will, soll sie uns fragen und muss bitteschön auch Miete bezahlen.« Ich lächelte zaghaft. »Also, all das werde ich jetzt einmal dem Fräulein Spinne erklären.« Ich grinste. »Du hältst hier inzwischen die Stellung, in Ordnung?« bestimmte sie. Ich atmete erleichtert auf. Sie deutete auf einen Stuhl. Ich bewunderte auf dem Stuhl sitzend, beide Beine ängstlich an den Körper gezogen, ihren Mut. Furchtlos griff sie mit der bloßen Hand unter den Küchenschrank und tastete sich Stück für Stück an der Wand entlang. Atemlos sah ich der spannenden Insektenjagd zu, wobei ich jeden Augenblick damit rechnete, dass Inge gleich mit einem markerschütternden Schmerzenslaut aufspringen und sich die blutig gebissene Hand halten würde, an deren fünf Fingern jeweils mindestens eine kartoffelgroße gefährliche Horrorspinne hängen würde. Doch nichts dergleichen geschah zu meinem großen Erstaunen. Inge ließ ihren ausgestreckten Arm einmal hinwandern, und als er nichts gefunden hatte, noch einmal zurück. Plötzlich, kurz vor der Ausgangsposition aber hielt sie doch inne.

Mir gefror das Blut in den Adern, Inge bewegte sich nicht. Endlich drehte sie langsam den Kopf, dann sah sie mich an. Ich versuchte in ihrem Gesicht zu lesen, ihr Arm lag noch immer unter dem Schrank. »Weißt du, was ich gefunden habe?«, fragte sie mit tiefer Stimme. Ich konnte vor Anspannung keinen Laut von mir geben. Ihr Mund wurde breiter und ihre Augen begannen zu lächeln. Blitzschnell zog sie nun die Hand hervor. Reflexartig wich ich zurück. Erschrocken betrachtete ich das Tier, das sie zwischen Daumen und Zeigefinger geklemmt hatte. Einen Augenblick später begriff ich. Es war Ernst.

Langsam griff ich danach, versicherte mich aber lieber mit der Frage: »Is das wirklich mein Glückskäfer?«, bevor ich das Insekt berührte. Inge drehte ihn ihrem Gesicht zu, und der Käfer schoss aus ihrer Hand hervor und landete direkt auf ihrer kalten Nase. Panisch quiekte ich los, doch Inge war schon laut am Lachen über den gelungenen Streich.

»So ein Schelm, das muss wohl Ernst sein«, grinste sie.

Aufatmend nahm ich das Holztierchen und begutachtete es von allen Seiten. »Ernst!« Beinahe zärtlich strich ich ihm über die Flügel. Auch alle Beine waren noch dran.

»Er muss hinter den Schrank gefallen sein«, bemerkte Inge.

»Ja«, nickte ich. »Aber ich habe so oft überall nachgesehen. Und das viele Umziehen … Ich dachte, er wäre verloren«, sagte ich nachdenklich.

»Hat sich wohl immer in einer der Kisten versteckt. Und nu is er wieder da, dann wenn du ihn brauchst … Siehste, du darfst nie die Hoffnung aufgeben!«, erwiderte Inge. Ich kam nach einem prüfenden Blick unter den Schrank wieder auf den Boden zu Inge und legte mir den Glückskäfer auf den Oberschenkel. Wir blieben noch eine Weile so sitzen.

»Du?«

»Ja.«

»Ich hab zum ersten Mal einen Vater und weiß nich, was ich machen soll.« Ich zuckte die Achseln und sah Inge fragend an: »Muss ich irgendwas Besonderes beachten oder so? Wie war das bei deinem Vater?«

Inge lächelte aufmunternd. »Du musst nich viel machen. Brav sein, so wie jetzt auch …«

Ich dachte nach, dann stellte ich die Frage, von der ich eigentlich gar nicht wusste, welche Antwort ich erwartete: »Meinst du, Jean is ein guter Vater?«

»Das weiß ich nich, meine Kleene, das weiß ich wirklich nich …« Sie zögerte: »Er erinnert mich in seiner Art sehr an meinen Vater und der«, sich lachte bitter, »is ein echter Tyrann geworden.« Ich schnaubte. »Aber das muss ja nix heißen. Ich irre mich bestimmt«, fügte sie schnell hinzu. Nach einer Pause, in der sie Ernst in ihren Fingern hin- und hergedreht hatte, raunte sie: »Glück muss der Mensch haben! Das wünsch ich mir so für euch – von ganzem Herzen!« Ich musterte ihr Gesicht von der Seite. Dunkle Strähnen fielen ihr in die Augen, und ihre Haut schimmerte silbrig im

Mondlicht. Ihre schlanken Finger hatte sie nun schützend um die angezogenen Knie geschlungen, während sie nachdenklich auf meine nackten Füße starrte. Sie sah mich ernst an und sagte: »Hör mir zu. Du bist jetzt ein großes Mädchen, meine Kleene. Aber immer, immer wenn du mich brauchst, werde ich für dich da sein.« Ich lächelte ein bisschen. Dann musste ich gähnen, und Inge brachte mich in mein Bett zurück.

Die nächsten zwei Tage packte meine Mutter mit Inges Hilfe unsere Sachen zusammen. Es herrschte Waffenstillstand. Meine Mutter und Inge standen sich nach all den Jahren viel zu nah, als dass irgendetwas ihr starkes Band der Freundschaft einfach zerreißen könnte. Aber Inge fürchtete, es würde dünner werden; mit der Zeit. Wir verabschiedeten uns schweren Herzens von Nachbarn und Freunden. Selbstverständlich versprachen alle uns zu besuchen, doch ich hatte da meine Zweifel, die sich leider auch bestätigen sollten. Frau Schuster schenkte uns neben ihren herzlichen Abschiedsworten noch etwas Brot und Salz zur Einweihung der neuen Wohnung. Doch ich realisierte das alles gar nicht so wirklich. Ich wollte es einfach nicht wahr haben. Ich verdrängte den Gedanken daran, dass Inge von nun an nicht mehr bei uns leben würde. Es tat einfach zu weh … Stattdessen konzentrierte ich mich auf die Vorstellung, wie es sein würde, endlich einen Vater und eventuell bald jemanden zum Spielen zu haben. Inges Ratschlag schien mir nicht ausreichend gewesen zu sein, sicher gab es eine Menge Dinge, die ich lernen konnte, um eine gute Tochter für meinen neuen Vater zu sein, damit auch Mama zufrieden war. Doch ich war sehr unsicher, mit welchen Maßstäben »gute« Töchter und Väter zu messen seien. Ich dachte mit gemischten Gefühlen an Friedas Vater, an schmerzhafte »Katzenköpfe«, wie sie die Schläge auf den Hinterkopf nannten, die ihr Vater häufig und oft scheinbar grundlos an alle seine Kinder austeilte und auch an lustige Familienpicknicks mit Friedas Familie im Tiergarten, wo Friedas Vater ausgelassen mit ihnen Fußball spielte und sie der Reihe auf dem grünen Rasen kitzelte. Ich wusste, dass Friedas Vater gern Witze erzählte, aber mindestens ebenso viele Verbote aussprach. Und, dass er schnell war mit dem Teppichklopfer, wenn diese nicht hundertprozentig eingehalten wurden. Nicht selten saß Frieda jammernd neben mir, weil ihr der Hintern weh tat.

Ich beschloss, besonders brav zu sein und mir alles genau zu merken, was ein Vater, im Speziellen mein Stiefvater, tat und sagte. Vielleicht konnte ich dann daraus schließen, was von mir erwartet wurde. In meinen ersten Schulwochen malte ich stolz Tag um Tag das Wort »Papa« auf meine Schiefertafel – bis ich zu Hause nach einem wundervollen Spaziergang über ein Volksfest wegen eines verschütteten Glases Milch die erste saftige Backpfeife von meinem neuen Vater bekam. Ich dachte, so also fühlt sich Frieda immer, wenn sie »eine gelangt« bekommt. Es war grässlich; der ganze schöne Nachmittag war mit einem Schlag vergessen. Im wahrsten Sinne des Wortes.

Ich hatte insgeheim damit gerechnet, dass es eines Tages geschehen könnte, dennoch tat es mir dann sehr weh. »Pass besser auf, Mensch; wir aben nisch Geld wie Eu«, schimpfte Jean.

Ich sah zuerst zu ihm, dann zu meiner Mutter auf. Im nächsten Augenblick drehte ich mich um und lief geradewegs in mein kleines Zimmer. Erst dort ließ ich den Tränen, die sich schmerzhaft hinter meinen Augen angesammelt hatten, freien Lauf. Ich wünschte mich zu Inge. Ich drückte mein Gesicht ins Kopfkissen und stellte mir vor, dass sie jetzt bei mir saß. »Du bist nun ein großes Mädchen«, hatte sie gesagt. Allmählich ließ der Druck nach, sowohl auf der Haut als auch in meinem Bauch. Ich sagte mir, dass Backpfeifen wohl auch dazugehörten. Wie gern hätte ich darauf verzichtet; ich überlegte, ob es das wert war. An diesem Abend kam ich zu keinem Ergebnis, doch ich sprach den Rest des Tages kein Wort mehr mit Jean, was er missmutig registrierte.

Kapitel 15

Die folgenden Monate in der neuen Umgebung waren sehr aufregend – auch wenn ich Inge schrecklich vermisste. Wir hatten mal wieder eine neue Wohnung – mit einem für unsere Verhältnisse riesigen Wohnzimmer – bezogen. Ich verstand nicht, warum wir so oft umzogen, doch mir kam es vor, als hätte das neue Wohnzimmer die Größe einer Bahnhofswartehalle, dabei war es nur etwas größer als unsere Küche. Und wir lebten nicht mehr in einem der hintersten, sondern im ersten Hinterhof! Das war ja schon fast Vorderhaus … Überall roch es nach Essig und Zitrone bei uns, denn meine Mutter hatte bei unserem Einzug wirklich jeden Winkel ausgiebig geputzt. Sie pfiff vergnügt einen Schlager, während sie die Gardinen anbrachte und Jean auf dem Sofa die Zeitung las. Ich durfte ihr helfen, das Geschirr und die wenigen Bücher einzuräumen, schön nach Größe geordnet versteht sich. Dabei entdeckte ich, dass in vielen Schutzumschlägen ganz andere Bücher steckten, als zu vermuten war. Statt Kochrezepte aus Brandenburg hielt ich Heinrich Heine in den Händen bzw. seine Texte. Das vermeintliche Lokomotivenbuch enthielt Thomas Manns Romane, und die Berliner Radwanderungen enthüllte Erich Kästners Werke. Erstaunt zeigte ich meiner Mutter die kleinen Bändchen, die in den viel zu großen Umschlägen eingewickelt waren. Sie schien wenig überrascht zu sein. »Das war garantiert die Oma. Die wollte sich nich trennen von ihren Büchern. ›Dit is deutsche Kultur‹, hat sie immer gesagt, ›und bin ick auch ein kleines Licht, ein bisschen Literatur muss der Mensch einfach haben.‹« Sie nahm das Kästner-Buch zur Hand und wischte behutsam den Staub von den Kanten. »Daraus hat sie mir besonders oft vorgelesen«, sagte sie mehr zu sich selbst als zu mir.

»Und warum hat sie die dann so komisch verpackt?«

Ich wunderte mich, warum Oma die schönen Buchrücken, die zum Teil den Titel in goldenen Lettern aufwiesen, in den alten Papierumschlägen versteckt hatte. Meine Mutter beugte sich ein wenig zu mir hinunter; sie sprach nun noch leiser. »Na, damit die Nazis sie nich finden konnten. Diese Bücher waren doch verboten. Viele Schriftsteller haben Hitler nich gepasst. Deren Bücher hat er verbrennen lassen, sogar in Berlin auf der Straße, unter den Linden …«

Ich nahm mir vor, sobald ich lesen könnte, alle Bücher, die Oma für wichtig gehalten hatte, oder zumindest die von diesem Erich Kästner, durchzulesen.

Am Abend durchsuchte ich die Wäsche nach Löchern, die meine Mutter dann summend in der Küche stopfte. Das machte Spaß, denn ich stülpte mir die Sachen über den Kopf, um zu sehen, wo ich irgendwo hindurchsehen konnte, dann wurde die Stelle ausgebessert. Als wir fertig waren, durfte ich sogar aussuchen, wo mein Bett in meinem Zimmer stehen sollte. Ich schlief zum ersten Mal ganz allein in einem Zimmer. Es war klein und noch ziemlich leer. Außer meinem Bett stand nur ein dunkler Kleiderschrank aus Eichenholz in dem Raum. Oft krabbelte ich jedoch in das Doppelbett zu meiner Mutter, obwohl ich immer in die Ritze rollte und es dort schrecklich unbequem war, aber besser als allein mit den Ungeheuern zu bleiben, die unweigerlich hervorkamen, sobald es dunkel wurde. Der Teufel von früher, schreckliche Wesen mit Klauen und Pferdefüßen, wie die aus meinem Märchenbuch, lauerten vor meinem Bett und warteten nur darauf, dass ich mich bewegte und sie über mich herfallen konnten. Aber in das Zimmer, wo Jean und meine Mutter schliefen, trauten sie sich aus unerfindlichen Gründen nicht hinein. Jean war allerdings wenig begeistert von meinen nächtlichen Besuchen. Immer öfter hörte ich ihn sich am Morgen bei seiner Frau beschweren. Und irgendwann riss ihm der Geduldsfaden. Es war ein regnerischer Abend, wieder sah ich die Gespenster aus dem Schrank kriechen. Ich hielt es nicht aus und rannte hinüber. Ich hatte gerade die Tür zum Schlafzimmer geöffnet, als meine Mutter mich sah und mir bedeutete leise zu sein. Ich kroch zu ihr unter die warme Bettdecke. »Sie sind schon wieder da«, flüsterte ich unglücklich.

Meine Mutter drückte mich an sich und ich spürte ihr weiches Nachthemd an meinen Füßen. »Lenchen«, sagte sie beruhigend, »da sind keine Gespenster. Glaub mir.« Ich wollte ihr ja so gern glauben, aber ich hatte sie – gerade eben wieder – selbst gesehen.

»Sie schlüpfen aus dem Kleiderschrank«, erklärte ich. Jean brummte unwillig neben uns.

Meine Mutter streichelte mir über das Gesicht. »Das is reine Einbildung, in deinem Schrank is nichts.«

»Doch, ich wünschte es wär anders!«

Jean setzte sich neben meiner Mutter auf. »Merde alors, was ist denn ier los?«, fragte er verärgert.

»Die Kleine hat Angst«, erklärte meine Mutter.

Jean griff sich ungehalten an die Stirn. »Sie at doch nischt schon wieder Angst vor diese Geister?«, polterte er los. »Seid leise. Isch muss morgen früh aufstehen zur Arbeit!« Meine Mutter legte schützend den Arm um mich. Er musterte uns, dann warf er die Bettdecke nach hinten und stand auf.

»Lene, kommen mit, isch zeige dir jetzt ein letztes Mal, dass in deinem Schrank keine einziger Geister wohnt, d'accord?«

Ich rührte mich nicht; ich wollte einfach nur hier im Bett liegen bleiben, an genau dieser Stelle. Doch Jean ließ nicht locker. Er zog mich aus dem Bett, und ich folgte ihm stolpernd durch den dunklen Flur in mein Zimmer. Er schaltete das Licht an. Ängstlich beobachtete ich, wie er die beiden quietschenden Schranktüren öffnete. Ungeduldig zeigte er ins Innere. »Siehst du, da ist nischts.« Mein Blick fuhr die Fächer entlang, die mit Kleidung und Haushaltsgeräten gefüllt waren. Ich zwang mich tapfer zu nicken, doch Jean sah, dass ich nicht überzeugt war. Sein Schnurrbart begann gefährlich zu zittern. »Gut«, sagte er gereizt in meine Richtung, »wenn du mir nischt glaubst, werde isch es dir zeigen.« Mit weit ausholenden Armbewegungen begann er, den Schrank auszuräumen. Gereizt rief er: »Ier – sind – kein – e – Ge – spens – ter.« Bei jeder Silbe schleuderte er den Inhalt eines Faches auf den Fußboden. Zum Schluss stand er zwischen Blusen, Besen und Tischdecken und fragte mich wütend, ob ich ihm und meiner Mutter nun endlich glauben würde. Ich stand zitternd vor Kälte im Türrahmen und wusste nicht, was ich antworten sollte. Ich fühlte, wie sich mein Magen verkrampfte und mir die Tränen über die Wangen liefen. In diesem Moment trat meine Mutter hinzu und sah Jean fassungslos an.

Sie sah mich heulend im Türrahmen kauern, starrte auf das Durcheinander am Boden und rief entrüstet: »Bist du verrückt geworden, so ein Chaos ... und brüll verdammt noch mal die Kleene nich so an!«

Wütend trampelte er auf den Sachen am Boden herum. »Isch habe ihr gezeigt, dass in diesem Schrank nischts ist, außer ...« Ihm schienen die Worte zu fehlen. »... außer das.« Er zeigte auf das Durcheinander zu seinen Füßen. »Isch abe es satt, jede Nacht geweckt zu werden wegen irgendwelche Geister, die es nischt gibt! Isch muss arbeiten morgen früh – versteht ihr, nein?! Ier ist nischts. Aber sie will es einfach nischt einsehen.«

Meine Mutter stellte sich vor mich. »Die Kleene hat Angst, verstehste das. Sie fürchtet sich vor Geistern, sie ist sieben Jahre alt, mein Gott!«

Jeans Gesicht verzerrte sich vor Wut, als meine Mutter abermals Partei für mich ergriff. Wütend sah er uns an und trat dann gegen ein Paar Schuhe. »Macht doch, was ihr wollt, verflucht!«, schrie er und lief zurück ins Bett. Wir hörten die Schlafzimmertür knallen. Meine Mutter hob mich auf den Arm und legte mich ins Bett. Schweigend sah ich zu, wie sie all die Kleider und anderen Dinge zurück in den Schrank stopfte. Dann setzte sie sich zu mir auf die Bettdecke und küsste mich auf dir Stirn.

»Er is nur so, grad weil ... seine Arbeit is nich mehr sicher; sie stellen vielleicht bald einen anderen ein«, erklärte sie schwach. Ihr Blick wanderte von der Tür zu mir. »Du musst keine Angst haben, ich bleibe bei dir, bis du eingeschlafen bist.« Sie wischte mir mit ihrem Handrücken die Tränen ab und streichelte über meine Wange. Kurz darauf übermannte mich der Schlaf.

Ich erwachte mitten in der Nacht von lauten Stimmen aus dem Nebenzimmer. Jean und meine Mutter stritten sich heftig. Ich versuchte nicht hinzuhören, doch sie schrieen so laut, dass ich nun jedes Wort verstand. »Du be'andelst sie wie Baby. Sie muss lernen zu gehorchen«, rief Jean aufgebracht.

Meine Mutter erwiderte nicht minder zornig: »Sie is ein Kind. Sie hat mehr mitgemacht in den letzten Jahren, als du dir vielleicht vorstellen kannst! Verdammt, nimm doch mal ein bisschen Rücksicht.«

»Wir aben alle viel Schlimmes erlebt! Weißt du vielleischt, wie mein Jugend war? Nein, willst du das mal wissen?!« Jeans Stimme überschlug sich fast vor Erregung. »Trotzdem muss einmal Schluss ein! Sie muss es allein schaffen.«

»Sie is mein Kind. Ich werde sie nie im Stich lassen, egal, was sie hat oder was passiert«, rief meine Mutter in einem solch schneidenden Ton, dass Jean die Lust verlor, etwas entgegen zu halten. »Kannst du das nich verstehen?«, fragte sie nun weit weniger aggressiv.

»Nein«, sagte Jean kurz. Die beiden verstummten, doch kurz darauf konnte ich das leise Schluchzen meiner Mutter hören. Sie weinte, sie weinte meinetwegen, weil ich es nicht schaffte die Gespenster allein zu besiegen. Nachdem ich ihren Streit belauscht hatte, entschloss ich mich schweren Herzens, trotz der drohenden Gefahr von diversen Ungeheuern in meinem Zimmer, die nächsten Nächte dort auszuharren, egal, was kommen würde. Ich schwor mir hoch und heilig durchzuhalten, bevor ich endlich wieder einschlief.

Als ich am nächsten Morgen in die Küche kam, war der Tisch schon gedeckt. Sogar unsere Stoffservietten waren aus dem Schrank geholt und in drei lustige Tiere gefaltet worden, die jetzt erwartungsvoll auf unseren Tellern hockten. »Bonjour«, murmelte Jean.

»Guten Morgen«, erwiderte ich leise. Meine Mutter war schon angezogen und stand an der Spüle. Ich kletterte auf einen Holzstuhl und nahm vorsichtig ein Serviettentier in die Hand. Es war ein Schwan.

»Gefällt er dir?«

»Ja sehr, Mama!«

»Jean hat ihn gemacht.« Ich stellte den Schwan neben meinen Teller und griff nach dem Messer. Meine Mutter schmierte mir ein Brot, während Jean den Tee eingoss.

Die folgenden Nächte waren schrecklich: Ich begann zu zittern, sobald meine Mutter das Licht gelöscht und das Zimmer verlassen hatte, aber ich sagte keinen Ton. Allein in meinem Bett meinte ich die Schranktür knarren zu hören, hinzusehen wagte ich gar nicht erst. Ich war sicher, dann sofort in Panik zu meiner Mutter zu laufen und ihr noch mehr Schwierigkeiten zu machen. Ich wurde von schrecklichen Albträumen geplagt. Im Unterricht musste ich immer häufiger ein Gähnen unterdrücken und mich zwingen, nicht auf dem harten Holzpult einzuschlafen. Einmal erzählte ich in der Schule einem blonden Jungen, der sitzen geblieben war, von den Monstern, die jede Nacht in mein Zimmer kamen. Ich dachte, da er ja schon älter war, vielleicht wüsste er etwas, womit man sie verjagen könnte. Zuerst lachte er überheblich über meinen Bericht und rief: »Pah, Jespenster jibt es doch gar nich.« Die anderen Kinder schauten neugierig in unsere Richtung. Wütend starrte ich ihn an, doch er lachte nur noch lauter. Tränen füllten meine Augen, und Wut und Enttäuschung standen mir ins Gesicht geschrieben. Als ich mich beleidigt wegdrehte, hielt er mich jedoch an der Schulter zurück.

»Warte mal, meinst du dit ernst? Du hast echte Unjeheuer in deinem Zimmer?«, fragte er ungläubig.

»Ja«, antwortete ich. Ich wusste nicht, was ich sonst sagen sollte und erklären konnte ich es ohnehin nicht.

»Hm«, er musterte mich abschätzend. »Kannst du ein Jeheimnis für dich behalten?«, fragte er.

Ich schluckte vor Aufregung und sagte so ruhig ich konnte: »Na klar.« Der Junge zog mich in eine Ecke des Schulhofes; wir setzten uns auf die Balustrade. Ich schabte scheinbar gelangweilt sonnengehärteten Vogelmist von den Steinen. Gespannt erwartete ich, dass er mir nun sein Geheimnis enthüllte, doch er schwieg beharrlich. Ungeduldig schlug ich mit den Füßen gegen die Stangen unter mir. Er rührte sich nicht. Die anderen Kinder gingen zurück ins Schulgebäude. Es wurde still. Die Sonne verzog sich hinter einer dunklen Wolke, und ich spürte den Wind an meinem zu kurzen Mantel zerren. Unwillkürlich dachte ich an die furchterregenden Gespenster, die heute Abend wieder aus meinem Schrank kriechen würden, und ich konnte nichts dagegen tun, so sehr ich mich auch bemühte. Ich würde allein sein. Ich sah mich um, doch der Junge war verschwunden. Erschrocken umklammerte ich das Geländer und suchte verzweifelt nach einem Zeichen. Plötzlich warf sich ein riesiger Schatten mit grauenhaftem Geheul auf mich. Ich schrie entsetzt auf und fiel beinahe hinten über, doch im gleichen Augenblick erkannte ich im trüben Morgenlicht das verzerrte Gesicht und die erhobenen Arme meines Schulkameraden, der amüsiert über meine Schreckhaftigkeit kicherte. »Du bist blöd, saublöd! Echt!«, entrüstete ich mich. Ich fühlte mich elend, musste gleich heulen und überhaupt: Ich wollte gehen.

Er lachte nur und bot versöhnlich an: »Willste nu das Jeheimnis hören.« Ich zögerte.

»He, tut mir leid wegen gerade, war doch bloß Spaß!« Ich sah ihn nicht an. »Magst du hören, was ick erlebt habe?«, köderte er mich.

Ich hielt es vor Spannung nicht mehr aus: »Natürlich, sag schon.«

Er beugte sich weit zu mir hinüber, sein warmer Atem streifte mein Ohr, während er flüsterte: »Bei mir zu Hause jibt es auch Jespenster.«

Meinte er das ernst? Sicher wollte er sich nur über mich lustig machen ... Enttäuscht schaute ich auf meine rauen Schuhspitzen. War das alles?

»Sie kommen manchmal in unser Zimmer«, fügte er hinzu. »Aber nur, wenn mein Bruder nich da is – oder schon schnarcht.«

»Aha.«

»Was, glaubst du mir nich?«, fuhr er entrüstet auf. »Is echt wahr. Dit eine Jespenst hat sogar nur noch 'nen halben Kopp, die andere Hälfte is wegjeschossen, so wie es meinen Onkel im Krieg erwischt hat. Hat jedenfalls mein Bruder erzählt.« Ich fröstelte im Sonnenschein, während ich versuchte, mir einen Mann mit nur einem halben Kopf vorzustellen. Er genoss sichtlich die Wirkung, die seine Worte auf mich machten.

»Uah, wie eklig! Siehste das denn im Dunkeln so genau?«, fragte ich schüchtern. »Ich meine, dass er nur einen halben Kopp hat?«

»Na ja, nich so richtig, aber die Schatten schon.«

»Ich seh auch immer nur die Umrisse und die Bewegungen. Aber ich weiß, dass sie da sind.«

»Ja, wir wissen dit, aber die Erwachsenen sagen immer bloß: ›Ach Quatsch, da is nichts. Jetzt sei mal kein Hase.‹ Dabei hat mein Bruder se früher auch gesehen, hat er gesagt.«

»Meinst du, die wohnen bei uns? So richtig, auch am Tage?«

»Ja, wo sollen se sonst hin? Is ja alles ausjebombt. Nur am Tage machen se sich unsichtbar.« Mir kam eine Idee. Ich nahm all meinen Mut zusammen und streckte den Rücken durch, um möglichst groß zu wirken. Unter einem Vorwand lud ich den Jungen zu uns nach Hause ein, um mit ihm auf Gespensterjagd zu gehen. Doch er durchschaute meinen Plan und nutzte meine verzweifelte Lage aus. Ich musste ihm ein Vermögen – zwei Wurststullen – versprechen, bevor er einwilligte, mich morgen zu besuchen. Am nächsten Tag stand er wie verabredet vor der Tür. Meine Mutter musterte ihn halb misstrauisch, halb belustigt, als er nach mir fragte. Ich hatte ihr gesagt, dass mich ein Junge aus der Schule besuchen kommen würde. Sie bat ihn in den Flur und schloss die Eingangstür. »Guten Tag, ick bin der Hannes«, stellte er sich meiner Mutter höflich vor.

»Tag Hannes, du gehst mit Lenchen in die gleiche Klasse?«

»Jawoll«, antwortete Hannes und rührte sich nicht vom Fleck. Jean schloss in diesem Moment die Wohnungstür auf und trat in den engen Flur. Hannes ging einen Schritt auf ihn zu und streckte ihm mit einer zackigen Bewegung die Hand entgegen.

»Guten Tag, ick bin der Hannes«, sagte er abermals.

»Allo Annes!«, erwiderte mein Stiefvater zerstreut seinen Gruß und ging an uns vorbei in die Küche.

»Los komm!«, sagte ich und zog den wohlerzogenen Hannes in mein Zimmer. Er setzte sich auf das Bett und sah sich neugierig um. Ich dirigierte ihn zum Schrank, dessen Tür unheimlich quietschte und der meiner Meinung nach die scheußlichen Geister beherbergen musste. Geschäftig öffnete ich seine Türen, was mich selbst zu dieser Tageszeit ein leichtes Schaudern spüren ließ. »Hier, hier kommen sie immer raus«, sagte ich leise und zeigte feierlich auf das verfluchte Möbelstück. Hannes schaute sich ein wenig verlegen um und setzte sich dann wieder auf das Bett. Ich ahnte, dass auch ihm der wuchtige Eichenschrank nicht geheuer war. Er wollte Zeit schinden, um seine Feigheit nicht gleich zugeben zu müssen.

»Kann ick wat trinken?«, fragte er unvermittelt. Ich sah ihn halb abschätzend, halb flehend an. Dieses Gespensterproblem musste schnellstmöglich gelöst werden. Nur deshalb hatte ich ihn doch hergebeten.

»Klar ..., aber wollen wir nich zuerst ...?«

Meine Mutter kam prompt mit zwei Gläsern Milch herein. »Na, ihr beiden habt doch sicher Durst, he? Milch is gut für die Knochen.« Hannes nahm strahlend das großzügig gefüllte Glas entgegen.

»Danke«, sagte er, während er bereits ansetzte, um das Glas in einem Zug zu leeren. Ich betrachtete ihn missmutig. Eine schöne Hilfe bei der Geisterjagd hatte ich mir da geholt ... Nachdem er auch mein Glas geleert hatte und gelangweilt in meinem Märchenbuch geblättert, dann meine selbst gemachten Puppenkleider angeschaut hatte, verkündete er, dass es schon sehr spät sei und er nun schleunigst nach Hause müsse. Über die Monster und deren Aufenthaltsort verlor er kein Wort mehr. Wenigstens hatte er in der Hektik seines Aufbruchs die beiden versprochenen Wurstbrote vergessen, so hatte ich wenigstens nicht umsonst bezahlt. Ein wahrer Held war der …

Ich lag im Bett und musste mir immer wieder Hannes vorstellen, wie er mit seinem Milchbart ungelenk neben mir saß. Er hatte es gewissenhaft vermieden, zum geheimnisvollen Schrank zu schauen und sich in sicherer Entfernung an das hintere Ende des Bettes gesetzt; ich ärgerte mich noch immer über den misslungenen Versuch die Geister zu bezwingen. Ich träumte, wie Hannes riesengroß in unserer Küche saß und literweise Milch in sich hineinschüttete, während er sich mir unablässig mit ausgestreckter Hand vorstellte: »Hallo, ick bin der Hannes; hallo, ick bin der Hannes; …« In meinem Traum wollte ich mir die Ohren zuhalten, doch statt Fingern hatte ich nur zwei runde schaufelartige Pfoten. Doch wie auch immer: In dieser Nacht kamen mich keine Ungeheuer besuchen. Vielleicht hatte Hannes doch etwas gemacht, das ich nicht gesehen hatte, aber überzeugt war ich davon nicht. Obwohl ich noch immer jede Nacht das Auftauchen der schauerlichen Geister fürchtete, schlief ich nun etwas besser. Vor allem, weil mein Plan von Erfolg gekrönt zu sein schien; meine Eltern stritten sich nun weit weniger häufig – meinetwegen … Stattdessen saßen sie gemeinsam niedergeschlagen in der Stube; Jean war tatsächlich gekündigt worden. Einige Kollegen munkelten, es sei wegen seines häufigen Trinkens, andere ließen durchsickern, dass man seine »neue Familie« nicht passend fand. Wenigstens schaffte ich es jetzt, den beiden nicht ständig den Schlaf zu rauben.

Die nächste Zeit mied mich Hannes; er tat, als sähe er mich nicht. Nicht einmal ärgern wollte er mich. Zwei Wochen später allerdings kam er mit einem hämischen Grinsen auf mich zu. Ich wollte ihm ausweichen, doch es war zu spät. Er dirigierte mich in eine verschwiegene Ecke des Sportplatzes. Ich hatte keine Wahl. Ich versuchte meine Furcht nicht zu zeigen, während er seine Überlegenheit in diesem Augenblick genoss. »Na, kommen dich immer noch die Jeister besuchen, buhuh …« Ich versuchte keine Miene zu verziehen, hatte aber nicht die Kraft, etwas zu erwidern. Stumm sah ich an. Er fuchtelte wild mit seinen Händen vor meinem Gesicht herum. »Keen Wunder«, rief er, »die meisten Särge werden aus Eichenholz gemacht, da fühlen sich die Jeister bei dir im alten Eichenschrank bestimmt so richtig wohl und werden ihn niemals mehr verlassen …« Ich hätte ihn am liebsten geboxt für seine Gemeinheit, obwohl ich keine Ahnung hatte, ob seine Behauptung stimmte, doch da rannte er schon feixend davon, der Feigling. »Hasenfuß, Hasenfuß! Fürchtet sich vorm Kleiderschrank …« rief er, und alle Mitschüler wurden Zeugen dieser erniedrigenden Szene. Als ich aufsprang um ihm zu folgen, wurde mein Kopf brutal nach hinten gerissen. Hannes hatte unbemerkt meine Zöpfe um das Außenrohr gebunden. Ich fluchte und heulte. Hannes und diese blöden Eichensärge gingen mir nicht mehr aus dem Kopf. Nach dieser Episode kamen die Albträume manchmal noch stärker wieder. Ich behielt sie vorerst für mich, genauso wie meine Wut auf Hannes …

Kapitel 16

Die Zeit verging wie im Flug. Und ich schnappte beinahe über vor Freude, als ich endlich mein erstes Geschwisterchen bekam: Julia hatte sich bereits lange vorher durch den bald unübersehbaren und stetig wachsenden Bauch meiner Mutter angekündigt …

Der zweite Nachkriegswinter war besonders streng. Die Berliner behielten ihn in Erinnerung wie keinen anderen. Nirgends gab es noch Kohle oder Holz, nur wenige Schornsteine qualmten erstickt, alles Brennbare war verbraucht. Nun verheizten die Leute zum Teil das Wenige, das ihnen geblieben war: geplünderte Kleidung, den letzten Stuhl, die herrenlose Kommode im Keller, ohne zu fragen, wem sie gehörte. Die Normalität war abermals ein Stück zurückgewichen; die Not kehrte, vor allem in den Arbeitervierteln, brutaler denn je zurück. An den Fenstern funkelten Eisblumen und am Morgen hatten wir entdecken müssen, dass der Muckefuck in der Nacht gefroren war und die Kanne gesprengt hatte. Den ganzen Tag über war es uns nicht gelungen, unsere Zimmer genügend zu heizen. Jean war nicht da; seit er seine Stelle als Koch verloren hatte, war er ständig auf Arbeitssuche. Meine Mutter versuchte vergeblich, mich und den winzigen Säugling neben sich, meine Schwester, warm zu rubbeln: Sie umschloss uns mit ihren kalten Armen wie eine verzweifelte Glucke. Bibbernd lagen wir zu dritt im Bett. Die aufgewärmten Ziegelsteine, die wir mit ins Bett genommen hatten, waren längst kalt. Später erzählte mir Inge, dass in diesem frostigen Winter sogar viele Menschen in ihren eigenen Betten erfroren sind. Meine Mutter weinte nicht, fluchte nicht, das hätte sie nur Kraft gekostet und doch nichts gebracht – nur ab und zu sah sie uns an und legte dann wieder, die Stirn gerunzelt, eine Hand auf ihren leicht gewölbten Bauch.

»Jammern hilft ja auch nichts«, murmelte sie. »In ein paar Wochen wird wieder alles besser.« Schließlich stand sie auf. Sie wickelte mein Schwesterchen in alle Decken, die sie finden konnte und schickte mich mit ihm hinaus – zur öffentlichen Badeanstalt. Verstört lief ich durch die bereits dunklen Straßen Berlins, immer den Satz meiner Mutter im Ohr: »Geh in einen Raum, wo es warm is. Lass dich nich fortschicken. Bleib dort mit dem Baby, solange du kannst.«

Ich wollte es versuchen; ich hatte endlich eine Schwester, ich war jetzt die Große, und auch ich wollte nicht mehr frieren. Bald war sie groß genug, um mit mir zu spielen; ich würde ihr die schwarzen Löckchen kämmen und aus Zeitungspapier Hüte bauen. All meine Freunde würde ich ihr vorstellen, sie würden mich beneiden und sagen: »Oh, so eine süße Schwester hast du!« Ich rannte durch den unheimlichen Park und versuchte Julia, eng an mich gekuschelt, mit einem Liedchen die Angst zu nehmen. Lange Zeit begegnete uns kein Mensch. Einige wenige Straßen waren noch immer nicht zu passieren und ich musste einen Umweg machen. In meiner Erinnerung türmten sich hier Schutt und Dreck bis hoch zu den ersten Etagen der leergebrannten Hausfassaden. Ich konnte den Qualm in dicken Schwaden noch beinahe riechen. Ofenrohre hatten aus Stein und Mörtel herausgeschaut wie die toten Beine unter dem Schutt begrabener Riesenkäfer. Ich zwang mich bewusst zu atmen und in die Gegenwart zurückzukehren. Wieder schnitt mir die brutale Kälte ins Gesicht. Endlich sah ich das Schild der Badeanstalt. Meine Schritte verlangsamten sich. Unwillkürlich steckte ich meinen Kopf noch tiefer zwischen die Schultern. Sicher würden sie uns gleich wieder hinausschmeißen, und wohin sollten wir dann? Über dem flachen Gebäude der Badeanstalt sah ich einen hellen Stern blinken, ich gab mir einen Ruck und trat näher. Ängstlich wuchtete ich die schwere Tür auf. Das grelle Licht blendete mich.

»Na Kleine, was willst du hier?«, fragte mich die dicke Frau hinter dem Tresen misstrauisch. Sie musterte meine geflickte Jacke und das Paketchen in meinem Arm. Ich stellte mich auf die Zehenspitzen und reckte den Hals, um größer und älter zu wirken.

»Ich warte auf meine Mutter«, log ich schnell und drückte das Baby fest an mich, wie ein Bündel Kleidung. Rasch spähte ich den Gang entlang. »Dahinten soll ich warten, hat sie gesagt«, flüsterte ich schüchtern. Ich hatte das Gefühl, dass gleich meine Stimme versagen würde. Die Frau sah mich durchdringend an und zeigte dann in die andere Richtung.

»So so, na ja, da in dem Raum könnt ihr warten«, sagte sie knapp. Ich setzte mich sofort in Bewegung. »Aber nix anfassen, ne!«, rief sie mir nach. Ich schlich in den herrlich warmen Warteraum und wickelte das kleine Köpfchen meiner Schwester Julia aus. Sie sah mich kurz aus großen braunen Augen an, dann schlief sie ein. Erleichtert atmete ich auf. Als ich meine Finger wieder ohne Schmerzen bewegen konnte, überlegte ich mir fieberhaft die nächsten Ausreden. Was, wenn die Frau fragte, wo meine Mutter blieb? Oder wenn die Kleine anfangen würde zu weinen? Sollte ich dann einfach sagen, dass ich hierher kam, um zu verhindern, dass mein Geschwisterchen erfror, während meine Mutter vielleicht bereits das nächste erwartete? Sollte ich zu Inge gehen? Wo war Jean, und waren alle Väter so selten zu Hause? Andererseits war ich froh, wenn er fort war, dann kehrte in unseren drei Zimmern ein bisschen Frieden ein. Niemand, der befahl, verlangte, jammerte. Aber auch niemand, der Geld heimbrachte, sang und die Geschichte von der dreiköpfigen Schlange erzählte ... Über diesen Gedanken nickte ich ein. Doch kurz bevor die Badeanstalt schloss, erwachte ich und schlüpfte mit meinem Bündel wieder hinaus in die schwarze Kälte.

In den nächsten Tagen versuchte ich mich in der Badeanstalt unsichtbar zu machen, was mir aufgrund meiner Magerkeit nicht sehr schwer fiel. Es funktionierte, ich durfte wiederkommen und mich mit Julia still in die Ecke am Ofen setzen. Das Baby schlief viel, und ansonsten schien die Frau am Eingang nichts zu hören. Ich verbrachte noch so manche Stunde dort in diesem sterilen quadratischen Raum mit den gleichförmigen Kleiderhaken und dem weißen Fleck an der Wand, wo lange Zeit ein großes Bild gehangen haben musste. Ich fragte mich immer wieder, was das wohl für ein Bild gewesen war. Manchmal träumte ich im Halbschlaf, dass das Bild dort erneut aufgehangen worden wäre. Es war in einen üppigen goldenen Rahmen gespannt und zeigte in meinem Traum eine wunderschöne grüne Bergwiese mit bunten Blumen und prächtigen Schafen, die alle einen kleinen Schnurrbart trugen. Auch die Kamele und die Wüstenvölker in ihren weißen Gewändern, von denen mein Stiefvater mir erzählt hatte, mischten sich in meine Traumwelt. Doch jedes Mal, wenn ich erwachte, war nur schwach der rechteckige schmutzig-braune Rand auf der weißen Wand zu erkennen.

Die dicke Frau am Eingang sprach mich niemals an. Sie grüßte auch nicht, tat einfach, als ob sie mich nicht sah, wenn ich halb geduckt am Tresen vorbeischlich. Nur einmal, kurz vor Weihnachten, zwinkerte sie mir mit einem ihrer tiefblauen Augen über den runden Wangen zu und stellte wortlos ein Hasenbrot und ein großes Glas Milch neben Julia und mich hin.

Kapitel 17

Unser Zuhause hatte sich schon ziemlich verändert in der letzten Zeit. Im Bad standen Rasierschaum und Birkenwasser auf dem Ablagebrett unter dem halb blinden Spiegel. Die selbst genähten Zopfbänder meiner Mutter, die sich die Haare nun kurz geschnitten hatte, waren verschwunden. Schnupftabak hatte die angestoßenen Porzellanfiguren auf dem Küchenbuffet ersetzt und auf der Leine hing gerippte Männerunterwäsche neben Mamas Faltenrock, meinen Hemdchen und Julias Lätzchen. Ich hatte mich natürlich längst daran gewöhnt, aber manchmal musste ich doch ganz plötzlich an Inges gehäkelte Stofftiere und an ihr grünes Kleid denken. Sie fehlte mir noch immer, und liebend gern hätte ich mein Zimmer für immer mit ihr geteilt, nicht nur wegen der Gespenster …

Der Frühling brach an. Als es endlich wieder wärmer wurde, schnappte ich mir Julia und ging mit ihr im Park spazieren. Solange ich mit dem Baby draußen war, konnte mich meine Mutter nicht zum Putzen oder Besorgungen machen einsetzen; ich musste nun viel mithelfen. Julia war gern im Freien, zumindest meinte ich das zu spüren. Manchmal saßen wir auf einer Bank und lauschten den Vögeln, manchmal zeigte ich ihr Käfer und Eichhörnchen, manchmal erklärte ich ihr, dass sie kein »Bastard« sei, so wie mich manche Kinder in der Schule nannten, denn ihr Papa hatte unsere Mama geheiratet, bevor sie geboren wurde. Ich war sehr froh darüber, dass somit niemand die gemeinen Sachen zu ihr sagen konnte, wie ich sie immer wieder zu hören bekam, ohne, dass ich – geschweige denn der, der sie mir höhnisch nachrief – wirklich wusste, was sie eigentlich bedeuteten. Aber der garstigen Mimik und dem Getuschel nach, musste es etwas ungeheuer Beleidigendes sein. Eines Tages würde ich mich rächen, versprach ich Julia, dann würden sich diese Leute gehörig wundern. Wie ich das anstellen würde, wusste ich noch nicht genau, aber es gab viele Möglichkeiten. Ich saß unter den alten Eichen und schmiedete Geheimpläne, in denen Kaskaden von Stinkbomben und tütenweise Juckpulver vorkamen; vielleicht würde ich es sogar schaffen, einige Dutzend Ohrenkneifer zu sammeln … Julia lauschte aufmerksam und klatschte sogar vor Freude in die Hände, als ich die hektischen Bewegungen der bösen Kinder, zu denen ich seit einer Weile auch Hannes zählte, grotesk nachahmte, nachdem ich ihnen Juckpulver und Ohrenkneifer in Hemd und Hose geschüttet hatte. Julia wusste meine Ausführungen stets zu schätzen, sie schien sich mit mir immer gut zu unterhalten, ganz gleich, ob ich ihr seltsame Tiere präsentierte oder die Welt erklärte. Langsam wurde es Zeit nach Hause zu gehen, doch wir machten noch einen Abstecher zum See. Dort schwammen ein Dutzend Enten auf dem dunklen Wasser. An den Wochenenden saß dort häufig eine Frau mit rundem Gesicht und einem glänzenden Kopftuch, die die Enten fütterte. Wenn sie uns sah, lächelte sie zur Begrüßung und gab uns meistens etwas von ihrem Brot zum Füttern der Tiere ab. Ich warf immer ein paar Krümelchen ins Wasser, dann kamen die Enten und Erpel schnell angeschwommen, und ich konnte Julia aus der Nähe deren Schnäbel und buntes Gefieder zeigen. Doch den größten Teil der Scheibe Brot steckte ich schnell in die Jackentasche, um mir auf dem Heimweg die harten Brocken selbst in den Mund zu stecken. Wenn Julia mit ihren winzigen Fingerchen nach dem Brot griff und fordernde »Unk-unk«-Geräusche ausstieß, bekam natürlich auch sie ihren Teil, den sie sich mit bemerkenswerter Ausdauer weich lutschte. Einmal allerdings hatte sie sich furchtbar verschluckt. Sie bekam keine Luft mehr, und ich wusste vor Schreck gar nicht, was ich tun sollte. Ich schüttelte sie und schrie: »Nich sterben, Julchen!« Aus einem Impuls heraus zog ich sie an den Füßen aus dem Wagen und klopfte ihr auf den kopfüberhängenden Körper. Daraufhin brüllte sie wie am Spieß, und es klang wunderbar in meinen Ohren. Sie konnte wieder atmen. Von da an lutschte ich die Brotstücke für sie vor.

Julia war mit ihren dunklen krausen Löckchen der Liebling des Viertels, und auch meine Freundin Frieda, die nur vier Brüder hatte, obwohl sie sich doch so sehr eine Schwester wünschte, war ganz vernarrt in Julchen. Manchmal spürte ich sogar einen Anflug von Eifersucht, wenn Frieda so ausgiebig mit Julia spielte, dass sie die ganze Welt um sich herum zu vergessen schien – mich eingeschlossen. Doch wenn ich meine kleine Schwester mit den roten Wangen ansah, schämte ich mich sofort meines Egoismus'. Schnell knuddelte ich sie, dann zogen wir zu dritt los und machten den Park unsicher. Oder wir wetteiferten vor Julchens großen Augen darum, wer sich mehr Schorf von den ständig aufgeschürften Knien pulen konnte.

Jeden Morgen traf ich Frieda auf dem Weg zur Schule, mehr als einmal bekamen wir eine Rüge wegen Redens und Lachens im Unterricht. Dabei machte uns der Unterricht Spaß, aber es gab einfach noch so viele Dinge zu erzählen und Lustiges anzustellen. Darum kam Frieda oft mit, wenn ich nachmittags auf Julia aufpasste. Wir setzen sie in Friedas Puppenwagen und ließen sie ein Stück die Straße hinunterrollen. Oder Frieda erzählte ahnungslosen Passanten, Julia sei ihr Kind, sie wäre die Mutter, ein Wunder! Und dann freuten wir uns diebisch über die staunenden Gesichter und die »Quatschkopp«-Rufe der Leute. Gern gingen wir auch auf unserem Weg am Fleischer vorbei, manchmal zwei oder drei Male hintereinander. Wir zogen unsere Kleider gerade, wischten uns mit Spucke gegenseitig den Schmutz aus den Gesichtern und lächelten liebenswürdig. Wir grüßten brav und hofften, er würde uns sehen. Viele Kunden kamen eh nicht ins Geschäft. Wir schoben langsam am Laden vorbei, bis er endlich ein Herz hatte und uns Dreien eine Scheibe Wurst oder etwas anderes schenkte, das er unter der Theke hervorzauberte. Heute hatte es gleich beim ersten Mal geklappt.

»Ach, is die niedlich, die Kleene, putti putti«, der Fleischermeister lachte in sein Doppelkinn, während er Julia am Bauch kitzelte. Wir setzten unsere liebsten Gesichter auf. Er hob den Blick. »Mensch, seht ihr verhungert aus – ick muss doch mal nachschauen, ob ick nich noch zufällig was übrig hab, was dringend weg muss – bevor ihr mir hier im Laden aus de Latschen kippt …« Er kramte umständlich herum, während wir gespannt seinen Bewegungen folgten. Fast hätten wir vor Vorfreude unser Dauerlächeln vergessen; das war gefährlich, denn gierige Gesichter sah er genug. Er hatte eine Schwäche für glücklich aussehende Kinder. Der gutmütige dicke Mann griff schließlich mit einer dramatischen Geste unter die Theke und hielt uns kurz darauf ein Stück Teewurst entgegen. Augenblicklich lief mir das Wasser im Mund zusammen, und auch das Baby sah mit wachen Augen auf die Hände des Fleischers. »Na hier, nehmt schon die Wurscht – aber ordentlich teilen. Und erzählt dit um Gottes willen nich weiter, hört ihr! Sonst hab ick hier den ganzen Laden bald voll von so 'ne kleenen Schmarotzer.« Frieda und ich nickten mechanisch. Wir griffen gleichzeitig nach der Wurst.

Frieda nahm sie vorsichtig entgegen, quietschte: »Danke« und war schon auf dem Weg zur Tür, denn im Laden durften wir nicht essen, das wussten wir. Der Fleischermeister gab mir mit seiner roten Hand einen freundschaftlichen Klaps auf den Po und jagte uns mehr aus seinem Laden hinaus, als dass wir flohen. In einer ruhigen Seitenstraße setzten wir uns auf dem Bürgersteig in die Sonne. Ich teilte die Wurst auf, schließlich war die süße Julia, die das Herz des Fleischers erweichte, meine Schwester. Frieda war einverstanden. Ich zog von Julias Stück mit den Zähnen die Pelle ab und biss ihr einen Zipfel Wurst ab. Ich kaute ein bisschen darauf herum. Mit zwei Fingern nahm ich es aus dem Mund und steckte es in den bereits erwartungsvoll geöffneten Schlund des Babys. Sie war ja nun schon über ein halbes Jahr alt – ich hoffte, sie würde die Wurst vertragen. Haben wollte sie sie jedenfalls.

»Iih!«, sagte Frieda und verzog angeekelt das Gesicht, während sie aber zeitgleich an ihrer Wurst nuckelte. Schnell wischte ich meine nassen Finger an meiner Jacke ab. Ich spürte, wie ich rot wurde. Und wütend.

»Iih?« Ich schnaubte entrüstet. »Kiek mal in den Spiegel, dann weißte, was iih is!« Frieda verstummte, musste aber grinsen. Dann zog sie sich winzige Stückchen ihrer Wurst wieder aus dem Mund, um sie erneut hineinzustecken. So wie ich es bei meiner Schwester getan hatte. Sie kaute und streckte mir dann die Zunge heraus, um den unappetitlichen Speisebrei zu präsentieren. Sie wollte mich ärgern, und ich ließ mich necken. Dessen ungeachtet fütterte ich Julia weiter mit den kleinen vorgebissenen Wurststückchen. Es schmeckte herrlich, war nur wieder einmal viel zu schnell aufgegessen. Julia lutschte noch zufrieden an einem letzten Stückchen. Am Abend dann bekam Julia Blähungen. Sie weinte, ich massierte ihr vorsichtig den Bauch und hielt den Mund.

»Du Frieda«, fragte ich eines Tages versöhnlich, »wie is denn das mit dem Kinderkriegen eigentlich?«

»Also dit is doch ganz klar«, brüstete sich Frieda mit ihrem Wissensvorsprung.

»Hm, und wie nun genau?«, bohrte ich weiter. Frieda machte ein nachdenkliches Gesicht.

»Tja, die Erwachsenen, also Papa und Mama, müssen sich lieb haben und denn ...« Sie senkte beinahe unmerklich die Stimme und sah sich verstohlen um, ob uns auch niemand belauschte. Erst als sie sich unserer Ungestörtheit sicher war, fuhr sie mit geheimnisvoller Miene fort: »Und denn, denn küssen se sich.«

»Auf den Mund?«

»Na klar, uff'n Mund. Wat denkst 'n du?!« Ich lauschte gespannt ihren Ausführungen und dachte an meine Mutter und meinen Stiefvater.

»Und wenn sie sich streiten und nich küssen?«

Frieda überlegte kurz, dann antwortete sie überzeugt: »Denn auch. Du siehst bloß nich immer, wenn se sich küssen. Dit machen se heimlich ... Aber streiten nich«

»Also wird man vom Küssen schwanger.«

»Ja«, nickte Frieda zustimmend.

Ganz überzeugt war ich nicht von Friedas Theorie, aber ich wusste auch keine bessere Erklärung, und so gab ich mich vorerst zufrieden. Allerdings begann ich von diesem Tag an bei den wenigen Gelegenheiten, wo mir ein Mann einen Kuss geben wollte, was selten geschah, vorsichtshalber den Kopf wegzudrehen. Irgendwann erklärte mir meine Mama schließlich bei einer passenden Gelegenheit, dass man ganz sicher schon erwachsen sein müsse, um schwanger zu werden. Nach dieser Klarstellung war ich sehr beruhigt. Gleich am nächsten Tag teilte ich Frieda meine neuen Erkenntnisse mit. Wir saßen auf einem niedrigen Mauervorsprung in der Abendsonne und beobachteten einen Spatz auf dem Bürgersteig. Sie lachte laut auf, als ich von dem »Mindestalter« erzählte, von dem meine Mutter gesprochen hatte. Ihre Reaktion überraschte und verunsicherte mich. »Na klar, muss man schon eine Frau sein! Wat dachtest du denn?!«, fragte sie mich amüsiert. Ich wusste nicht, was ich antworten sollte; ich kam mir ungeheuer dumm vor. Als ich stumm blieb, hörte Frieda auf zu lachen und sah mich forschend an. »Du hast es nich jewusst, ja? Na, uns sagt ja auch keener was ... Was haste denn jedacht?« Ich wand mich innerlich unter ihrem Blick. Denn trotz ihres nun verständnisvollen Tones ärgerte ich mich über meine eigene Dummheit. So klug kann ich also nicht sein. Sollte sich Fräulein Auerbach, meine Lehrerin, vielleicht doch mit ihrer Einschätzung, was mich betraf, geirrt haben? Manchmal schien ich alles andere als »aufgeweckt« zu sein, fuhr es mir durch den Kopf. Frieda schaute mich noch immer fragend an.

Ich zögerte, bevor ich antwortete: »Ach gar nichts. Ich war mir nur nich so sicher wie du …«, murmelte ich heiser.

»Hm.« Frieda machte ein nachdenkliches Gesicht. Sie hatte ihr Kinn in die Hand gestürzt und besah sich die grauen Häuserwände. »Wat komisch is: Die Biene aus 'm Vorderhaus, ja …« Sie stockte.

»Was is denn mit der?«, fragte ich.

»Na, als ick die neulich an die Mülltonnen jesehen hab, also die hatte ooch 'nen janz dicken Bauch.«

»Aber die is doch keine Frau!«, protestierte ich.

»Da haste Recht, die is so alt wie meine Cousine in Brandenburg, gloob ich. 13 oder 14 oder so …«

»Ja, und?«

»Aber is sie ein Kind?« Ich sah Frieda verständnislos an. Sie fuhr fort: »Na ja, weil … also älter und größer als wir is die ja schon …«

»Du meinst …?«

Frieda zuckte nur unschlüssig die Schultern. Ich schwieg einen Augenblick, das musste ich erst mal verdauen. »›Und so Spitztütchen unter der Bluse hat se ooch schon‹«, hat meine Mutter neulich festgestellt. ›Backfisch‹ hat se se genannt. Versteh ick nich …«

»Ab wann is man denn eine Frau?«, sinnierte ich. Wir beschlossen einen Erwachsenen zu fragen. Die mussten das doch wissen. Aber ob sie es uns verraten würden?

Auf dem Nachhauseweg trafen wir den Leierkastenmann. »Mensch, die freche Frieda und unsere Hinterhof-Helene!«, begrüßte er uns. »Lange nich jesehen.«

Er grinste uns fröhlich zu, seit dem letzten Mal hatte er noch einen Zahn weniger, und spielte »Die Berliner Luft« – nur für uns. Wir strahlten. Aber als es zu Ende war, musste er weiterziehen, um »ein paar Groschen zu sammeln« und wir trauten uns nicht, ihn nach der Sache mit den Frauen zu fragen.

»Verflixt, wenn wir es nich mal schaffen zu fragen, können wir auch keine Antwort bekommen«, fluchte ich. Mir war ein wenig mulmig zumute; die Erwachsenen sprachen über viele Dinge nicht gern, und ich ahnte, dass dieses Thema dazugehörte. Vor Friedas Haustür dann kam uns ihr Bruder Philip entgegen. Er war der Ruhigste von den Vieren und steckte seine Nase in jedes Buch, das er ergattern konnte. Ich hätte ihm gern einmal von Omas Büchern erzählt, die sie in Kochbuchumschläge gesteckt hatte, doch ich fürchtete, er würde mich nur auslachen. Wahrscheinlich würde er Kästner auch gar nicht kennen oder mögen.

»Na, ihr zwei – Patt und Patterchen …«, begrüßte er uns lachend auf der dämmrigen Treppe.

»Du Philip …« Frieda nahm all ihren Mut zusammen. »Wir müssen dich ma wat fragen«, flüsterte sie kaum hörbar.

»Was?« Philip kam näher. »Red lauter, ick kann dich nich verstehen.« Ich schluckte vor Aufregung. Frieda trat näher an ihren großen Bruder heran.

»Wir haben eine Frage! Und – du bist doch der Klügste von uns«, sagte sie nun deutlicher. Philip sah sich geschmeichelt um.

»Nur zu, aber macht schnell, ick muss gleich weg!« Frieda sah mich; ich schaute schnell woanders hin.

»Also, wann is man eine Frau?«

Philip lehnte sich an das Treppengeländer. »Na, wenn man groß is«, antwortete er leichthin.

Frieda gab sich nicht zufrieden: »Ja, aber wie groß?«

»Dit is unterschiedlich«, antwortete Philip. Er sah uns nachdenklich an.

»Wann und woher weeß man, dass man groß is?«

»Dit hängt auch mit dem Alter zusammen und der Körperentwicklung, äh«, wich Philip der Frage seiner Schwester aus.

»Aber woran soll man dit denn jenau merken?«, fragte Frieda nun ungeduldig werdend. Philip sah zu seiner kleinen Schwester, zu mir und schließlich nervös die Treppe hoch.

»Na ja, also dit mit dem Blut und so ... Frag die Mama, ick muss jetzt wirklich los. Bis später.« Und ehe wir noch die Chance hatten ihn weiter in Verlegenheit zu bringen, sauste er die Stufen hinunter und verschwand im Hof. Wir sahen uns gegenseitig erschrocken an: Blut?! Unbedingt musste dieses Rätsel ergründet werden. Aber an diesem Tag würde uns niemand Auskunft geben. Wir stromerten in den Treppenaufgängen herum. Ein, zwei Male hatten wir auf den Stufen eine Pfennigmünze oder etwas Essbares gefunden, was den Leuten beim Treppensteigen unbemerkt hinuntergefallen war. Plötzlich bückte sich Frieda und steckte sich schnell etwas in den Mund.

»Was war das?«, fragte ich neugierig.

»Ach, ja nix«, wehrte sie ab.

»Na klar, ich hab doch gesehen, wie du es in deinen Schlund gesteckt hast«, protestierte ich. Frieda schwieg beharrlich und setzte sich auf die Stufen. Nachdenklich stützte sie ihr Kinn auf ihre Hand.

Von unten herauf sah sie mich ernst an. Dann fragte sie: »Duhu, haben Rosinen Beene?«

»Nee!«

»Ups, dann hab ick jerade 'nen Mistkäfer jefressen ...«

Erschrocken hielt ich mir die Hand vor den Mund, doch da sah ich sie breit grinsen. Schlagartig fiel mir ein, dass ich den Witz schon einmal irgendwo gehört hatte. Wahrscheinlich von Friedas Bruder Egon. Sie hielt mir eine verschrumpelte Beere hin. »Hier, die Letzte.« Ich wollte maulen, dass sie die anderen alle allein aufgegessen hatte, doch die Vorstellung, dass sie einen Käfer, noch dazu einen Mistkäfer gegessen hatte, war einfach zu lustig. Gemeinsam auf der untersten Stufe sitzend amüsierten wir uns köstlich, bis sich eine Nachbarin über den Lärm beschwerte und uns davonjagte.

Weil wir nichts Besseres zu tun hatten, schmiedeten Frieda und ich einen Plan, um Hannes seine Feigheit heimzuzahlen. Stundenlang grübelten wir darüber nach, wie wir Hannes den Garaus machen könnten. Am Freitag nach der Schule kam mir schließlich die Idee: Wir würden ihm den kopflosen Piraten vorspielen. Ein großer, stinkender Geist ohne Gesicht, aber mit tiefer Stimme würde auch Hannes das Fürchten lehren. Ein halber Kopf, wie er es erzählt hatte, wäre zu aufwendig zu basteln. So beschlossen wir, der Einfachheit halber und des Gruselfaktors wegen den Kopf ganz wegzulassen. Ich feixte schon im Voraus: »Er wird bibbern und weinen und betteln, dass er ihm nichts tue, so wie ... so wie ...«, Frieda sah mich erwartungsvoll an, »so wie ich«, vollendete ich den Satz kleinlaut.

Frieda grinste, machte sich aber sogleich ans Pläneschmieden.

»Also, wir beide brauchen 'ne Lampe, 'n Hemd und ... er sollte 'n Holzbein haben oder so was.« Sie verdrehte die Augen, »Wat wirklich Schreckliches ...«

»Einen Haken statt einer Hand!«, sagte ich triumphierend, »Mit dem er nach ihm schlagen tut.«

»Ja, dit is jut! Wie 'n Pirat. Ui.« Frieda sah mich aufgeregt an. Und dazu müsste er ganz laut mit den morschen Knochen klappern. Ich stellte mir die hoch aufgereckte Gestalt vor, deren Kragen schaurig leer blieb und deren zerlumpte Kleider geräuschvoll im Wind wehten.

»Gut«, meinte ich, »aber das Holzbein lassen wir weg, das wird zu schwierig.«

Die nächsten Nachmittage über übten wir, einander auf die Schultern zu steigen. Schließlich waren wir soweit, ohne umzufallen an die Hausmauer gelehnt, einige Minuten auszuhalten. Ich fand einen verbogenen Drahtbügel in den Häuserruinen, der sich hervorragend als Hakenhand machen würde, und Frieda stibitzte ihrem Vater ein altes Hemd. Wir nähten ein schulterbreites Brett hinein und stopften die Schulternähte mit Lumpen aus, sodass die Konstruktion eine Chance hatte auszusehen, wie der kopflose Piratenkapitän und nicht wie ein kleines Mädchen, das sich unter einem viel zu großen Hemd versteckt. Wir wussten, dass Hannes jeden Donnerstagabend zum Gitarrenunterricht zu einem netten alten Herrn in der Prinzenstraße geschickt wurde. Doch wir wussten nicht, dass jener ältere Herr manchmal aus Zerstreutheit vergaß, seine Hose zu schließen, wenn er Besuch bekam und Hannes Eltern, als sie durch einen Zufall davon erfuhren, Angst bekamen, Hannes würde dort womöglich zu viel für sein Alter lernen und den Gitarrenunterricht ab sofort untersagt hatten. Wir warteten über eine Stunde in voller Kostümierung an der Hauswand, doch Hannes kam nicht, weil er drei Stockwerke höher mit großen Augen auf dem Sofa sitzend seinem Vater noch einmal haarklein erzählen musste, was der nette Gitarrenlehrer in jeder Minute der vergangenen zwölf Unterrichtsstunden getan bzw. nicht getan hatte. Er musste den Knall gehört haben, als Frieda und ich mit vor Anstrengung verkrampften Schultern laut krachend in die Mülltonnen fielen. Im ersten Stock ging ein Licht an, im Zweiten wurde ein Fenster aufgerissen.

»Wer macht denn da so einen Lärm?« Frieda und ich wagten nicht uns zu bewegen. Wir warteten und hofften, dass sich das Fenster wieder schließen würde. Kurz darauf öffnete sich die Seitentür und eine große dunkle Gestalt kam langsam näher.

»Wer seid ihr?«, fragte eine tiefe Stimme bedrohlich. Die Gestalt hob den schweren Arm. Ich fühlte Frieda neben mir schlottern. Dann erklang Gelächter, ein hohes, beinahe kreischendes Lachen. Es kam von der kleineren Gestalt, die nun in den Lichtkegel der Straßenbeleuchtung trat. Hannes. Zögernd kam er näher, dann erkannte er uns und blökte vor Vergnügen. Er zeigte lachend mit dem Finger auf uns und hielt sich den Bauch.

»Wir, äh, wir ...« Sie sah mich Hilfe suchend an. »Na ja«, fieberhaft suchte ich in meinem Kopf nach einer plausiblen Erklärung, aber er blieb leer. »Wir haben Verstecken gespielt«, stammelte ich leise.

Hannes prustete abermals los. »Im Müll?!« Nun brüllte er fast vor Lachen. Frieda und ich sahen uns an. Dann rannten wir mit vor Scham heißen Gesichtern gleichzeitig los.

Kapitel 18

Im letzten Winter hatte ich meine Schwester Julia vielleicht vor dem Erfrieren gerettet, in diesem Winter hatte ich das Gleiche vor. Das Problem war dasselbe: Es gab nichts zu heizen. Oder es war auf dem Schwarzmarkt für uns unerschwinglich teuer. Also blieb nur der Kohlenklau. Ich hatte mich ein paar anderen Kindern und Halbwüchsigen angeschlossen, die mir wichtige, ja kostbare Informationen gaben: die Fahrtzeiten der Güterzüge. Ich sah genau zu, wie die anderen es machten. Am nächsten Tag wollte ich mit Beute nach Hause kommen. Aus Mangel an einer ordentlich großen Tasche zog ich mit einem alten Kopfkissenbezug bewaffnet los, um an der Strecke entlang heruntergefallene Kohlen einzusammeln, doch die Konkurrenz an Sammlern war groß, obwohl dies natürlich streng verboten war. Es gab regelrechte Razzien, doch meistens drückten die Verantwortlichen angesichts unseres erbärmlichen Aussehens ein Auge zu. Manche erwachsenen Sammler waren auch böse: Sie ließen uns flinke Kinder die Kohlen von der Erde klauben und stahlen uns am Ende den vollen Sack. Effektiver als das Sammeln, allerdings auch weitaus gefährlicher, war das Aufsteigen auf die Waggons der Güterzüge, die in meiner Vorstellung immer weiter und weiter fuhren. Wenn es einer von uns geschafft hatte, warf er so schnell und viel des wertvollen Brennmaterials hinunter, wie er konnte. Die Untenstehenden packten alles in Windeseile in ihre Taschen und dann gaben wir Fersengeld; in einer ruhigen Ecke wurde dann aufgeteilt. Jeder war mal an der Reihe hinaufzuklettern. Als ich den riesigen Waggon besteigen musste, war ich so aufgeregt, angeblich waren bereits in flagranti ertappte Kohlendiebe erschossen worden, dass ich vor Angst urinieren musste. Oje, einen peinlichen feuchten Fleck auf der Hose vor den anderen würde meinen Ruf auch ewig ruinieren. Es drückte gewaltig. Ich musste pissen! Und zwar auf der Stelle. In Todesangst riss ich die Hose hinter und hockte mich mitten auf die Kohlen, um meine Blase zu entleeren. Gleich dachte ich hektisch, gleich werde ich erschossen – mit runtergelassener Hose ... Doch danach ging alles leichter. Ich warf und warf und warf und sprang zum Schluss hinterher. Wir hatten eine gute Ausbeute an diesem Abend und ich erzählte niemals jemanden davon, wie ich auf den Tonnen von Kohlen ängstlich Wasser gelassen hatte.

Wir überstanden den Winter, und abermals zeigten sich die ersten Knospen des neuen Jahres. Bald darauf kam noch jemand, mit dem ich das Zimmer teilen musste: Meine jüngste Schwester Gabriele hatte glänzendes schwarzes Haar und dunkle Augen, so wie Julia.

»Keine Sohn, wieder ein Mädschen«, hatte Jean etwas enttäuscht festgestellt, sie aber doch schnell in sein Herz geschlossen. Mit Julias Kinderbett, Gabrieles Wiege und den Puderdosen, Kindersachen und den stinkenden Windeln, die ständig zum Trocknen auf der quer durch den Raum gespannten Leine hingen, wirkte das Zimmer eng wie eine Streichholzschachtel. Wir mussten uns in engen Durchgängen an den Betten und Schränken vorbeizwängen. Unsere wenigen Spielsachen breiteten wir im Wohnzimmer aus, denn lagen sie im Flur, schimpfte Jean, dass er eines Tages fallen und sich das Genick brechen würde. Räumten wir sie allerdings fort und brachten sie in die Küche, wurde meine Mutter ungehalten, weil sie dort nicht ihre Arbeit machen konnte. Das Schlafzimmer war tabu. Also verzogen wir uns schnell wieder ins dunkle Wohnzimmer, die gegenüberliegende Wand nahm beinahe jedes Licht, bevor ihr noch einfiel, uns bzw. mich zum Windeln waschen, pfui, das ekligste überhaupt, zu verdonnern.

Ich verbrachte den Nachmittag wieder mit meinen beiden Schwestern, fütterte und wickelte sie, so wie früher Amelie, während meine Mutter Besorgungen machte. Sie wirkte niedergeschlagen, als sie zurückkam. Seufzend legte sie das geflickte Einkaufsnetz auf den Holzstuhl, dessen geringer Umfang verriet, dass die Bemühungen meiner Mutter nicht sehr erfolgreich gewesen waren. Schnell ging ich zu ihr, kniete mich nieder und zog ihr die lehmigen Schuhe aus. Dankbar lächelte sie mich an, während sie sich die schmerzenden Füße rieb. »Du bist 'n Schatz.« Sie legte mir ihre linke Hand auf die Wange.

Ich deckte den Tisch und rief meine Geschwister. Nach dem Abendbrot hatte meine Mutter noch Socken zu stopfen, sie pfiff inzwischen nicht mehr dabei. Ich wünschte ihr eine gute Nacht, sie gab jedem einen Kuss und versprach, gleich noch einmal nach uns zu sehen. Ich wusch mich und meine Schwestern, putzte mit meiner eigenen Zahnbürste Julias zweieinhalb hervorbrechende Milchzähnchen und brachte die beiden dann ins Bett. Gabriele quengelte, sie wollte partout nicht ohne Schlaflied einschlafen. Wie eine Schallplatte sang ich also wie jeden Abend: »Weißt du, wie viel Sternlein stehe-en …« Ich neigte an den immergleichen Stellen den

Kopf beim Singen und zeigte bei der Stelle: »... sucht dir den schönsten aus ...«, abwechselnd mit dem Finger auf meine beiden jüngeren Schwestern. Gabrieles winzige Fäuste ragten aus den abgelegten Sachen Julias heraus, und ihre braunen Augen mit den langen Wimpern leuchteten bei diesen Tönen vor Vergnügen. Ich küsste zuerst sie, dann Julia und legte mich endlich auch ins Bett. Doch mein schon wieder leerer Magen ließ mich auch heute nicht einschlafen. Ich hörte die Dielen knarren, und in der Küche meine Mutter die Wäsche aufhängen. Aus dem angrenzenden Zimmer rief Jeans tiefe Stimme unwirsch nach ihr. Nachdem man ihn vor einigen Wochen schon wieder entlassen hatte, er hatte als Kochgehilfe Fleischstücke in seine Socken gestopft, um sie herauszuschmuggeln und uns etwas mitbringen zu können, war er unausstehlich. Jeden Morgen ging er aus dem Haus auf der Suche nach Arbeit und jeden Abend kam er mürrisch und noch immer arbeitslos wieder nach Hause. Allerdings häuften sich inzwischen die Abende weiter, an denen er erst spät und mit Schnapsatem die Tür aufschloss. Ich drehte mich auf die andere Seite, lauschte dem leisen Schnarchen meiner Geschwister. Ich hoffte, meine Mutter würde noch einmal hereinkommen zu einem letzten Gute-Nacht-Kuss. Bestimmt hatte sie noch viel zu tun und ihr Versprechen von vorhin dabei vergessen. Unruhig wälzte ich mich hin und her, zwang mich an Birnen zu denken – und an Oma, so schlief ich irgendwann doch ein. Ich bemerkte nicht mehr, wie eine halbe Stunde später leise die Zimmertür geöffnet wurde und meine Mutter an unsere Betten trat. Sie streichelte Gabriele über die Ärmchen, lauschte unseren gleichmäßigen Atemzügen und ging dann hinaus.

Am nächsten Tag lief ich nach dem Frühstück direkt zu Frieda. Mit zerschrammten Schienbeinen durchstreiften wir gemeinsam die Ruinen ehemaliger Wohnhäuser und drangen in herrenlose Keller ein. Wir wühlten im Schutt auf der Suche nach einem besseren Leben oder wenigstens etwas Esbaren.

Wir betraten den Rest eines Treppenhauses, die Haustür war vom Luftdruck herausgeschleudert worden, nur ein Teil dieser, Scharniere mit Holzfetzen, hingen noch in den Angeln. Von der Decke ragten Latten über die Schuttberge. Ganz hinten in einer dunklen Ecke unter der Stiege des zerbombten Mietshauses, das einmal die Nummer elf gewesen sein musste, wie ein löchriges Nummernschild im Aufgang verriet, entdeckten wir etwas weiches Schwarzes, einen Pelz. Vorsichtig hob ich das verängstigte Kaninchen hoch und sah es mir im staubigen Licht genauer an. Zitternd legte es die Löffel an und wärmte meine Hand.

»Oh, is dit süß!«, platzte Frieda heraus.

»Meinste, das gehört jemandem?« Ich streichelte das Tier beruhigend.

»Wem denn? Is doch niemand hier.«

»Wir müssen es mitnehmen, sonst verhungert es hier ganz alleine.«

Frieda runzelte nachdenklich die Stirn. »Mein Vater erlaubt det nie.«

Ich überlegte, wo ich es bei uns verstecken könnte. Aber es gab keine andere Möglichkeit: Ich musste es meiner Mutter und Jean zeigen. Mit bangem Herzen setzte ich das Kaninchen in den Ausschnitt meiner Jacke.

Frieda hüpfte aufgeregt neben mir her. »Wie wollen wir es denn nennen?«

Ich dachte an das Nächstliegende wie meistens. »Hm, vielleicht einfach Hasi?«

»Nee«, Frieda schüttelte energisch den Kopf. Wir schlenderten weiter. »Schnuffi«, schlug Frieda vor.

»Hm.« Überzeugt war ich nicht von Schnuffi.

»Der Hase meiner Cousine in Köln heeßt Mucki«, erklärte Frieda.

Dieser Name gefiel mir auf Anhieb. »Das is eine gute Idee. Er sieht aus wie ›Mucki‹. Aber is er eigentlich ein Hase oder ein Karnickel – und er oder sie?«

Zu Hause spülte meine Mutter gerade das Geschirr. Leise betrat ich die enge Küche. Sie drehte sich um und erfasste mit einem Blick die Situation. »Was hast du denn da schon wieder angeschleppt?« Ihre Stimme klang gereizt.

»Wir haben ihn in den Ruinen gefunden. Er heißt Mucki.«

»Helene, er kann nich hier bleiben. Es is so schon kein Platz.« Ich spürte einen Kloß im Hals.

»Aber ich, ich kann ihn in einem Käfig auf den Schrank stellen, da stört er nich, und ich füttere ihn und mach ihn sauber – alles ganz alleine.« Sie wischte sich die Hände an der verblassten Schürze ab.

»Nein, habe ich gesagt. Bring ihn sofort zurück.« Ich konnte die Tränen nicht unterdrücken. Dieses Bild, wie ich jämmerlich heulend das junge Kaninchen auf meinem Schoß durchnässte, rührte meine Mutter zutiefst. »Na gut«, lenkte sie ein. »Dieses eine Mal. Aber pass bloß auf, dass er keinen Ärger macht.« Mein freudiges Strahlen trocknete die Tränen auf meinem Gesicht. Ich drückte glücklich meine Nase in Muckis weiches Fell. Dann präsentierte ich ihn Julia und Gabriele, die beide sofort restlos begeistert waren. Wir ließen ihn den Hausflur entlang hoppeln und versuchten ihm Kunststücke beizubringen. Leider vergebens, doch das machte uns nichts aus. Jeden Tag und bei jedem Wetter pflückte ich geduldig Grünzeug für unser Haustier. Mucki war so lieb und süß. Wir konnten stundenlang zusehen, wie er die frischen Blätter mampfte, die ich mühsam zusammengesammelt hatte. Er raspelte die Stiele durch und sein Kopf wackelte, während er beinahe schneller kaute, als man zusehen konnte. Sein kleines Näschen zuckte und seinen Ohren stellten sich auf, wenn wir ihn streichelten. Er hatte schwarz-weiß geflecktes Fell und glänzende Augen. Er gedieh prächtig und nach zwei Monaten schon wurde sein Käfig zu klein.

Ich passte höllisch auf, dass er nichts anstellte. Als der große Mucki dennoch vor Ostern unverhofft im Kochtopf unserer Mutter verschwand, hatten Julia und ich zwei Tage lang keinen Appetit. Ich lag heulend im Bett und verfluchte Mutter und Stiefvater gleichermaßen – wie konnten die Menschen nur so herzlos sein?! In meinen wilden Tagträumen riss ich von zu Hause aus. Ich würde mit Frieda nach Amerika fahren, oder Bayern oder nach Frankreich … weit weg jedenfalls.

Vorsichtig schlug ich die Decke zurück. Ich stieg leise aus dem Bett und schlich auf Zehenspitzen aus dem Zimmer. Julia seufzte, Gabriele schmatzte im Schlaf. Langsam öffnete ich die Tür und stand auf dem Flur. Aus dem Zimmer meiner Eltern drang kein Laut. Ich drehte mich zur Küche um, wobei ich im Dunkeln gegen die Schrankecke stieß. Schmerz durchzuckte meinen Zeh, aber ich biss mir auf die Lippe. Als der Schmerz nachließ, setzte ich meinen Weg fort. Der Mond schien schräg ins Küchenfenster und zeichnete ein silbriges Rechteck auf den Küchentisch. Ich wandte mich zum Küchenbuffet, in dessen unteren rechten Ablage immer ein alter brauner Karton stand. Ich griff nach dem Knauf und leise quietschend schwang die Tür zur Seite. Der Karton war noch da. Ich zog ihn hervor und stellte ihn behutsam auf den Küchentisch. In ihm bewahrte meine Mutter die Bücher auf, die nicht mehr ins Regal passten. Da ich inzwischen lesen konnte, wollte ich versuchen, in den alten Büchern etwas zu finden. Was, wusste ich selbst nicht. Die meisten Bücher sahen dick und schwierig aus, kein einziges Kinderbuch war dabei. Doch dann entdeckte ich eines, das Zeichnungen enthielt. Ich musste unwillkürlich lachen, es waren lustige Federzeichnungen, auf denen die Menschen entweder freche oder erschreckte Gesichter hatten. Die mit den frechen Mimiken stellten allerlei Streiche an. Ich klappte den Deckel zu und strengte die Augen an, um den Namen des Autors zu entziffern. Wil-helm-Bu-sch. Hm, wer war wohl dieser Wilhelm Busch? Ob seine Texte auch von den Nazis verbannt worden waren? Vielleicht lebte er auch noch in Amerika? War er ausgewandert? Neugierig schlug ich die erste Seite auf. Sie war leer, nichts als weißes Papier. Ich blätterte weiter. Schließlich las ich: »Heinrich Christian Wilhelm Busch, 1832 in Wiedensahl geboren …«

Hm, er musste jetzt schon sehr alt sein, überlegte ich. Älter als Oma geworden war, älter als der greise Herr Stiege, der schon mehr Altersflecken hatte als Hannes Sommersprossen. So alt … wird kein Mensch, musste ich mir schließlich selbst eingestehen. Ich sah mir noch ein, zwei Zeichnungen an, dann schloss ich das Buch wieder. Es staubte, ich verspürte einen kitzelnden Hustenreiz. Schnell trank ich einen Schluck Wasser. Ich lauschte in die Stille. Alles blieb ruhig. Gerade als ich den alten Busch wieder in die Kiste legen wollte, fiel ein Stück Papier heraus. Es segelte langsam zum Fußboden hinab. Ich hob es auf und faltete es auseinander. Mit blauer Tinte waren fünf Zeilen darauf geschrieben. Ich meinte, in den groß geschwungenen Wörtern die Handschrift meiner Großmutter zu erkennen. Oft hatte ich ihr beim Schreiben des Einkaufszettels zugesehen, den sie meiner Mutter dann zusammen mit dem abgezählten Geld in die Tasche gesteckt und uns losgeschickt hatte. Ich hatte lange die bleistiftgeschriebenen Buchstaben und Zahlen studiert, große runde Bögen, und mich gefragt, was das wohl heißen sollte. Der Bäcker, der Gemüse- und der Kurzwarenhändler aber schienen Omas Code zu verstehen. Nun hatte ich selbst lesen und schreiben gelernt, und ich wollte wissen, was Oma da geschrieben hatte. Buchstabe für Buchstabe fügte ich aneinander. Ich sprach die Worte mehr in meinem Kopf als laut aus. Nach einer Ewigkeit, wie mir schien, hatte ich es, es war ein Gedicht, wenn auch ein sehr kurzes:

»Es wird mit Recht ein guter Braten
gerechnet zu den guten Taten.
(Wilhelm Busch)

Für meine liebe Tochter.
Viel Erfolg mit dem Kochbuch
wünscht dir deine Mutter, 12. Juni 1937.«

Ich erinnerte mich an ein dickes Kochbuch, das meine Mutter sehr schätzte. Was für mich immer unbegreiflich war, da sie das Kochen an sich nicht besonders mochte. Sicher, sie tat es, weil es notwendig war und niemand anderes es tat, aber sie stand immer ungeduldig am Herd. Ich stöberte weiter in der Bücherkiste. Alle Müdigkeit war verflogen. Obgleich meine Augen brannten, sah ich mir noch fünf weitere Bücher an, doch keines zog mich in seinen Bann. Bis ich ein kleines schmales Bändchen in den Händen hielt. Es schien ganz zerlesen, und das Lesebändchen lag faserig aufgelöst zwischen den vergilbten Seiten. Ich schlug die Seite auf, in der das Lesezeichen lag, und las abermals ein Gedicht:

»Ein Hündchen wird gesucht,
das weder murrt noch beißt,
zerbroch'ne Gläser frisst
und Diamanten scheißt ...«

Ich schlug erschrocken eine Hand vor den Mund. So etwas durfte man schreiben? Ich durfte so etwas nicht einmal sagen, da kannte meine Mutter nichts und war schnell mit einer Maulschelle bei der Hand. Ich musste an die A-Geschichte am ersten Schultag denken und wie sehr sie sich aufgeregt hatte über mich. Erregt las ich die Zeilen noch einmal. Grinsend besah ich mir den mit Gold verzierten Buchrücken:

»Johann Wolfgang von Goethe.« Das war auch ein langer Name, fand ich. Dieser Mann musste sehr berühmt gewesen sein, wenn er solche Sachen schreiben durfte. Oder sehr mutig. Oder beides ...

Am nächsten Morgen: Eine steile Sorgenfalte hatte sich auf der Stirn meiner Mutter gebildet, als sie mich bat nach der Schule etwas Brot zu holen. Reflexartig streckte ich die Hand aus, doch sie schüttelte den Kopf. »Sag Frau Heiermann, Sie bekommt nächste Woche das Geld dafür. Sag ihr, da bekommt dein Vater seinen Lohn.«

»Aber Jean ...«, begann ich.

Sie unterbrach mich unwirsch: »Tu, was ich dir sage!«

»Ja!« Ich rutschte vom Stuhl und ging zur Tür. Sie kam mir nach. Sie holte mich im Flur ein und drückte die Klinke der Haustür hinunter. »Bis später, mein Liebling«, flüsterte sie und hauchte mir, das Baby fest an ihre Brust gedrückt, einen Kuss auf das Haar. Ich ging, ohne mich umzublicken. Ich rannte wieder einmal zur Schule. Wie stets war ich spät dran.

Kapitel 19

Ich stand im Bäckerladen und bat um ein Graubrot. Ich sprach so leise, dass man mich nicht verstand. Die Bäckerin musterte mich missbilligend.

»Wat willste?«, fragte sie unfreundlich mit einem Blick auf meine schmutzige Jacke.

Ich schluckte. »Ein halbes Graubrot«, flüsterte ich. »Bitte!«, setzte ich schnell hinzu. Die letzte Kundin verließ gerade den Laden.

Sie musterte mich sehr abschätzig. »Uff Wiedersehen, Frau Wellenhöh!«, flötete Frau Heiermann mit falschem Lächeln. »Auf Wiedersehen!« Ich wagte nicht, den Kopf zu drehen. »Haste Jeld?«, fragte sie.

»Nein.«

»Hab ick es mir doch jedacht!«, sagte sie triumphierend. »Wie willste dann Brot koofen, he?«

Am liebsten wäre ich davon gerannt, doch ich musste sofort an das Gesicht meiner Mutter denken, wenn ich ohne Brot käme. Und so blieb ich stehen, starrte weiter auf die gemusterten Fußbodenkacheln und versuchte zu atmen. Ein und Aus. Ein und Aus … Eine Minute verging. In dem Moment, wo sich Frau Heiermann erneut auf mich stürzen wollte, hob ich den Blick. Ich straffte die Schultern, wie wir es in der Schule gelernt hatten und begann zu sprechen. Ich zwang mich laut und deutlich zu reden: »Wir brauchen heute ein Graubrot. Ich bring Ihnen das Geld am Samstag, denn am Freitagabend bekommt mein Vater seinen Lohn.« Ich atmete aus. Frau Heiermann sah mich skeptisch an.

Sie schien nachzudenken. Dann blitzten ihre Augen auf. »Dein Vater hat doch jar keene Arbeit!«, warf sie skeptisch ein.

»Er hat seit gestern eine neue Stelle«, log ich. Ich sah in Frau Heiermanns zusammengekniffene Augen. »Bei Siemens«, fügte ich aus einem Impuls heraus hinzu.

»Bei Siemens?« Frau Heiermanns Augen weiteten sich. »Wo denn da?«

»In der Kantine«, fuhr ich unbeirrt fort. Sie schien nicht restlos überzeugt, doch mein plötzliches selbstbewusstes Auftreten hatte sie verunsichert. Bevor sie sich sammeln konnte, streckte ich ihr die Hand entgegen. »Ein Graubrot, bitte!« Sie zögerte.

»Ick kann dir nur ein Halbes jeben.« Sie wand mir den Rücken zu.

»Die anderen sind alle vorbestellt.«

Ich hörte an ihrer Stimme, dass sie log. Doch das war mir egal.

»Gut, dann nehme ich das Halbe.« In einem Anfall von Selbstüberschätzung fragte ich so beiläufig wie möglich: »Vielleicht können Sie mir noch zwei Schrippen dazutun?« Sie funkelte mich an. Dann besann sie sich auf die Möglichkeit, dass ich die Wahrheit gesagt und mein Vater nun Angestellter bei einer der größten Firmen in Berlin sein könnte.

»Eine«, presste sie hervor. Ich nickte ungerührt. Sie reichte mir die Tüte mit den Lebensmitteln und schaute mich streng an. »Ein halbes Brot, eine Schrippe. Diesen Samstag bringste mir dit Jeld?! Ooch für die anderen anjeschriebenen Brote der letzten Wochen, ja?«

Sie ließ die Tüte nicht los, bis ich geantwortet hatte.

»Ja!«

Mit gemischten Gefühlen trat ich den Heimweg an. Ich hatte zwar das Essen holen können, aber wie um Himmels willen sollte ich ihr am Sonnabend das ganze Geld bringen? Ich hatte gelogen und mich dazu noch in eine aussichtslose Lage gebracht, was sollte ich nur tun? Ich hörte meinen Magen knurren. Ihm war die gefüllte Papiertüte in meiner Hand nicht entgangen. Ich beschloss von dem Brötchen abzubeißen, das hatte ich schließlich noch mit herausgeschlagen für uns. Herrlich … Ich biss noch einmal zu. Also eigentlich stand mir ja auch der größte Teil der Schrippe zu. Ich riss die angenagte Hälfte ab und kaute langsam und bedächtig. Eine halbe Schrippe würde nicht so auffallen wie eine angebissene. Und mit vollem Magen denkt es sich besser, hatte Oma immer gesagt. Also, der Samstag war nicht mehr weit, heute war schon Mittwoch … Ich pulte vorsichtig ein wenig der weichen Masse aus der zweiten Brötchenhälfte. Ui, nun war ein Loch drin, verflixt. Resigniert schob ich den Rest in den Mund und zermarterte mir dabei das Gehirn, was ich am Samstag tun sollte.

Meine Mutter erwartete mich in der Küche mit einer Tasse ungesüßten Hagebuttentee. Sie begrüßte mich mit einem Kuss auf die Wange. Ihr Blick fiel sogleich auf die Bäckertüte.

»Na, hat alles geklappt?«, fragte sie, ohne mich anzuschauen.

»Hm.« Ich setzte mich auf den Stuhl und rührte mich nicht.

»Was is los?« Sie sah mir nun offen ins Gesicht.

»Nichts«, ich zögerte. »Nur … sie hat nur ein halbes Brot herausgerückt.«

Meine Mutter lächelte. Ich räusperte mich. Nun schaute sie zerknirscht. »Ich weiß, so isse. Aber: Das is doch besser als gar nix.« Ich erwiderte nichts. »Komm her, jetzt essen wir erst mal alle was.«

Jean war noch unterwegs. In der Wärme der Küche vergaß ich Frau Heiermann und den Samstag vorerst.

Als am Freitagabend noch immer kein Wunder geschehen war, dass wie im Märchen Goldtaler vom Himmel fallen ließ, war ich jedoch sehr niedergeschlagen. Den ganzen Nachmittag über war ich unruhig hin und her gelaufen und hatte auf etwas gewartet. Worauf? Das wusste ich selbst nicht genau. Auf ein Klingeln, eine Überraschung, vielleicht hoffte ich insgeheim auf die Nachricht, dass Frau Heiermann vom Schlag getroffen oder mit ihrem Mann Hals über Kopf in den letzten Tagen ausgewandert sei. Es wäre gut möglich gewesen, denn ich hatte keine Ahnung, ob der Bäckerladen noch offen war, da ich jene Straße seit dem Mittwoch gemieden hatte wie der Teufel das Weihwasser.

»Kind, du hast ja Hummeln im Hintern heute! Setz dich doch mal ein paar Minütchen auf deine vier Buchstaben und erzähl mir, was dich so beschäftigt.«

Meine Mutter deutete auf den blank gesessenen Holzstuhl neben ihr. Sie muss die Panik in meinen Augen gesehen haben, denn ihr aufmunterndes Lächeln verschwand aus ihrem Gesicht. Ihre Mimik wurde hart. »Was haste wieder angestellt?«, fragte sie tonlos. Ich erschrak furchtbar. Jetzt würde alles herauskommen. Das mit dem Brot, das mit der Schrippe, das mit Jeans Arbeit, die Lüge, vor allem aber das mit dem Geld. Ich begann unwillkürlich zu schwitzen. Die Augen meiner

Mutter verengten sich. Die Sorgenfalte auf ihrer Stirn grub sich tief wie ein Krater in ihre blasse Haut.

»Hast du was kaputt gemacht? Etwas Teures?«, fragte sie mich eindringlich. Ich schüttelte stumm den Kopf. »Haste gestohlen?« Ich antwortete nicht. Sie sah mich direkt an. Auf dem Herd kochte die verdünnte Milch für die Kleinen über. Meine Mutter riss den Topf vom Herd und fluchte. Ich lauschte angespannt den unfeinen Verwünschungen, die sie ausstieß. Oma hätte jetzt von einem vorwurfsvollen Blick begleitet: »Aber Kind!«, gerufen, doch sie war nicht mehr hier. So seltsam es klingen mag, ich war froh, wenn meine Mutter fluchte, das war immer noch besser als dieses schreckliche Schluchzen, was ich manchmal vernahm, wenn sie allein in der Küche saß und dachte, dass wir bereits schliefen. Ich hätte sie dann gern getröstet, aber ich wusste nicht wie und so nahm ich mir ein ums andere Mal vor, noch braver und fleißiger zu sein und schlich wieder ins Bett. Und nun hatte ich gelogen, ein Brötchen gestohlen und Fremden etwas versprochen, was unsere Familie unmöglich halten konnte. Eine schöne Hilfe war ich ihr, ich, ihre älteste Tochter, »die Große«, wie sie mich stets nannte. Ich schämte mich furchtbar. In diesem Augenblick klingelte es an der Tür. Ich zuckte zusammen. Meine Mutter sah zu mir, dann zur Tür.

»Geh und sieh nach, wer das ist«, sagte sie.

Ich lief schnell zur Tür, zögerte dann aber. Schließlich drückte ich vorsichtig die Klinke und spähte durch den Schlitz zwischen Tür und Rahmen.

»Hallo zusammen!«

Inge stand vor der Tür. Verwundert sah ich sie an. Ihr Anblick erschien mir wie aus einem Traum.

»Na, willst du mich nich reinlassen?«, fragte sie.

»Doch!«, stammelte ich und zog die Tür auf.

Inge wollte uns zu einem kleinen Stadtbummel abholen.

»Man muss doch mal rauskommen«, grinste sie.

»Kaufen können wir zwar nichts, aber gucken kostet noch immer nix.« Sie wollte meine Mutter einhaken. Doch diese wehrte ab. Sie habe noch zu viel zu tun hier und außerdem gar nichts Rechtes anzuziehen. Jean käme bald, und sie hätte noch einiges mit ihm zu besprechen. Inge hörte meiner Mutter aufmerksam zu. Sie unternahm ein paar Versuche meine Mutter doch noch zu überreden, merkte aber bald, dass es keinen Zweck hatte, zumindest heute nicht.

»Na gut«, gab sie schließlich widerwillig auf, »aber dann schnapp ich mir wenigstens die Kinder.«

»Ja, gut«, stimmte meine Mutter zögernd zu.

»Dann funkt mir niemand beim Aufräumen und Putzen dazwischen.«

Als wir Gabriele in den Kinderwagen legen wollten, fanden wir sie schlafend auf der Decke. Julia und ich tranken ein Glas heiße Milch, dann nahm uns Inge rechts und links an die Hand und versprach uns in spätestens zwei Stunden wieder abzuliefern. Meine Mutter lächelte, und ich meinte Dankbarkeit in ihren Augen zu erkennen. Vergnügt hüpften wir drei die ausgetretenen Stufen hinunter. Kaum waren wir unten angekommen, hob Julia den Kopf und fragte hoffnungsvoll: »Abberot?«

»Du möchtest Abendbrot essen, meine Kleine?«, fragte Inge amüsiert. Julia nickte eifrig. Mir war es peinlich, dass sie sofort nach Essen verlangte, aber auch mir knurrte schon wieder der Magen, und so vernahm ich voller Freude Inges Vorschlag: »Wir gehen alle zum Keunicke eine Bockwurst essen, ja?«

In der Dämmerung kamen wir an spielenden Kindern und erschöpften Arbeitern beim Feierabendbier vorbei. Einige Ladenbesitzer fegten die Stufen ihrer Geschäfte, andere waren noch beim Kassensturz und zählten ihr Geld. Sofort schoss mir wieder der Gedanke an die Bäckerschulden durch den Kopf, und ich klammerte mich fester an Inges warme Hand. Sie erwiderte den Druck, und nach einer ganzen Weile stieg uns endlich der verführerische Duft von Bockwürsten in die Nasen.

Nach dem Essen sah mich Inge aufmerksam an: »So und jetzt erzählt ihr mir mal, was bei euch so los is.«

Sofort spürte ich wieder einen Kloß im Hals.

»Kommt, wir gehen ein paar Schritte.«

Julia wollte nicht mehr laufen, und so trug Inge sie auf dem Arm. Wir überquerten die Hauptstraße und betraten ein schmales Parkstück. Beinahe alle Bänke waren von Obdachlosen besetzt; einige redeten, andere schliefen in Lumpen gehüllt auf dem harten Holz. Nicht wenigen fehlte ein Arm oder ein Bein – bleibende Erinnerungen an den Krieg. Wir verließen den Park wieder und wandten uns nach rechts. Hinter einer Tordurchfahrt konnte man einen gepflegten Hof erkennen, auf dem eine geschwungene Eisenbank stand. Niemand war zu sehen. Wir setzten uns und streckten die Füße aus. Die Dunkelheit senkte sich rechteckig auf den Hof hinab.

Ich spürte Inges Blick und preschte nun los zum Angriff: »Wie geht's bei dir auf Arbeit?«, fragte ich sie. Ich hatte gehört, wie es die Erwachsenen machten, wenn sie nichts gefragt werden wollten: Sie fragten zuerst.

Inge legte einen Arm um mich und begann von ihren Kollegen, dem Chef und den unglücklichen Arbeitszeiten zu berichten. Ein paar Mal musste ich lachen, so komisch beschrieb sie ihre Vorgesetzten. Inzwischen war es stockdunkel geworden. Julia atmete tief und gleichmäßig neben mir; sie war in Inges Schoß gekuschelt eingeschlafen. Ich betrachtete sie eine kleine Weile, fühlte Inges Hand leicht auf meiner Schulter liegen, und plötzlich erzählte ich ihr alles. Ich beschrieb die Situation im Laden mit Frau Heiermann, gestand, dass ich das Brötchen allein gegessen hatte, obwohl ich es doch mit den Kleinen hatte teilen wollen und schloss mit dem Geld, das ich nicht auftreiben konnte. Inge streichelte mir die Schulter, sie unterbrach mich kein einziges Mal. Sie tröstete mich wortlos. Nach einer langen Pause fragte sie: »Wie viel Geld schuldet ihr der Bäckerei?«

Ich überlegte. Erst jetzt wurde mir klar, dass ich den genauen Betrag gar nicht kannte. »Ich, ich weiß nich genau«, gab ich zu.

»Hm, dann müssen wir schätzen.« Sie sagte »wir«, das fiel mir sofort auf.

»Wie viele Brote habt ihr ungefähr anschreiben lassen in der letzten Zeit?« Ich wagte gar nicht daran zu denken, es schienen mir Massen zu sein.

»Hilf mir«, bat Inge. »Du musst schätzen.«

Ich dachte angestrengt nach. »Wahrscheinlich zwölf ganze Brote«, sagte ich schließlich. »Und ein Brötchen« fügte ich kleinlaut hinzu.

Inge überschlug die Zahlen: »Zwölf – das sind also ungefähr zwölf Mark, na sagen wir lieber 14 Mark, falls es doch mehr waren.« Sie öffnete abermals ihre Börse. Bedächtig nahm sie 15 Mark heraus. Ein kleines Vermögen. Gespannt verfolgte ich ihre Bewegungen. Sie legte mir einen Zehnmarkschein in die Hand; ehrfürchtig betrachtete ich ihn. Dann folgte ein Fünfmarkstück, sie grinste mich verschwörerisch an:

»Einen Heiermann für die Frau Heiermann ... Und wehe, du erzählst es jemandem«, zwinkerte sie. Ich fiel ihr vor Dankbarkeit um den Hals. Endlich flossen die Tränen, der Druck der vergangenen Tage löste sich auf. Inge sah mich noch einmal an, ihr Blick wurde ernst.

»Du weißt, dass es falsch is, zu lügen?«

»Ja.«

»Gut. Aber manchmal geht es halt grad nich anders. Dann ab jetzt kein Wort mehr davon.«

Ich küsste sie auf die Wange vor Erleichterung.

Am nächsten Tag betrat ich erhobenen Hauptes den Bäckerladen, Frau Heiermann bediente. Sie registrierte mein Kommen mit einem misstrauischen Blick. Dann ließ sie mich warten. Endlich war ich an der Reihe. Ich verlangte ein Graubrot. Die Bäckerin lotste mich zum Rand der Theke, fort von den anderen Kundinnen.

»Haste Jeld?«, fragte sie böse.

»Natürlich«, antwortete ich knapp.

»Zeig es mir«, verlangte sie. Stolz faltete ich den Zehnmarkschein auseinander und hielt ihn ihr hin. Augenblicklich grabschte sie danach. Sie hielt ihn sogar gegen das Licht, doch sie schien zufrieden und legte ihn auf die Theke.

»Jut«, sagte sie. »Aber damit bezahlste nur eure Schulden.«

»Wie hoch sind unsere Schulden?«, fragte ich zurück.

Blitzschnell zog sie eine Schublade auf und holte ein Mehl bestäubtes Buch hervor. Sie blätterte kurz, dann sagte sie geschraubt: »Summa summarum zehn Mark und 60 Pfennige.« Auffordernd hielt sie die Hand auf. Ich schob ihr feierlich auf den Zehenspitzen balancierend den Zehnmarkschein zu. Sie zeigte keinerlei Reaktion. Nur kühle Berechnung. »Da fehlen noch 60 Pfennig.« Ich sah sie an, griff ruhig in meine Tasche und legte ihr den blanken Heiermann in die raue Handfläche. Sie staunte nicht schlecht. Ihre schadenfrohe Miene verflog sogleich, und ich wartete insgeheim darauf, dass sie gleich prüfend auf das Fünfmarkstück beißen würde. Doch sie fasste sich. »Jut, dann sind wir quitt.« Ich sah, wie sie die Liste unserer Schulden durchstrich.

»Ein Graubrot bitte!«, wiederholte ich. Anstandslos gab sie mir einen frischen Laib. Vor der Tür bemerkte ich, wie meine Knie zitterten. Ich drückte das Brot an meinen Bauch und begann mir zu überlegen, wie ich meiner Mutter erklären könnte, dass wir unsere Bäckerschulden los wären. Ich entschied mich für die Geschichte, dass das Schuldenbuch gestohlen worden sei, das kam schließlich tatsächlich hin und wieder vor. Das restliche Geld versteckte ich unter einer losen Diele im Kinderzimmer.

Kapitel 20

Am ersten Tag nach den Ferien geschah etwas Aufregendes. Frieda und ich waren jetzt im vierten Schuljahr und endlich lernten wir, wie das mit dem Kinderkriegen wirklich funktionierte. Allerdings erfuhren wir die spannenden Neuigkeiten selbstverständlich nicht von Fräulein Auerbach in der Schule, sondern ausgerechnet von unserem feigen, nichtsnutzigen, angebenden Mitschüler Hannes. Hannes, inzwischen ein gelbhäutiger, permanent hustender Junge in der letzten Bankreihe, erklärte uns an einem windigen Oktobermorgen auf dem Schulhof, dass das Küssen gar nicht ausreiche, um ein Baby zu bekommen. Ungläubig sahen wir uns untereinander an. Frieda trat einen Schritt vor und musterte Hannes aus zusammengekniffenen Augen. Sie lehnte den Oberkörper leicht nach vorn und schien zu überlegen, was sie sagen sollte. Es blitzte schelmisch in ihren Augen, als sie Hannes selbstzufriedenes Lächeln mit folgender Frage empfindlich störte. »Wenn dit wahr is, wat du sagst, dann musste ja auch wissen, wie es denn jeht? Oder haste dit bei all deine Klavierstunden nich jelernt, du Angeber?«, rief sie laut und sah ihn herausfordernd an.

»Gitarre! Ich hatte Gitarrenunterricht, du Doofe!«

»Äh, na und, ejal …« Sie erschien mir ein wenig gereizt, vielleicht weil ihre eigene Theorie von diesem sommersprossigen kränklichen Mitschüler infrage gestellt wurde. Sie machte eine ungeduldige Handbewegung, doch Hannes achtete gar nicht auf sie. Stattdessen wandte er sich uns anderen zu und setzte plötzlich eine todernste Miene auf. Auf dem Schulhof herrschte vollkommene Stille. Hannes warf theatralisch den Kopf in den Nacken und stellte sich in Pose. Er kostete den Augenblick gespannter Erwartung voll aus.

»Meine ältere Schwester Rosi hat seit 'nem Jahr heimlich 'nen Freund«, setzte er leise an, wobei er jede Silbe betonte. Ich musste unwillkürlich schlucken.

»Jetzt«, Hannes legte eine vielsagende Pause ein, die ich nutzte, um etwas näher an ihn heranzukommen, »is se schwanger!«

»Nee«, entfuhr es einem schmalschultrigen Mädchen in rotbraunem Hemd neben mir.

»Und ick«, er ließ stolz die Brust schwellen, »hab durchs Schlüsselloch jesehen, wie es passiert is.« Alle Augen starrten gebannt auf seine Lippen.

»Wat haben se denn jemacht«, fragte ein knochiger Junge mit Stupsnase heiser. »Haben se jeheiratet?« Hannes drehte sich unendlich langsam in seine Richtung. Der Junge wich einen Schritt zurück.

»Haben se nich jeknutscht?«, krächzte der Junge nun unsicher. Hannes Augen flackerten, während er weitersprach.

»Jeküsst haben se sich auch, aber dit wichtigste kommt jetzt.« Hannes trat weiter in den Kreis hinein, der sich um ihn gebildet hatte, und senkte verschwörerisch die Stimme. »Der Mann muss sich auf die Frau rauflegen dabei.« Er ließ die Handflächen quer aufeinander klatschen, um seine Behauptung zu untermalen. »Dat is der Trick. Dann erst wird se schwanger.«

Seine Wangen waren gerötet, und sein Blick glitt rastlos zwischen den aufgeregt tuschelnden Mädchen und Jungen hin und her. Sogar Frieda knabberte beim Nachdenken an ihrer trockenen Unterlippe. Auch ich war überrascht. Und auch ein bisschen enttäuscht. Das sollte die Lösung sein? Darum gibt es immer so einen Wirbel, werden viele Kinder Samstag abends, wenn der Vater nach Hause kommt, eine Stunde zum Spielen auf die Straße geschickt, werden erwachsene Frauen verlegen? Mit einem Mal dachte ich mit Schrecken an den dicken Fleischer. Nur gut, dass Mama den nicht geheiratet hatte, sonst hätte er sie bestimmt schon platt gewalzt. Frieda riss mich aus meinen Gedanken; sie war noch nicht zufrieden mit Hannes Antwort. Sie tippte Hannes energisch auf die Schulter, was ihr nicht ganz leicht fiel, da er mindestens zwei Köpfe größer war als sie. Er drehte sich zu ihr herum.

Einen Wimpernschlag lang nur sahen sie einander an, dann sprudelte Frida sofort los: »Wie? Der Mann liegt auf der Frau und dit is alles?« Hannes setzte ein geheimnisvolles Gesicht auf und stellte sich nun abermals in Pose.

»Nee, dit is noch nich alles«, sagte er. Sofort zog sich der Kreis der Neugierigen um ihn wieder eng zusammen. Ellenbogen kämpften unauffällig um die besten Plätze. Hannes lächelte zufrieden. »Nackend«, sagte Hannes triumphierend in die Runde. »Die beiden müssen nackt sein.«

Ein Raunen ging durch die Schülerschar. Frieda und ich sahen uns an. Rainer, der Klassenschwarm, machte ein verdutztes Gesicht, um gleich darauf hochrot anzulaufen. Was wir an diesem Tag sonst noch lernten, weiß ich nicht mehr; mir blieb nur die Offenbarung des Hannes im Gedächtnis.

Weihnachten stand wieder vor der Tür. Zum ersten Mal gab es einen Adventskalender für uns Kinder: 24 kleine Säckchen hingen säuberlich aneinandergereiht an einer Schnur, ein Geschenk von Inge. Anfang und Ende der »süßen Strippe«, wie meine Mutter sie nannte, wurden von je einem Nagel an der Wand befestigt, hoch über den Köpfen der Kleinen. So kam ich allein an die begehrten Stoffbeutel, auf die mit roter Farbe die Ziffern von eins bis 24 gepinselt waren.

Aufgeregt sprangen meine Schwestern um mich herum. Es war der erste Dezember, an unseren Fenstern klebten bereits Eisblumen – von innen. Doch das kümmerte uns wenig, wir waren allesamt rot vor Aufregung.

»Mach auf, mach auf!«, rief Julia.

»Ja doch, gleich«, versuchte ich sie zu beruhigen. »Jede darf ein Säckchen öffnen, immer abwechselnd«, erklärte ich mit wichtiger Miene. »Die Erste …« Ruckartig wurden zwei Armpaare in die Luft gerissen und ein ohrenbetäubender »Ich! Ich!«-Lärm erklang. »Ruhe!«, brüllte ich nun aufgebracht. Schlagartig verstummten meine Geschwister wieder. »Also, die Erste wird ausgelost.« Ich holte umständlich drei Streichhölzchen aus der Schachtel und kürzte zwei auf unterschiedliche Längen. Meine Schwestern verfolgten gebannt die Prozedur, ohne eine weitere Frage zu wagen. Ich hielt ihnen die Hölzer so hin, dass sie alle gleich lang schienen und sagte feierlich: »So, jetzt zieht eins. Das Längste gewinnt.« Julia griff als Erste nach den Losen. Sie zog das Kürzeste. Enttäuscht drehte und wendete sie es in den Händen. »Du bist nicht die Erste«, stellte ich fest, während Gabriele schon gierig an einem Hölzchen zog. Es war das Mittlere.

»Du hast auch verloren«, erklärte ihr Julia, nicht ganz ohne Schadenfreude. Ich musste breit grinsen, denn ich hatte gewonnen. Ganz ohne zu schummeln hatte ich, die Größte von uns, gewonnen.

Doch als ich die Tränen in Gabrieles Augen sah, tröstete ich sie schnell. »Eh, sei nich traurig, morgen darfst du das Päckchen öffnen.« Sie schluckte zweimal tapfer und schien sich damit zufriedenzugeben. Aufmerksam folgten sie meinem Blick, als ich mit meinen fingerlosen Handschuhen nach der Eins langte. Vorsichtig knotete ich den Stoff von der Schnur und setzte mich mit meiner Beute zwischen meine Schwestern. Der Beutel war gut verschnürt. Ich fühlte etwas schweres, hartes …

»Is da auch Schokolade drin?«, fragte Julia interessiert. Bei diesem Wort horchte Gabriele auf und begann, noch näher an mich heranzurücken. Ihre kleine Nase berührte fast das Säckchen.

»Nee, bestimmt nich. Woher denn oder kennst DU ’nen Ami? Die haben Schokolade«, lachte ich ein bisschen bitter. Aber wer wusste das schon ganz genau … Ungeduldig nestelte ich an dem Faden herum und endlich hatte ich das Säcklein offen. Eine wunderschöne ebenmäßig runde Glasmurmel kam zum Vorschein. Ich hielt sie ins Licht, was Julia ein: »Ah«, entlockte. Gabrieles Händchen grabschte sofort nach der Kugel, doch ich war schneller.

»Meine«, quengelte sie los.

»Nein, Gabriele, das is Lenes«, sagte Julia ernst, woraufhin Gabriele erst richtig loslegte.

»Auch haben, auch!«, heulte sie. Als dies nicht half, regelte sie die Lautstärke eine weitere Stufe höher, ließ sich auf den Rücken plumpsen und strampelte mit Armen und Beinen. Ungerührt sahen Julia und ich ihrem Wutfall zu. Doch allmählich wurde ihr Geschrei lästig; vor allem aber fürchtete ich, dass gleich ein Erwachsener den genervten Kopf durch die Tür stecken, und ich dann wieder ausgemeckert würde. Darauf hatte ich keine Lust. Also überlegte ich, was ich tun könnte. Schließlich hatte ich eine Idee. Ich zog meine sogenannte Schatzkiste unter dem Bett hervor und wickelte konzentriert einen schönen glatt polierten Stein aus einem Läppchen, den ich vor Monaten aufgesammelt hatte. Diesen legte ich, Gabrieles Protest weiterhin ignorierend, in den Beutel, hängte die Eins wieder an die Schnur und tippte Gabriele auf die Schulter. Sie reagierte nicht gleich, doch sobald sie ahnte, dass sie ihren Willen durchgesetzt hatte, sah sie mich erwartungsvoll an.

»Ok, hört zu. Wir machen es so, dass heute jeder einmal darf. Jetzt is Gabriele dran.« Meine kleine Schwester strahlte über das ganze verheulte Gesicht, als ich sie auf den Arm nahm und wir zusammen zum Kalender hinüber gingen. »So, los nimm diesen Beutel.« Ihre Finger lösten den lose befestigten Sack, und ich setzte sie wieder auf den Fußboden. Mit offenem Mund fuhr sie in den Beutel und holte den gemaserten Stein hervor, den sie stolz in die Höhe hielt.

»Schön«, gluckste sie.

»Der is sehr schön«, pflichtete ihr Julia bei. Unsicher sah diese mich nun an.

»Du musst dich umdrehen, nur kurz«, befahl ich. Brav stellte sie sich an die Wand. Ich wühlte abermals in meinem Kästchen, wobei ich darauf achtete, dass Gabriele meine Glasmurmel nicht gleich wieder zu Gesicht bekäme, und dann womöglich auf die Idee käme zu tauschen. Nachdem die Eins zum dritten Mal an diesem Tag gefüllt an der Schnur hing, wies ich Julia an sie abzunehmen. Sie kletterte auf einen dreibeinigen Hocker und holte mit roten Wangen das Säckchen hinunter. Sie hielt ihr Geschenk, eine bunt schimmernde Entenfeder, andächtig in der Hand. Daumen und Zeigefinger fuhren wieder und wieder an den zarten Rändern der Feder entlang. Gabriele starrte mit großen Augen auf dies wunderliche Ding. Im nächsten Moment schon war es mit dem vorübergehenden Frieden vorbei, denn Gabriele krähte los. Doch Julia gab nicht nach.

»Nein, die Feder kriegst du nich. Du machst sie nur kaputt.« Bevor Gabriele sich so richtig hineinsteigern konnte, zeigte ich ihr mit gespielter Begeisterung, wie sie mit ihrem Stein meine Murmel treffen konnte. Ausnahmeweise gelang das Ablenkungsmanöver; Gabriele war beschäftigt. Ein wenig bangte ich um meine Glasmurmel, doch früher oder später würde sie sowieso damit spielen.

»Lene, was bedeuten eigentlich die alle da?« Julia deutete auf die vielen Säckchen.

»Na, das heißt, es is bald Weihnachten.«

»Hm.«

»Verstehst du, wenn alle Säckchen leer sind, is Weihnachten.«

»Ja?«

»Ganz sicher!«, sagte ich ihm Brustton der Überzeugung.

»Toll!«, antwortete Julia. Dann war das Gespräch beendet, weil ich meine kleinste Schwester umgehend von dem Versuch abbringen musste, sich meine Murmel in die Nase zu stecken, was ihr um ein Haar gelungen wäre. Doch auch Gabriele hatte genau zugehört, wie sich kurz darauf herausstellen sollte.

Vier Tage später fand ich im Zimmer das reinste Chaos vor: Der Hocker lag umgestoßen an der Wand, der Adventskalender war abgerissen worden und lag mitsamt den Nägeln am Boden. Zwischen all dem Tohuwabohu hockte Gabriele gedankenverloren und öffnete ein Säckchen nach dem anderen. Sie hatte von hinten begonnen und war eben bei der Fünf angekommen. Zu meinem Entsetzen entdeckte ich zwischen Apfel- und Keksresten auch eine angeknabberte Gipsfigur sowie zerknickte Strohsterne und ein Fitzelchen Schokoladenpapier. Augenblicklich stieg Wut in mir hoch. Bevor ich losschreien konnte, stand Julia hinter mir und erblickte ebenso überrascht wie ich die Untaten unserer jüngsten Schwester. Mit einem Satz war sie bei den Säckchen. Sie streckte den Arm aus, der die Schnur hielt an der die leeren Beutel traurig baumelten. Ein fröhliches Lächeln breitete sich auf ihrem Gesicht aus. Gleichermaßen verwirrt nahm die nun, da sie uns erblickt hatte, erschreckt dreinschauende Gabriele und ich Julias Freudensprünge zur Kenntnis. »Gut gemacht Gabriele … Die auch noch, so: Alle leer«, rief sie vergnügt. »Jetzt is Weihnachten!«

Kapitel 21

Jean war in letzter Zeit immer missmutiger geworden und reagierte auf jede Störung gereizt. Er schilderte mir nun seit geraumer Zeit schon nicht mehr seine Heimat in schillernden Farben, so wie er es am Anfang gern getan hatte. Er redete auch selten über die uns so fremde Religion, der er sich wieder zunehmend verbunden zu fühlen schien, seit er Familienvater war; ich wusste nur, dass er nie mit in die Kirche kam – nicht einmal zu Weihnachten, so wie wir es taten – wenn auch nur der schönen Kerzenlichter und Lieder wegen.

Er sprach nicht mit mir über seine Gefühle, über seinen Glauben; ich hatte lange nicht geahnt, dass er überhaupt einen hatte. Er erzählte nichts, und wir fragten nicht ... Auch meine Mutter schien kaum mehr als eine vage Ahnung vom Islam zu haben. Früher hatten sie sich oft über das nordafrikanische Land, aus dem Jean stammte, unterhalten; meine Mutter war zugleich fasziniert und geängstigt gewesen von der fremden Kultur. Doch der Alltag und seine Pflichten ließen das Interesse sowie die Bereitschaft zum Erzählen abnehmen. Und so wusste meine Mutter nur, dass Schweinefleisch und Alkohol bei uns zu Hause eigentlich verboten waren. Von Muezzin, Moscheen, Ramadan und den Gebetsvorschriften hatte sie keine Ahnung. Sie kannte weder die fünf Säulen des Islam, noch den sehnlichsten Wunsch meines Stiefvaters, eines Tages doch noch nach Mekka zu pilgern. Und so bekamen auch wir Kinder wenig mit von der Qual und den Zweifeln, die meinen Stiefvater

Jahr für Jahr in der doppelten Fremde, nach Frankreich nun Deutschland, unzufriedener werden ließen. Ohne dass irgendjemand, geschweige denn er selbst, genau wusste, was der Grund dafür war.

Jean kümmerte sich hauptsächlich um seine Arbeit, er hatte wenig Interesse an uns drei Mädchen. Er dachte an die Zukunft und wünschte sich nun mehr denn je einen Sohn. Dieser sollte allerdings erst fünf lange Jahre später das Licht der Welt erblicken. Das leise Quietschen im Nebenzimmer, wenn meine Eltern zu Bett gegangen waren, war längst nichts Besonderes mehr; ich hatte Hannes Ausführungen in der Schule schon wieder beinahe vergessen. Die Faszination des Erwachsenen-Geheimnis war daheim vorerst verflogen. Ich wollte Frieda fragen, ob es ihr ähnlich ginge, doch vergaß ich es immer wieder, bis es mir nicht mehr wichtig schien. Zudem hatte ich mit den beiden Kleinen und der Schule bald so viel zu tun, dass ich ohnehin kaum noch zum Nachdenken kam. Sobald ich mich in einer halbwegs ruhigen Ecke hinsetzte, um meine Hausaufgaben zu erledigen, schlief ich prompt ein. Als ich schließlich auch in der Schule immer häufiger den Kopf auf die Tischplatte sinken ließ, und sich ein ungewöhnlich hartnäckiger Schnupfen hinzu gesellte, schleppte mich das besorgte Fräulein Auerbach zum Schularzt. Der schaute mir mit einem kalten Metallinstrument in Nase und Ohren, klopfte mir mit einem Hämmerchen aufs Knie, belauschte meine Lunge und mein Herz und schickte mich nach Hause ins Bett. Ich schlief durch bis zum nächsten Tag, meine Mutter versuchte möglichst wenig Lärm zu machen, was nicht einfach war – mit einem schreienden Baby im Zimmer. Sie erhielt kurz darauf einen Brief, in dem der Doktor schrieb, ich sei so weit gesund, nur etwas erschöpft und das Immunsystem sei geschwächt. Er empfahl ein paar Tage Bettruhe und jeden Tag eine kräftige Hühnersuppe sowie viel frisches Obst. Sie öffnete den Brief, nachdem sie es mit viel Überredungskunst gerade geschafft hatte, den ungeduldig werdenden Vermieter um einen weiteren Monat zu vertrösten. Ich bemerkte den zuerst erleichterten, dann traurigen Ausdruck im Gesicht meiner Mutter, als sie den Brief weglegte. Sie musterte mich besorgt, dann las sie den Brief noch einmal, und ich sah, wie sie bei den letzten Sätzen bitter lächelte.

»Wo soll ich denn jeden Tag Hühnersuppe und Obst hernehmen?«, flüsterte sie beinahe tonlos. »Wir haben doch so schon nichts.«

Ich hätte liebend gern jeden Tag Hühnersuppe gegessen, aber als ich den verzweifelten Blick meiner Mutter sah, schluckte ich tapfer und sagte kleinlaut: »Ach Quatsch alles. Brauch ich nich. Ich mag Pellkartoffeln sowieso viel lieber.« Meine Mutter blickte kurz auf, um gleich den Blick wieder zu senken. »Und ich bin bloß eingeschlafen, weil der Unterricht bei der Müller so langweilig war«, posaunte ich durch die Wohnung. Ich grinste schief. Doch meine Mutter schien gar nicht zuzuhören. Ich warf mich noch mehr ins Zeug. »Guck mal, wie munter ich bin!« Ich hüpfte um die Spüle herum, um zu demonstrieren wie fit ich war.

»Am besten, du gehst jetzt ins Bett, Lene!«, sagte meine Mutter zerknirscht, aber bestimmt. Ich ging ins Kinderzimmer und kam in meinem Schlafanzug mit Hochwasserhose zurück. Meine Mutter hob mich auf ihren Schoß – das hatte sie schon lange nicht mehr getan. Sie knöpfte mir den obersten Knopf der Jacke zu und prüfte eine sich lösende Naht am Ärmel. Sie streichelte mir gedankenverloren über den Haaransatz.

»So, und jetzt noch ordentlich Zähneputzen!«, sagte sie unvermittelt und stellte mich wieder auf die Füße. »Ich komm gleich noch zu dir.« Ergeben trabte ich zu meinem Zahnputzglas und merkte schon wieder, wie mir die Augen zuzufallen drohten. Doch ich bekam nur wenige Stunden Schlaf: In dieser Nacht weckte Julia das halbe Haus. Gegen Mitternacht schrie und weinte sie laut im Traum. Schlaftrunken wankte ich an ihr Bett, um nachzusehen was ihr fehlte. Meine Mutter stürmte mit zerzausten Haaren ins Zimmer, noch bevor ich sie erreicht hatte.

»Was is passiert?«, fragte sie. Das Weinen klang hell und schrill.

»Keine Ahnung«, schüttelte ich den Kopf. Ich versuchte ein Gähnen zu unterdrücken und etwas in der Ecke, in der Julia lag, zu erkennen. Meine Mutter nahm sie auf den Arm und wiegte sie beruhigend hin und her.

»Is ja gut. Ja ja, alles gut. Hast bloß schlecht geträumt.« Doch meine Schwester wollte nicht aufhören zu weinen. Ahnungsvoll legte meine Mutter ihr die Hand auf die Stirn. »Sie is ganz heiß«, stellte meine Mutter fest. »Verdammt, sie glüht ja. Das Fieber ist sehr hoch.« Erschrocken sah ich zu ihr hinauf. »Schnell, wir müssen die Temperatur runterkriegen.« Hastig setzte sie mich auf einen Stuhl und drückte mir die Kleine in den Arm. Julia weinte mir ins Ohr. Ich hörte, wie meine Mutter hektisch in Körben und Schränken wühlte. Schließlich hatte sie gefunden, wonach sie gesucht hatte. Sie hielt verschiedene Tücher aus Baumwolle und fleckigem Leinen in der Hand, unter dem Arm hatte sie eine kratzige Wolldecke geklemmt. Julia greinte noch immer. Ich streichelte ihr sanft über die Ärmchen, doch es half nichts. Ihr Schluchzen steigerte sich, wurde höher, bis es in ein dünnes Wimmern umschlug, das uns die kommenden beiden Nächte kaum schlafen lassen würde. Besorgt und todmüde half ich meiner Mutter die Tücher zu befeuchten und auszuwringen. Sorgsam legten wir die Lappen um Julias dünne Waden. Wir erneuerten in dieser Nacht stündlich die Wadenwickel. Meine Mutter wachte an Julias Bett.

»Los Lene, geh du wieder schlafen. Zwei kranke Kinder kann ich nich brauchen!«

»Nein, ich muss doch aufpassen ...«, protestierte ich schwach.

»Ich bin doch da – ich pass auf.« Die Falten auf ihrer Stirn waren so dunkel wie die kleinen Höhlen in ihren Wangen.

»Ich helfe dir«, murmelte ich und setzte mich trotzig neben sie. Ich zitterte vor Kälte und Erschöpfung, weigerte mich aber vehement aufzustehen. Ein klein wenig nur lehnte ich den Kopf an meine Mutter, das Wimmern der Kleinen schien leiser zu werden, vielleicht, weil ich nur noch auf einem Ohr hörte. Ich malte mir aus, wie tapfer ich die ganze Nacht neben meiner Mutter und meiner armen kranken Schwester ausharren würde ... und schlief ein. Keine zehn Minuten waren vergangen, als mich meine Mutter seufzend ins Bett legte.

»Süßer Dickkopf«, flüsterte sie und deckte mich zu. Dann drehte sie sich wieder meiner weinenden Schwester zu, die sich unruhig in ihrem Bett wälzte. Besorgt schaute sie von einem zum anderen.

Am nächsten Tag musste ich nicht in die Schule gehen. Ich passte auf Gabriele auf, während meine Mutter mit Julia, wenig Geld und großer Hoffnung einen Arzt aufsuchte. Die ganze Zeit über, da sie fort waren, hatte ich versucht mich zu erinnern, wie es sich angefühlt hatte, als ich so krank gewesen war, doch ich vermochte mich nicht zu entsinnen. Einzig das Gefühl von kühler Butter auf meiner Haut ließ sich für einen kurzen Augenblick heraufbeschwören. Unwillkürlich lief mir beim Gedanken an gelbe köstliche Butter das Wasser im Mund zusammen. Dann schloss sich das Dunkel in meinem Kopf wieder zu einem undurchdringlichen Meer. Ich bemerkte einen pelzigen Geschmack auf der Zunge und holte mir ein Glas Wasser. Als die Tür aufging, rannten Gabriele und ich in den Flur, meiner Mutter und unserer Schwester entgegen. Ich sah sofort, dass meine Mutter geweint hatte. Rote Flecken bedeckten ihre sonst bleichen Wangen, und sie hatte tiefe Schatten unter den Augen.

»Was is mit ihr?«, fragte ich atemlos.

Meine Mutter streifte sich den Mantel ab, ohne Julia abzulegen.

»Sie is sehr krank«, erklärte sie uns mit heiserer Stimme. »Aber«, sie presste die Lippen zu einer schmalen Linie zusammen, »sie wird durchkommen.«

Etwas Hartes lag in ihrem Blick. Ich hatte große Angst um Julia, aber die Entschlossenheit in der Stimme meiner Mutter weckte ein seltsames Gefühl in mir. Es war ihr Ausdruck, der mir Hoffnung gab. Meine Schwester würde durchkommen, unsere Mutter würde sie durchbringen, so wie ich es damals geschafft hatte. Und so war es: Unermüdlich pflegte meine Mutter ihr zweitgeborenes Kind, zeitweilig bis zur völligen Selbsterschöpfung. Jean half kommentarlos im Haushalt mit und versorgte Gabriele und mich besser, als ich es ihm zugetraut hatte. Kein böses Wort fiel in dieser Zeit zwischen den Erwachsenen. Im Gegenteil: Mein Stiefvater brachte meiner Mutter Tee, redete tröstend mit ihr und strich ihr über das Haar. Und endlich, endlich sank eines Morgens Julias Fieber … Die Augen meiner Mutter glänzten feucht, als sie triumphierend das Thermometer schwenkte. Sie saß matt auf einem Stuhl neben Julias Bett, ließ die Schultern hängen, aber ihr Gesicht drückte unbeschreibliche Erleichterung aus. Der Tag draußen drohte mit scharfen Winden und hohen Wolkenbergen am Himmel. Im Zimmer jedoch herrschte Freude und neue Hoffnung. Als wir alle neben der Kranken standen und sie dankbar anlächelten, sah ich, wie sich Jean verstohlen in einem scheinbar unbeobachteten Moment eine Träne aus dem rechten Augenwinkel wischte. Er schien wieder ganz zu uns zurückgekehrt. In dieser Nacht wechselten sich er und meine Mutter ab, die Wadenwickel anzulegen, einen dünnen süßen Brei zu kochen und zu beten. Jeder auf seine Weise. Ich hörte meinen Stiefvater zum ersten Mal beten. Ich weiß nicht, ob sich die beiden jemals wieder so nah waren wie in dieser Nacht. Es sollte sehr lange dauern, bis er erneut begann, abends allein auszugehen oder ganze Tage und Nächte wegzubleiben.

Erst später erfuhr ich, dass wir uns die Medizin, Penicillin, die Julias Genesung vielleicht beschleunigt hätte, einfach nicht hatten leisten können. Doch eines Abends hatte Jean ohne ein Wort die Wohnung verlassen, er hatte seine beste Hose angezogen und sich die

Schuhe extra gründlich geputzt. Er war fast die halbe Nacht fortgeblieben, und meine Mutter hatte begonnen sich auch um ihn Sorgen zu machen. Als er weit nach Mitternacht die Tür aufgeschlossen, sich ruhig die Schuhe ausgezogen und das Penicillin auf die Anrichte gestellt hatte, hatte meine Mutter Tränen in den Augen gehabt und ihn lange umarmt. Niemand hatte gefragt, wie er zu dem begehrten Medikament gekommen war.

Kapitel 22

Wir wohnten zu dieser Zeit in einem Arbeiterviertel mit vielen Kindern und vielen Problemen. Die Währungsreform im Sommer 1948 hatte uns damals nicht sonderlich berührt. Da wir keine Reichsmark besaßen, konnten wir auch im Umtausch zur DM keine Verluste machen. Mit den staatlichen Lebensmittelmarken hielten wir uns irgendwie über Wasser, aber immer fehlte etwas Wichtiges, und meine Geschwister weinten abends vor Hunger; schon lange ließ uns Frau Heiermann nicht mehr anschreiben. Eines Morgens nun suchte ich die Marken, um wenigstens etwas Brot und Margarine einzukaufen, doch sie waren aus der zerbeulten Nivea Blechdose, in der wir »Großen« sie vermeintlich sicher vor neugierigen Kinderhänden verwahrten, verschwunden. Das konnte doch nicht sein, mein Gott, wo waren sie nur hin?! Panisch durchwühlte ich zwei Schubladen und inspizierte auf den Knien den Flurboden. Nichts, sie waren weg. Ich begann zu schwitzen, also setzte ich mich auf einen Stuhl und zwang mich genau nachzudenken. Wer könnte sie genommen haben? Eingelöst waren sie nicht, der Brotkasten war leer. Ich rief von dunkler Ahnung getrieben meine Geschwister.

»Julia, Gabriele! Kommt mal her!« Nichts rührte sich. Ich wurde lauter: »Ihr sollt herkommen, alle beide! Sofort!«, brüllte ich ungeduldig durch die kleine Wohnung. Mit einem zerfledderten Bilderbuch in der Hand trabte Julia schließlich an.

»Was denn?«

»Wo is deine Schwester?« Sie sah sich um und zuckte die Schultern.

»Weiß ich nich – eben war sie noch da.«

Ich sah sie so streng, wie ich konnte an.

»Hast du die Lebensmittelmarken genommen?«

»Nee, wieso?«

»Na, weil sie weg sind, und ich nich weiß, was wir heute Abend essen sollen, wenn ich sie nich wieder finde.«

Julia sah mich aufmerksam an und begann zu überlegen. Heute Abend vor gänzlich leeren Tellern sitzen zu müssen, war kein Spaß.

»Vielleicht hat Mama sie mitgenommen.«

»Aber das macht sie nie, und das hätte sie mir bestimmt gesagt«, wandte ich ein. Gemeinsam durchsuchten wir noch einmal die ganze Küche. Nichts. Ich war den Tränen nahe.

»Wo is denn eigentlich die Kleine?«

Ich hob Julia vom Stuhl. »Komm, wir suchen jetzt erst mal deine Schwester. Gabriele, Gabriele, wo bist du?«

Schnell waren alle Zimmer durchkämmt. Doch Gabriele war nirgends zu entdecken. Ich fing an, mir ernsthaft Sorgen zu machen. Sollte sie aus der Tür entwischt sein? Womöglich lief sie auf die Straße oder kletterte allein im Hof herum. Fieberhaft schlug ich die Bettdecken zurück, schaute in den Schränken und im Etagenklo nach, aber ich konnte sie nicht finden. Als ich aus dem Fenster in den Hof schauen wollte, vernahm ich plötzlich ein Geräusch. Es klang wie ein leises Atmen und schien … aus dem Boden zu kommen. Verwirrt sah ich mich um, blickte unter das Bett und hielt schließlich die Luft an. Da war es wieder, mein Blick schweifte im karg möblierten Schlafzimmer umher und blieb – am Wäschekorb hängen. Wütend und erleichtert zugleich griff ich in den Berg schmutziger Wäsche und zog unsanft mein ungezogenes Schwesterchen hervor.

»Was machst du denn da drin?«, fragte Julia verblüfft.

»Wieso hast du nich geantwortet?! Wir haben uns schon Sorgen gemacht, Mensch!«

Gabriele sah keinen von uns an; ertappt schien sie und stumm; sie hing wie ein Schluck Wasser in meinem Griff.

»He, Gabriele, warum hast du dich versteckt?« Ich setzte sie auf das Bett und hob ihren Kopf. Und da entdeckte ich, warum sie sich verkrochen hatte.

Mit großen treuherzigen Augen versicherte sie mir: »Gabriele war's nich. War Julchen«, während ihr noch die Papierfetzen der zerkauten Lebensmittelmarken aus den feuchten Mundwinkeln hingen. Trotz des Schreckens musste ich unwillkürlich lachen. Julia war so verblüfft, dass sie ganz vergaß, sich zu verteidigen.

»Du hast die Marken aufgegessen?!«, fragte sie ungläubig.

Als meine Mutter nach Hause kam, erwartete sie eine dünne Grießsuppe und eine wilde Geschichte von einigen bei einer plötzlichen Sturmbö fortgewehten Lebensmittelmarken. Da wir alle drei bei einer Version der Geschichte blieben, und sie viel zu müde war um nachzuhaken, erfuhr sie niemals den wahren Grund für Gabrieles Bauchschmerzen an diesem Nachmittag.

Kapitel 23

An einem Mittwochnachmittag hörten wir leise die Stimmen der spielenden Kinder draußen. Ich war allein zu Haus mit den kleinen Nervensägen. Ich hatte meiner Mutter versprechen müssen, mit ihnen in der Wohnung zu bleiben. Zu gern wär ich mit Frieda um die Häuser gezogen. Widerstrebend hatte ich ihr mein Versprechen gegeben, was sollte ich auch anderes tun? Ich hatte keine Wahl; im Zweifelsfall für den Erwachsenen ... Die Sonne schien einladend durch das Küchenfenster, und ich wäre so viel lieber draußen in den Ruinen herumgetollt, als hier drinnen schon wieder mit Puppen zu spielen. Sehnsüchtig dachte ich an Frieda und ihr neues Gummitwist, das sich so herrlich bespringen ließ. Sicher stand sie noch immer vorn auf dem Bürgersteig und hatte das lange Gummiband zwischen Hiltrud und Anna oder zwischen Anna und einen Straßenpfosten gespannt.

»Was spielen wir?«, fragte Julia.

Ich seufzte. »Gummitwist, ja?«

»Au fein!« Dann fragte sie: »Was is das?«

Ich erklärte ihr kurz, wie man über das Gummiband hüpfen musste, ohne es zu berühren. Aber in der Küche war es zu eng.

»Ok, lass uns ins Wohnzimmer gehen.«

»Aber da dürfen wir doch nich hopsen, hat Mama gesagt.«

Ich sah meine Schwester verschmitzt an. »Ja, aber siehst du Mama hier?«

»Nee.« Einen Moment sah sie mich verständnislos an. Dann klickerte es bei ihr.

»Eben«, bemerkte ich nur und ging mit unserem Spielzeug ins Wohnzimmer. Ich war an der Reihe und sprang so hoch ich konnte. Dummerweise streifte ich beim Runterkommen unglücklich das Gummiband und flog krachend gegen den Schrank. Ich hielt mir die schmerzende Stelle am Kopf, während Julias Schreckensschrei durch das angelehnte Fenster im Hof verebbte. Im selben Augenblick schlug dumpf ein Gegenstand neben mir auf. Ahnungsvoll drehte ich mich zu ihm um – und schloss verzweifelt die Augen. Es war Omas Engel, die dicke Porzellanputte mit dem blauen Stempel. Oma hatte ihn vor langer Zeit von einem ihrer konspirativen Treffen zwischen Käse- und Brotstücken in der Tasche nach Hause gebracht.

»Was is das denn?«, hatte meine Mutter erstaunt gefragt und den dickwangigen Engel in den Händen gedreht.

»Feinstes Porzellan is dit!«, hatte meine Oma lässig geantwortet.

»Hübsch ist er ja«, hatte meine Mutter gefunden und ihn über sein lockiges Haar gestrichen.

»Ja – und wertvoll vielleicht auch mal.« Meine Großmutter hatte meine Mutter aufgefordert den nackten Engel auf den Kopf zu stellen: »Sieh ma da unten bei ihm nach.«

Ich glaube, meine Mutter war bei diesen Worten tatsächlich rot geworden.

»Siehste, dit is der Beweis, is echt!«

»KPM« hatte dort, wo die eine Pobacke der kitschigen Engelsfigur in eine Art Sockel mündete, deutlich gestanden. »Königliche Porzellan Manufaktur!« Meine Oma hatte ein zufrieden triumphierendes Gesicht gemacht und in aller Ruhe das Essen in den Schränken verstaut. Die Lebensmittel meiner Oma waren schon lange aufgezehrt, ihre Kleider verkauft; nur einige wenige Ringe und den pausbackigen Engel hatte meine Mutter als Andenken an ihre Mutter behalten. Seit ihrem Tod hütete sie diesen wie ihren Augapfel. Niemand durfte ihn anfassen, geschweige denn in seine Nähe kommen; nur selten, wenn sie sehr gute Laune hatte, was aufgrund der drückenden Alltagssorgen immer seltener der Fall war, holte sie ihn mit übervorsichtigen Bewegungen vom Schrank und zeigte ihn andächtig uns Kindern, während sie mit trauriger Stimme von Oma und deren Organisationstalent schwärmte.

Nun lag Omas Engel zerbrochen neben mir. Ich kniff die Augen zusammen, öffnete sie langsam wieder in der Hoffnung, ich hätte mich geirrt. Doch es war passiert, ich hatte die Putte kaputt gemacht: Ein Flügel lag abgebrochen neben dem Oberkörper der Figur; die Bruchstelle sah weiß und glatt aus. Doch noch schlimmer war, dass sich der goldlockige Kopf vom Körper gelöst hatte und unter den Schrank gerollt war. Hinter mir lag ein kopf- und flügelloser Engel. Julia saß wie versteinert neben mir.

»Is, is er tot?«, fragte sie tonlos.

Ich nickte schwach. »So gut wie.« Ich wagte nicht, mir das Gesicht meiner Mutter vorzustellen, wenn sie diesen Scherbenhaufen zu Gesicht bekam. Von wegen Glück: Scherben bringen Prügel ... Plötzlich panisch, krabbelte ich zwischen die Schrankbeine und tastete nach dem verschwundenen Kopf. Wie eine dicke Murmel fühlte er sich in meiner kalten Hand an. Ängstlich setzte ich ihn wieder auf den Körper; man sah nur einen feinen Riss am bleichen Engelshals. Ich schluckte mit trockenem Mund. »Wir müssen ihn kleben«, stöhnte ich. »Schnell, bevor Mama nach Hause kommt.«

In Windeseile versteckten wir den geschundenen Kunstkörper unter dem Couchkissen, falls Mutter doch eher heimkommen würde und stürmten aus der Wohnung. Atemlos klingelten wir bei Herrn Franz, der eine Etage unter uns wohnte. Er war vor dem Krieg Puppenmacher gewesen, doch jetzt hatte er nur noch einen Arm. Außerdem behielt er einen Granatsplitter zurück – er hatte uns einmal die große weiße Narbe gezeigt – der bis zu seinem Lebensende durch seinen Körper wanderte. Als Russlandsoldat waren ihm die Zehen abgefroren, schwarze Wunden sollten wir uns vorstellen, dafür hatte er den »Gefrierfleischorden« erhalten, wie er es nannte, die Ostmedaille, die an den Mordswinter 1941/42 in Russland erinnerte.

Er hatte immer noch einen ganzen Kasten voll Schrauben, Haaren, Augen und Holzwolle aus seiner Puppenmacherzeit. Es war ein wunderschöner alter Holzkasten mit vielen großen und kleinen Schubladen, von denen jede eine Überraschung verbarg.

»Guten Tag, Herr Franz«, begrüßten wir brav den graugesichtigen Mann im schmuddeligen Hemd, als er die Tür öffnete.

»Was wollt ihr?«, fragte er argwöhnisch, entspannte sich aber sogleich, als wir ihm unsere Bitte vortrugen.

»Soso«, lächelte er, »einen besonders starken Kleber wollt ihr geliehen haben?«

Wir nickten eifrig.

»Na da wird doch wohl etwas Wichtiges zu Bruch gegangen sein, so wie ihr da gerade herumgetobt seid«, sagte er mit einem Blick an seine Zimmerdecke. Er muss unsere kalkweißen Gesichter bemerkt haben, denn schnell versicherte er: »Keine Angst, ich werd euch schon nich verraten!« Erleichtert seufzte ich auf. »Was habt ihr denn erwischt? Für was soll der Kleber sein?«

»Porzellan«, gab ich widerstrebend zu.

Herr Franz stieß einen leisen Pfiff durch die Zähne aus. »Ui ui ui«, murmelte er, während er in seinem Materialkasten wühlte. Wir konnten nur sein Profil und ab und zu eine herausgezogene Schublade erkennen. Schließlich kam er mit einer winzigen verklebten Tube zurück. Julia griff instinktiv danach, doch er legte den Kleber in meine Hand.

»Du bist die Ältere. Du musst sehr vorsichtig mit diesem Zeug umgehen, haste verstanden?!« Er sah mich eindringlich an. Ich nickte unsicher.

»Das Zeug hier is echt stark, ja? Und es klebt sehr schnell. Du musst vorsichtig damit sein, sonst kleben dir die Finger zusammen. Für immer«, fügte er blöde kichernd hinzu, wurde aber gleich wieder ernst.

»Du darfst nur ganz wenig davon nehmen, ja?« Wieder nickte ich wie in Trance.

»Die Bruchstellen müssen trocken und sauber sein, kein Krümel, dann trägste langsam einen Tropfen auf. Einer reicht schon, nich mehr.« Mir wurde fast schwarz vor Augen, so aufgeregt war ich. Jeden Moment konnte meine Mutter die Treppe heraufkommen, und wenn sie das Unglück sah, würde sie sicher zum wahren Racheengel werden, so sehr liebte sie diese blöde Figur. Ich hatte sie sogar schon mit dem Engel sprechen gehört.

Mit zitternden Fingern umklammerte ich die Tube, deren Beschriftung schon so verblichen war, dass sie gänzlich unleserlich geworden war.

Ich vernahm Schritte im Treppenhaus. »Danke sehr Herr Franz. Sie sind unser Schutzengel …!«

Zusammen rannten Julia und ich die Stufen hinauf. Und standen vor der verschlossenen Wohnungstür. In unserer Erregung hatte keine an einen Schlüssel gedacht. Und Gabriele hörte unser Klingeln einfach nicht. So mussten wir vor der Tür sitzen bleiben, bis Mama nach Hause kam. Sie sah sehr müde aus und rieb sich den schmerzenden Rücken. »Was macht ihr denn hier draußen? Is was passiert?« Sie stellte ihren Stoffbeutel auf dem Boden ab und musterte uns besorgt. Wir antworteten zuerst nicht. Dann erzählten wir plötzlich beide auf einmal eine wirre Geschichte vom Lumpenhändler auf der Straße, den wir unbedingt sehen wollten … »Aber der kommt doch sonst immer montags«, stellte meine Mutter richtig fest.

»Ja, aber er war eben heut auch da, und dann is die Tür zugefallen«, erwiderte ich trotzig. An meinem unruhigen Blick erkannte sie, dass etwas nicht in Ordnung war, und kaum hatte sie die Tür aufgeschlossen, lief sie auch schon suchend durch die Wohnung.

»Was habt ihr wieder angestellt?«, fragte sie zuerst erschöpft, angesichts unseres hartnäckigen Schweigens zunehmend wütender. Gabriele kam schlaftrunken aus dem Zimmer gewankt und rieb sich die Augen. Wir waren aus Angst verstummt, saßen wie zwei erstarrte Hühner auf der Stange vor meiner Mutter und hielten die Augen gesenkt. Sie schüttelte mich unsanft. »Nun sag schon, was is!«

Ich dachte an Oma im Himmel, ein Mauseloch, in dem ich verschwinden könnte, bis sich unsere Mutter wieder beruhigt und den Drahtbügel fortgelegt hatte, den ich erst ein Mal zu spüren bekommen, dessen Spuren sich aber albtraumhaft in mein Gedächtnis gebrannt hatten. Da wir ihr nicht sagten, was los war, steigerte sich ihr Zorn zur Raserei. Sie schrie uns an, schimpfte »Ich kann nich mehr! Warum warum bin ich so gestraft worden?« Sie zeterte, schlug Türen und war schließlich wie von Sinnen. Als sie Julia heftig am Arm schüttelte, fing diese an zu weinen und erzählte auf ihr Drängen hin die ganze Geschichte. Ich hasste meine Halbschwester in diesem Moment genauso wie meine Mutter, die Julia in die Küche schickte und, einen einzigen eisigen Blick auf mich und das zerbrochene Andenken ihrer Mutter werfend, zum Schrank ging und den gefürchteten Drahtbügel herausholte. Ich erschauderte, schrie und heulte, kramte aber schnell Herrn Franz Klebetube aus der Hosentasche und legte sie behutsam neben den Engel. Schließlich hatte ich versprochen, sie ihm unversehrt zurückzubringen. An diesem Abend zerschlug meine Mutter in ihrer blinden Wut und Hilflosigkeit nicht allein den Drahtbügel auf meinem Körper, sondern auch etwas in meinem Innern. Von da an war es nie mehr so wie früher, und ich glaube, sie wusste das.

Am nächsten Morgen entschuldigte sie sich umständlich bei mir für die harte Strafe, der Bügel lag noch immer unförmig verbogen in einer Ecke des Zimmers, und ich sah in ihren verquollenen Augen, dass es ihr wirklich leid tat, doch so wenig wie den Porzellanengel konnte ich mein Herz wieder nahtlos zusammenkleben.

Kapitel 24

Es wurde heiß, unerträglich heiß in der Schule, in der Wohnung, ja sogar auf der Straße. Wann immer es möglich war, schleppte ich meine Schwestern im Sommer zum Baden an den See – in unserer kleinen Wohnung war es bei der Hitze nicht auszuhalten, und meine Mutter war froh, wenn wir beschäftigt waren und ihr bei der Hausarbeit oder aber ihrem dicken Bauch nicht im Weg standen. Meist badeten wir im Tegeler See. Aber einen Sommer lang mieden wir die Badestellen dort, weil Gabriele einen heftigen Hautausschlag bekam, sobald sie dort ins Wasser ging. Also mussten wir einen Umweg machen – und zwar quer durch die Stadt: Wir fuhren mit der S-Bahn bis zur Station »Nikolassee«, stiegen mit einem Schwarm anderer Kinder, die vor Vorfreude auf das kühle Nass laut durcheinander schwatzten, aus dem Waggon und trabten los in Richtung »Strandbad Wannsee«. Wir überquerten vorsichtig die Straße und erreichten das kleine Waldstück. Der Weg führte unter hohen Bäumen entlang, die lange Schatten auf die bunte Meute unter ihnen warfen. Gabriele hopste ausgelassen an meiner Hand, während Julia Tannenzapfen vor sich her kickte. Kurz vor dem Eingang, vor dem sich eine lange Warteschlange gebildet hatte, nahm ich auch Julia an die Hand und bog links ab. Wir verließen den ausgetretenen Weg und schlugen uns durch das lichte Gebüsch. Wir kamen am rostigen Drahtzaun an, der das Freibad begrenzte, und liefen wachsam an ihm entlang. Das Lachen und Schreien der Badenden war hier schon deutlich zu vernehmen. Schließlich hatten wir das Loch im Zaun entdeckt, ein schneller Blick nach rechts und links, dann hob ich Gabriele durch die schmale Öffnung; gleich darauf schob sich auch Julia durch das Loch. Meine Schwestern waren drin. Ich meinte, Äste hinter mir knacken zu hören, drehte ängstlich den Kopf, doch noch immer war niemand zu sehen. Ich ging in die Hocke und stieg mit einem Bein durch die Lücke im Drahtgeflecht. Ich zog den Kopf auf die Schultern und zwängte meinen Oberkörper weiter. Schmerzhaft bohrte sich ein Stück Draht in meinen Nacken, doch ich achtete nicht darauf, sondern holte hastig mein anderes Bein nach. Wir waren drin. Die Freude beim Anblick der seichten Wellen in einiger Entfernung vor uns ließ mich mein schlechtes Gewissen augenblicklich vergessen. Glücklich sog ich die warme Sommerluft ein.

»Du blutest ja!« Julia zeigte erschrocken auf meinen Hals. Ich griff mir an die Haut, ein kleines Rinnsal Blut war mir in den Rückenausschnitt meines Hemdkleides geflossen; verflixt, das würde einen hartnäckigen Fleck geben. Ich tupfte die rote Flüssigkeit an meinem Hals mit meiner fleckigen grauen Haarschleife weg.

»Ach, das is nichts«, beruhigte ich meine erschrockenen Schwestern. »Nur ein kleiner Kratzer.« Die beiden sahen mein Lächeln und wandten sich wieder dem Geschehen am Strand zu. Da wir kein Handtuch hatten mitnehmen können, weil unsere Mutter sonst hätte wissen wollen, woher wir das Geld für die Fahrkarten und den Eintritt hätten, das wir ja nicht hatten, setzten wir uns auf eine alte Zeitung. In Unterhosen stürmten wir kurz darauf ins Wasser. Kalt spritzte es meine Waden hoch, als wir uns einen Platz nahe dem Ufer erkämpften. Ausgelassen planschten wir drei mit den anderen Kindern im erfrischenden Wannsee, ließen uns von der Sonne trocknen und bauten turmhohe Sandburgen, bis die großen Jungen kamen, die der Reihe nach alle Sandburgen zerstörten – auch unsere. Aber das ärgerte uns nur kurz, sofort begannen wir eine neue, noch größere Sandburg zu errichten. Zwischendurch musste ich Gabriele wieder einmal erklären, dass man diesen »Sandkuchen« nicht essen konnte.

Wir gruben uns bis zum Kopf im Schlamm ein, befreiten uns wieder mit großem Geschrei, und als die beiden erschöpft eingeschlafen waren, schnitzte ich ein Holzboot. Als sie aufwachten, ließen wir es sogleich zu Wasser, doch leider wollte es nicht schwimmen und so wurde es kurzerhand zu einem U-Boot umfunktioniert. Am Nachmittag dieses besonders heißen Julitages fand Julia beim Buddeln 50 Pfennig. Wir drei waren selig und beratschlagten aufgeregt, was wir dafür kaufen sollten. In Windeseile rannten wir zur Eisbude und schauten auf die Karte. Die Preise waren niederschmetternd. Dass wir teilen würden, war klar, also wählten wir das größte für 50 Pfennig erhältliche Eis aus, wovon wir alle drei etwas hätten. Wir schleckten gleichzeitig von drei Seiten an der süßen, milchigen Eiscreme, die trotz unseres beachtlichen Schleck-Tempos erstaunlich schnell in der Hitze schmolz. Und nach anderthalb Minuten war alles vorbei. Den Rest des Nachmittages wühlten Julia und ich wie besessen im Sand. Wir durchsiebten einige Quadratmeter, doch leider erfolglos. Wir fanden nur noch Kronkorken und Knöpfe. Gegen Abend kühlten wir uns noch einmal im Wasser ab und machten uns dann mit einem Bärenhunger auf den Heimweg. Mit einem Dutzend anderer Kinder strömten wir zum Ausgang und hofften in der S-Bahn inständig, auch dieses Mal nicht beim Schwarzfahren erwischt zu werden. Zu dritt auf einen Sitz gequetscht, rieben wir uns die hartnäckigen Sandkörner und die von unserer aus Zeitungspapier bestehenden Unterlage herrührende Druckerschwärze von der braunen Haut. Unsere Mutter nahm uns ohne weitere Fragen in Empfang und cremte unsere roten Gesichter mit einem Rest Penaten-Creme ein. Dann gab es endlich Abendbrot.

Weitere Freizeitvergnügungen bescherte uns ein klappriges Fahrrad. Es hatte einer faltigen Frau gehört, die unsere neidvollen Blicke bemerkt hatte, als sie eines Nachmittages an uns vorbeigefahren war. Sie hatte gewendet und beim Absteigen ihren zahnlosen Mund geöffnet: »Na ihr drei, wo is denn eure Mutter?«

»Nich da«, antwortete Gabriele in unbestreitbarer Logik.

»Das is ein schönes Fahrrad«, bemerkte Julia schüchtern.

»Oh ja, dit is es.« Die Frau strich behutsam über den rostigen Lenker. »Man kann damit schnell wie der Wind fahren.«

Verträumt musterten wir den rissigen Ledersattel. »So eins hätt ich auch gern«, gab ich zu. Julia nickte zustimmend.

»Wisst ihr, ick brauche das Fahrrad jar nich mehr. Ick denke, ick werde es verkaufen.«

Wir sagten nichts.

Die Frau kam noch einen Schritt näher zu uns und fragte betont beiläufig: »Hat denn eine von euch Jeld?« Sie sah mich an. Ich schüttelte den Kopf.

»Hast du eine Uhr?«

Ich verneinte beschämt. Sie spielte an der Klingel und den Pedalen herum, schien nachzudenken. Dann beugte sie sich zu uns herunter.

»Zeigt mal eure Füße her. Na los, alle Mann.«

Verdutzt streckten wir unsere Füße aus.

Sie spuckte auf meine Schuhe und begann sie mit ihrem schmutzigen Ärmel zu polieren. Schließlich seufzte sie und richtete sich auf: »Also Kinder, eigentlich kann ick das gar nich tun. Aber weil ihr es seid und ick euch mag, biete ick euch einen Tausch an. Ick mache zwar ein sehr schlechtes Jeschäft, aber ihr drei seid wat Besonderes, dit hab ick im Jefühl.«

Das hatte uns noch niemand gesagt. Normalerweise waren wir nur ein paar von vielen anderen »schmutzigen Gören«, die machen sollten, »dass se wegkamen – aber dalli« … Gespannt lauschten wir ihren Worten.

»Also, wollt ihr dit Fahrrad haben?«

»Ja!«, riefen wir sofort einstimmig.

»Dann jebt mir eure Schuhe.«

»Unsere Schuhe?«

»Ja, zieht alle eure Schuhe aus, auch die Kleene da.« Sie zeigte auf Gabrieles Füßchen, die in Julchens alten Halbschuhen verschwanden.

»Aber wir haben keine andern …«

»Wollt ihr nun Fahrrad fahren oder laufen? Auf dem Drahtesel braucht ihr keene Schuhe«, unterbrach sie barsch Julias Einwand. Die beiden Kleinen sahen mich fragend an. Ich war hin- und hergerissen zwischen

Vernunft und Vergnügen. Irgendwo würden wir schon neue Schuhe herkriegen, aber ein Fahrrad … Ich nickte, obwohl ich ahnte, was uns Dreien an diesem Abend zu Hause bevorstehen würde. Schweigend zogen wir unsere Schuhe aus und reichten sie der Frau.

Sie rümpfte theatralisch die Nase. »Puh, die muss ick ja erst mal drei Wochen auslüften«, meckerte sie. Sie drückte mir den Lenker in die Hand und verschwand mit unseren Schuhen eilig um die nächste Ecke, ohne ein weiteres Wort zu verlieren.

Barfuß und stolz wie Oskar schwang ich mich auf unser Fahrrad. Nun hatten wir tatsächlich ein eigenes Fahrrad. Frieda würde platzen vor Neid. Es war ein rostiges Herrenfahrrad ohne viel Luft in den Reifen, aber es fuhr. Und wie! Julia auf dem Gepäckträger und Gabriele vor mir auf der Stange sausten wir die Allee hinab. Wir gewannen rasch an Geschwindigkeit. Meine Schwestern jauchzten vor Vergnügen, während ich übermütig Fußgänger aus dem Weg klingelte.

Immer wieder kam mir das Kinderlied »Zeigt her eure Füße, zeigt her eure Schuh' …« in den Sinn auf dieser herrlich wilden Fahrt. Beinahe erwischten wir eine einäugige schwarze Katze, und um ein Haar wären wir alle drei an einer Ampel von einem Laster überfahren worden.

Außer Atem und mit eiskalten Füßen kamen wir zu Hause an. Unsere Mutter fiel fast in Ohnmacht, als sie uns ohne Schuhe erblickte, es gab ein Mordstheater, aber das Fahrrad durften wir behalten, da die Schuhe ja eh weg waren.

Ich, als Älteste, musste die erwartete Tracht Prügel durchstehen, doch das war es mir wert, auch wenn ich die nächsten Tage nur im Stehen fahren konnte und wir uns alle drei einen mächtigen Schnupfen eingefangen hatten. Unsere Ausflüge – zu dritt, später sogar zu viert – auf diesem Vehikel kosteten noch so manchen Milchzahn in den folgenden Jahren.

Kapitel 25

Meine dritte Schwester wurde in einer stürmischen Herbstnacht geboren, in der in Berlin eine Vielzahl von Dächern abgedeckt und jede Menge Bäume entwurzelt wurden. Das Krankenhaus hatte bereits alle Hände voll zu tun, als meine von heftigen Wehen geschüttelte Mutter in die Notaufnahme gebracht wurde. Die Geburt selbst verlief recht unkompliziert, auch wenn der Arzt fast zu spät gekommen war, weil er eine von einem herabfallenden Ziegel verursachte, lebensgefährliche Kopfverletzung bei einem Zeitungsverkäufer kurzfristig hatte behandeln müssen.

Ich wollte meine neue Schwester gleich am Tag darauf besuchen. Obwohl wir uns bewusst waren, dass Kinder nicht auf die Stationen durften, lagen wir drei Mädchen Jean so lange in den Ohren, bis er sich breitschlagen ließ, es wenigstens zu versuchen. Die Familie betrat geschlossen das Klinikum. Als wir im zweiten Stock ankamen, verweigerte uns eine Ärztin, »Dr. Schulz« stand auf ihrem weißen Namensschildchen, den Besuch bei meiner Mutter.

»Se is zu erschöpft, gönnen Se ihr noch ein paar Stunden Schlaf«, hatte die kräftige Ärztin freundlich aber bestimmt gesagt. »Und außerdem«, sie tätschelte Gabriele den dunklen Strubbelkopf, »darf ick Kinder sowieso nich durchlassen.«

»Aber Madame«, sprach mein Stiefvater eindringlich, »isch möschte doch nur mein Frau sehen – und die Kind auch.« Er deutete auf uns drei Orgelpfeifen. Sein französischer Akzent klang seltsam fremd zwischen den weiß getünchten Wänden.

»Tut mir Leid, aber dit is unmöglich«, erwiderte die Dr. Schulz. Sie schüttelte energisch den Kopf. »Kommen Se morgen wieder. Da wird se sich etwas erholt haben.« Sie wandte sich nun an uns Kinder, ein Lächeln huschte über ihr feistes Gesicht. »Ick bin sicher, se wird sich sehr freuen, wenn ihr ihr morgen ein selbst jemaltes Bild mitschickt!« Sie sah wieder Jean an, der schweigend vor ihr stand und keine Anstalten machte zu gehen. »In der Zwischenzeit«, sie bemühte sich jetzt sehr um einen versöhnlichen Ton, »können Se doch Ihre Tochter besuchen. Sie liegt auf der Säuglingsstation.« Bittend schauten wir zu Jean hoch; ihm entging nicht, wie sehr wir uns wünschten, unser Schwesterchen in Augenschein zu nehmen oder wenigstens von ihm zu hören, wie es aussah. Er schien mit sich zu kämpfen.

»Wo ist das?«, knurrte er schließlich kaum hörbar. Erleichtert stellte ich fest, dass sein Schnurrbart aufgehört hatte zu zittern.

Dr. Schulz beschrieb uns mit ausgesuchter Höflichkeit den Weg. »Im ersten Stock.« Sie deutete die Treppe hinunter. »Jehen Se den Flur rechts hoch, durch die erste Schwingtür. Am Ende des Janges biegen Se rechts ab, da is es gleich.«

»Merci«, brummte mein Stiefvater und setzte sich unverzüglich in Bewegung, als wolle er keine Minute länger bei dieser unerhört autoritären Frau verbringen. Wir drei Mädchen liefen schnell hinterher. Doch die Worte der Ärztin in dem weißen Kittel ließen mich nicht los. Meine Blicke flogen an den langen weißen Wänden entlang, immer meinte ich gleich meine Mutter um die Ecke biegen zu sehen. In einem geblümten Morgenrock mit vom Liegen wuscheligen Haaren würde sie vor mir stehen und mich in die Arme nehmen. Nein, sie würde nicht hier auf mich warten, sie musste schlafen, denn es ging ihr schlecht. So schlecht, dass nicht einmal ihre Familie sie besuchen durfte. Als mein Stiefvater und meine Schwestern schon die Treppe hinuntergingen, drehte ich um und rannte panisch den Flur entlang zurück. Fast wäre ich mit Frau Dr. Schulz zusammengestoßen, die uns gerade den Weg gewiesen hatte. Angsterfüllt schaute ich sie an, würde sie mich auch gleich wieder in rauem Ton fortschicken? Nein, sie sah mich auffordernd an und fragte, was ich wolle.

»Zu meiner Mutter«, hätte ich am liebsten spontan geantwortet, aber ich wusste, dass das nicht vernünftig gewesen wäre, und außerdem erkannte ich meine verschwindend geringen Chancen an ihren beiden stämmigen säulenartigen Beinen vorbeizukommen. Also schluckte ich meine Antwort hinunter und formulierte stattdessen den Gedanken, der mich seit Minuten beschäftigte: »Is meine Mutter sehr krank? Wird sie sterben, so wie Oma?« Die Ärztin schien zu stutzen. »Weil doch keiner zu ihr darf, nich mal wir oder ihr Mann«, fügte ich eilig hinzu. Sie beugte sich noch näher zu mir hinunter.

»Ne, ne, se is nich richtig krank, meine Tapfere.« Sie tätschelte mir beruhigend die Schulter. Ihre Hand fühlte sich angenehm an, schwer und warm. Fast wie Mamas Hand. »Deine Mutter muss sich nur etwas ausruhen, dit is alles ein bisschen viel für sie.« Ich sah fragend auf. »Se braucht dringend mal ein paar Tage Ruhe – so wat sehe ick immer gleich. Se hat keene Kraft mehr. Verstehst du?«, setzte sie hinzu. Freundlich kniete sie sich zu mir runter und sah mir ins Gesicht. »Du brauchst dir keene Sorgen zu machen, ja? Deiner Mama jeht es jut, morgen Nachmittag kann se vielleicht schon Besuch empfangen, und bald is se wieder zu Hause, versprochen!«

Ich sah in ihre runden blauen Augen und fühlte, dass sie die Wahrheit sagte. Ihr Geruch nach sauberer Haut und Seife flößte mir Vertrauen ein.

»Gut«, sagte ich leise. »Dann male ich gleich nach der Schule ein schönes Bild für sie.«

Die Ärztin drückte mir zufrieden die Hand. »Du bist ein braves Mädchen.«

Ich wandte mich zum Gehen. Nach ein paar Schritten drehte ich mich noch einmal um und rief: »Bis morgen dann.« Sie zwinkerte mir zu, ich winkte kurz. Dann spurtete ich los, um meine Familie wieder einzuholen.

Im Treppenhaus überlegte ich fieberhaft, wo ich ordentliches Papier für mein Bild auftreiben konnte. Tja, da musste wohl eines meiner Rechenhefte herhalten, obwohl es dafür wieder eine Bestrafung geben würde, aber das war es mir wert. Ich wollte ein Bild malen mit Mama, Julia, Gabriele, mir und dem neuen Baby – und natürlich über uns Oma auf ihrer Wolke ... Obwohl ich versuchte ganz leise zu gehen, schallten meine Schritte die langen trostlosen Flure entlang, während ich Julia und Gabriele fest an den Händen hielt. Abrupt blieb mein Stiefvater plötzlich vor uns stehen.

»Ier ist es«, sagte er zu uns. Ermahnend legte er den Finger auf die Lippen und öffnete eine weiße Tür. Wir sahen noch einmal hastig links und rechts den Flur hinunter, niemand war zu sehen. Schnell huschten wir in den Raum, der für uns Kleinen eigentlich zu betreten verboten war. Etwa vierzig Bettchen, in Reihen geordnet, standen im Zimmer. In jedem einzelnen lag ein rotgesichtiger Säugling. Ich schluckte unwillkürlich. Alle Babys sahen gleich aus – bis auf unseres. Seine Haut war etwas dunkler als die der anderen. Wir folgten meinem Stiefvater, der zielstrebig auf das Bett im vorderen Teil des Raumes zulief. Beim Vorbeigehen musterten wir die vielen kleinen Köpfchen, Händchen und Beinchen. Nun fielen mir doch einige Unterschiede auf. Die Säuglinge waren unterschiedlich groß und hatten verschiedene Kopfformen. Auch die Haarfarben waren ungleich, hauptsächlich dominierten Brauntöne, manche Köpfe waren auch kahl. Wir blieben vor dem Bett stehen und reckten die Hälse.

»Seh nich«, quengelte Gabriele. Sie war zu klein, ihr Kopf reichte nicht über den Bettrand.

»Komm auf meine Arm«, bot ihr Jean sofort an. Freudestrahlend ließ sie sich von ihrem Vater hochnehmen. Staunend betrachtete sie ihre jüngere Schwester und dann all die anderen kleinen halbnackten Körper aus der ihr neuen Perspektive.

»Da«, gluckste sie und zeigte auf ein strampelndes Kind neben uns. Erst jetzt bemerkte ich, dass sich die meisten Babys nicht bewegten, sie schliefen. Sie waren sicher gerade gefüttert worden, dachte ich und spürte dabei, wie leer mein eigener Magen schon wieder war. Vor einem Bettchen, in dem ein knautschiger Säugling friedlich schlief, blieb Jean stehen. Er studierte noch einmal das Schild.

»Wir dürfen nischt wecken.«

Wir drei nickten artig.

»Das ist Giselle, auf deutsch also Gisela, euer Schwester«, sagte er halblaut. »Sie ist gerade erst geboren.«

»Kurz nach Mitternacht is sie aus Mamas Bauch geschlüpft«, prahlte ich mit meinem Halbwissen.

»Aber da hat Mama doch geschlafen«, wunderte sich Julia.

Ihr Vater strich ihr lächelnd über den Kopf. »Maman ist da aufgewacht, ma petite.«

Ich stellte mich auf Zehenspitzen und beugte mich über das Bettchen. Lange schaute ich mir mein neues Geschwisterchen an. Gisela schien sich den letzten Stunden bereits gut eingelebt zu haben. Ihr winziges Gesicht zeigte einen erstaunlich zufriedenen Ausdruck, die dünnen schwarzen Haare klebten am Kopf bis auf eine Haarsträhne, die vorwitzig von der Schläfe abstand. Der kleine Mund stand halb offen, die Zehen am rechten Fuß zuckten leicht im Schlaf. An den Fuß- und Handgelenken hatte die rosig-rote Babyhaut Falten geworfen.

»Gisela hat 'nen ganz schön kurzen Hals!«, stellte Julia zu mir gewandt fest. Tatsächlich schien das Baby keinen Hals zu haben, der Kopf saß direkt auf den Schultern. Ich erschrak ein wenig.

»Der wächst bestimmt noch«, antwortete ich, während ich überlegte, ob das stimmen könnte. Ich versuchte mich zu erinnern, ob Julia und Gabriele auch so einen kurzen Hals hatten, aber ich schaffte es nicht. Sicher würde alles von allein so wachsen, wie es sollte; meine Beine haben sich ja auch von selbst gerichtet – wie es meine Großmutter vorhergesagt hatte. Mein Stiefvater stellte Gabriele, die sofort lautstark protestierte, wieder auf den Fußboden und nahm vorsichtig den Säugling aus dem Bett. Eine Krankenschwester betrat den Raum, guckte streng hinüber, sagte aber nichts.

»Wir gehen gleisch«, flüsterte ihr Jean halblaut zu. Mit seiner großen Hand stützte er Giselas kleinen Kopf, den sie erst in einigen Wochen allein würde halten können. Er hockte sich mit seiner jüngsten Tochter vor uns hin, sodass wir alle drei sie genau betrachten konnten.

Schon nach zwei weiteren Tagen kam meine Mutter mit dem Baby nach Hause. Sie sah ein bisschen schwach aus, schien aber froh, wieder bei uns zu sein. Gisela wurde in die Wiege gelegt, in der schon Julia und Gabriele geschlafen hatten. Ich hielt ein wachsames Auge auf mein kleinstes Geschwisterchen, rügte die anderen, wenn sie zu heftig mit ihr balgen wollten und achtete streng darauf, dass sie ihr gehäkeltes Mützchen und die Fäustlinge trug. Ich fühlte mich verantwortlich für meine Geschwister, vor allem für das jeweils Kleinste. Schließlich hatte ich mir immer jemanden zum Spielen gewünscht.

Gisela wurde ein besonders lebhaftes Kind. Sie stellte die gefährlichsten Dinge an, sobald sie laufen konnte, und war immer mittendrin, obwohl sie körperlich sehr klein und zart blieb: So kurz Giselas Beinchen schienen, so kurz war auch ihr Hals. Wenn sie aufgeregt die Schultern hochzog, schien ihr Kopf direkt auf dem Rumpf zu sitzen. Ihre dunklen Haare fielen ihr über den schmalen Rücken, und ständig lief sie auf den Zehenspitzen umher, um ja alles sehen zu können.

Kapitel 26

Auf Gisela aufzupassen, war schlimmer, als den berüchtigten Sack Flöhe zu hüten. Nach wie vor war sie mutig – oft zu mutig für meinen Geschmack – auf der Suche nach Neuem. Überall ging sie auf Abenteuerfahrt: in der Asche unterm Herd, in dunklen Hauseingängen oder mitten auf der Straße entlang der Straßenbahnschienen. Jeden Tag stellte sie meine Reaktionsschnelligkeit auf eine harte Probe, wenn wir draußen spielten, denn ich war die Älteste, wenn etwas schief ging, hatte ich erst einmal wieder Schuld.

Wie oft versuchte ich ihre blauen Flecken zu verstecken oder ihr schnell das Blut abzuwischen, wenn sie beim Spielen mal wieder alles tun wollte, das auch wir Großen machten, was bei ihrem Übermut nicht selten aufgeschlagene Lippen und Schürfwunden zur Folge hatte. Eigentlich konnte ich mir meine Schwester Gisela mit heilen Knien gar nicht vorstellen. Seitdem ich denken konnte, sah ich sie vor meinem inneren Auge stets mit verschorfter Haut. Da sie jeden Abend begann, an der rostroten Kruste zu pulen, konnte die Haut an ihren Knien nie richtig heilen. Manchmal sah ich aus den Augenwinkeln, wie sie am Rand des Schorfes Krümel ablöste und diese gedankenverloren in den Mund steckte. Dasselbe tat sie mit Popeln. Natürlich hatte ich das auch getan, aber nicht so seelenruhig und auffällig wie sie – jedenfalls meinte ich das aus meiner Erinnerung zu wissen. Und in gewisser Weise war ich für die Erziehung meiner Geschwister zuständig. Meine Aufgaben gingen schon lange über das übliche »Aufpassen-dass-nichts-passiert« hinaus, manchmal fühlte ich mich wie eine Ersatzmama. Meine Sinne waren geschärft, immer war ein Auge bei den Kleinen, und sobald irgendwo Kindergeschrei zu hören war, gingen bei mir die Alarmglocken an. Es war irgendwie ganz natürlich so. Zwar beneidete ich oft Friedas Freiheiten, aber Frieda beneidete mich auch wegen meiner Schwestern, die ich füttern, kämmen und sogar belehren konnte – wie riesengroße, lebendige Puppen. Welche Sisyphusarbeit es aber war, Gisela zu betreuen, wurde auch ihr bald klar.

Inge hatte zu unserer großen Freude beschlossen, uns auf den Weihnachtsmarkt einzuladen. Wir entschieden uns für den um »den hohlen Zahn«, der ausgebombten Gedächtniskirche am Bahnhof Zoo. Sie holte uns am Nachmittag ab, es musste alles heimlich geschehen, weil Jean uns den Umgang mit ihr nach einer schauderhaften Streitszene, in der unsere vorletzte Schüssel an der Wand kaputt geschlagen wurde, strikt verboten hatte. Er wurde inzwischen rasend, wenn er ihren Namen nur hörte. Dass sie noch immer keinen Mann hatte, bestärkte Jean nur in seiner in den letzten Jahren gewachsenen Ansicht, dass Inge eine respektlose, ehrlose Frau sei, mit der kein anständiger Mann etwas zu tun haben wollte. Ich hatte keine Ahnung, wie er darauf gekommen war und welche Gründe es für seine starke Abneigung gab. Inge wartete noch immer geduldig auf Manfreds Rückkehr. Es mangelte der attraktiven Freundin meiner Mutter nicht an Verehrern. Aber sie erstickte jeden Annäherungsversuch, auch die galanten, die originellen, die charmanten und sogar die schüchternen im Keim mit den Worten, die sie immer früher oder später in dieser Situation sagte: »Ich fühle mich wirklich sehr geschmeichelt ...« Sie lächelte freundlich dazu, und in dieser Phase rechnete sich so manch ein gutaussehender Mann eine gewisse Chance bei ihr aus. Allerdings schloss sie den Satz stets mit dem Zusatz »... aber ich habe bereits einen Verlobten.« Einige wenige hitzige abgewiesene Verehrer wurden grob, wenn sie die Endgültigkeit dieser Aussage an Inges Mimik erkannten und warfen ihr spöttisch vor, dass dieser Verlobte wohl nur in ihrer Fantasie existiere. Keiner kannte ihn, niemals hatte ihn jemand zu Gesicht bekommen, zumindest nicht in den letzten Jahren. Ha, nicht einmal ein Foto sei bei ihr zu finden. Ob sie wohl mehr auf Frauen aus sei? Inge ließ sich von den Wutausbrüchen, die verletzter Eitelkeit folgten, nicht berühren. Sie perlten an ihr ab wie der Regen am Fenster. Kühl fixierte sie stets die jungen Männer und wandte sich zum Gehen. Sie ließ sie einfach stehen, mit der Wut eines gekränkten Kindes im Bauch, die sich die Betroffenen nicht selten in der nächsten Kneipe mit Molle und Korn fortzuspülen versuchten.

Jean konnte weder Inges Ansichten über Männer und Frauen, über Kinder und Erziehung, noch ihren vermeintlich schädlichen Einfluss auf meine Mutter tolerieren. Er war ihr lange Zeit aus dem Weg gegangen, was nicht allzu schwierig gewesen war, doch in der letzten Zeit war er auf Konfrontation aus. Meine Mutter zog sich so weit zurück, wie es ihr möglich war und hoffte ... Tja, was hoffte sie eigentlich? Ich vermute, das wusste sie selbst nicht genau. Sie dachte an das Jetzt, an den heutigen harten Tag, an das Essen und die Wäsche, und sie bemühte sich diesen Tag mit so wenig

Schwierigkeiten wie möglich zu meistern. Doch ich ging immer wieder zu Inge hin. Ich liebte sie.

Der Besuch auf dem Weihnachtsmarkt, die vielen bunten Lichter, die Musik und die Menschen, war für uns alle wunderbar, wie der märchenhafte Besuch in einer anderen, schöneren Welt, gewesen. Inge setzte uns vor der Eingangstür ab, sie küsste jeden zum Abschied und versprach, bald wieder zu kommen. Wir stiegen die Treppe hoch, Inge blieb im Dunkel des Hofes stehen, bis sie unsere durcheinanderlaufenden Silhouetten am Küchenfenster erblickte. Ich sah hinaus und winkte ihr verstohlen zu. Ich schaute solange auf den Hof, bis ich ihren Schatten nicht mehr ausmachen konnte.

Kapitel 27

»Es is ein Junge!«, rief die Krankenschwester, während sie dem Arzt mit geübtem Griff den winzigen dunkelroten Körper aus den Händen nahm, ihn an den Füßen fasste, sodass sein Kopf nach unten baumelte und ihm einen kräftigen Klaps auf den Po versetzte.

»Gott sei Dank, endlich!«, entfuhr es meiner Mutter, die unendlich erschöpft an die Decke des Kreißsaals starrte. Augenblicklich begann das Baby zu schreien. Die Krankenschwester nickte zufrieden und legte es meiner Mutter behutsam in die Arme. Glücklich hielt diese den kleinen blutverschmierten Kopf auf ihre Brust gedrückt. Sie hatte ihren ersten Sohn geboren.

Zu Hause wurde ein Fest gefeiert. Jean war außer sich vor Stolz und Freude – nach sieben Jahren war sein größter Wunsch in Erfüllung gegangen: Seine Frau hatte ihm einen Stammhalter geschenkt. Er würde seinen Namen, seine Familie, die Genealogie fortführen, in ihn setzte er alle Hoffnungen.

»Seht nur, das ist mein Sohn!«, rief er immer wieder laut lachend und präsentierte jedem Besucher und jedem Bewohner des Hauses mit schwellender Brust meinen Halbbruder. Übermütig warf er das Baby sogar in die Luft, bis meine Mutter ihn inständig bat, ihn ihr zurückzugeben.

»Janz schön aus dem Häuschen, dein Alter«, bemerkte Frieda trocken, als auch sie meinen Bruder präsentiert bekommen hatte. »Süß is er ja – dein Bruder mein ick.« Sie grinste ein bisschen doof. »Bisschen verschrumpelt wie alle Babys, aber ehrlich jesagt versteh ick nich janz, warum dein Vater so ein Brimborium macht.«

Ich dachte über ihre Worte nach.

»Ich weiß auch nich, aber für ihn ist es eben besonders wichtig einen Sohn zu haben.«

Frieda schüttelte verständnislos den Kopf. »Ja, mein Alter redet ooch immer davon. Ick kann mir aber nich vorstellen, dass der kleine Hautzipfel da unten an dem neuen Baby alles ändern soll ...«

Ich schaute sie an. »Das tut er aber«, erklärte ich überzeugt.

»Es is komisch, seitdem Georg geboren is, kommt mein Vater immer pünktlich zum Essen nach Hause. Er schreit nich, er lächelt, er geht sogar mit dem Kleinen spazieren. Es is«, ich zögerte. »Richtig schön. Und am Wochenende bringt er seinen gesamten Lohn mit.«

Frieda sah mich überrascht an. »Echt?«, fragte sie unsicher. »Dit hat mein Vater bei keenem von uns jemacht, gloob ick.«

»Ja«, antwortete ich. »Und das Wichtigste is«, ich senkte unwillkürlich die Stimme, »dass er nich mehr nach anderen Frauen schaut.« Ich flüsterte nun: »Sie riecht das, sagt meine Mutter.«

Jean achtete in den folgenden Wochen sehr darauf, dass meine Mutter vernünftig aß, um den Säugling ausreichend stillen zu können. In dieser Zeit ging er abends nicht aus und kochte sogar manchmal für uns alle Couscous, den er mit einer herrlich dicken Soße aus Fleisch, Gemüse und Gewürzen auf einem einzigen großen Teller servierte, von dem wir – im Kreis drum herum sitzend – mit den Fingern essen durften. Es waren gemütliche Abende, in deren Mittelpunkt meist das Wohlergehen meines Bruders stand. Meine Mutter begann wieder Hoffnung zu schöpfen. Vielleicht würde jetzt alles anders, besser werden. Endlich. Für die ganze Familie. So, wie sie es sich bei ihrer Hochzeit erträumt hatte. Ich genoss den Frieden, der in unsere Wohnung eingekehrt war, traute ihm aber noch nicht so recht. Wie lang, fragte ich mich, würde diese Harmonie wohl dauern?

Kapitel 28

Jean hatte begonnen, sich erneut und nun intensiver mit seiner eigenen Herkunft, seinem Glauben und seinen Vorstellungen vom Leben und dessen Ordnung – zumindest in seinem engeren Umkreis – zu beschäftigen. Zwar betete er nicht fünf Mal am Tag, wie es vorgeschrieben war, auch verzichtete er auf den Ramadan, den Fastenmonat, nicht aber auf Alkohol; schön wäre es gewesen ... Dennoch, er zitierte immer öfter Suren, einige der 114 Verse aus dem Koran, ging ab und zu in die halbwegs wiederhergestellte, zumindest wetterfest gemachte Berliner Moschee und traf sich mit einigen wenigen Glaubensgenossen in einem kleinen arabischen Kaffeestübchen. Seither war er bemüht, auch uns in den Regeln und Geschichten zu unterweisen, doch meist fehlte ihm die Zeit und uns die Lust. Doch Jean ließ nicht locker, vor allem seinem jüngsten Sohn wollte er im Sinne des Islam erziehen, soweit dies die Umgebung und die Umstände eben zuließen. Meine Mutter war enttäuscht, krank und kraftlos – sie hatte den Sinn für die Faszination für Fremdes und Neues zwischen langwährenden Krankenhausaufenthalten und sorgenvollen Wochen zu Hause verloren. Sie schämte sich jeden Tag mehr für unsere ärmliche Kleidung, unsere zu kurz gespitzten Bleistifte und unsere dünnen Ärmchen. In dem Maße, in dem es dem Großteil der Deutschen immer besser ging, sähe man uns unsere Armut an, meinte sie. Mit jedem Familienzuwachs wurden auch die Sorgen größer in ihren Augen. Sie liebte uns, aber sie schien am Ende ihrer Kräfte – mit dreißig Jahren ... Wir Kinder waren glücklich, soweit man das als Kind sagen kann – bis auf die ewigen Sorgen um Geld und Essen. Wir hatten einander, verbrachten jeden Tag viele Stunden zusammen, küssten und schlugen uns, und bekamen allmählich heraus, wie wir den kleinsten für unsere Zwecke am günstigsten einsetzten konnten: Wir lehrten Georg geschickt zu bitten. Im Kinderzimmer spitzten wir ihn an, indem wir ihm von einem schönen saftigen Apfel oder von einem Glas Milch vorschwärmten. Wenn er sich die Lippen leckte, hatte er angebissen. Dann gaben wir ihm ganz genaue Instruktionen, wie er Jean, denn es klappte nur bei Jean, dazu bringen könnte, damit herauszurücken. Wir schickten ihn in das Wohnzimmer und lauschten, ob er unsere Anweisungen befolgte. Meist klappte es: Er kletterte ganz unverdächtig auf Jeans Schoß, sich ließ ein wenig die Neckereien gefallen und rückte schließlich mit seinem eigentlichen Anliegen heraus. Meist vernahmen wir kurz darauf beglückt Schritte in der Küche und hörten, wie Jean ihm etwas reichte. Leider war die Sache mit der Milch meist etwas schwierig, da Georg oft schon die Hälfte der Milch auf dem Weg ins Kinderzimmer ausgetrunken hatte. Beim ersten Mal machten wir den Fehler, ihm trotz der geglückten Aktion das Glas aus der Hand zu reißen, worauf ein riesiges Geschrei losging. Im Folgenden waren wir klüger: Wir ließen ihm das Glas, lockten ihn aber auf den Fußboden, wo wir bereits ein unglaubliches tolles Spiel vorbereitet hatten. Als Belohnung nämlich durfte er mit uns Großen zusammen spielen. Wir ließen also kreischend zusammen gebastelte oder gefundene Autos über den Boden rasen, oder tollwütige Cowboys verfolgten davon galoppierende Indianer, was selbstverständlich von einem waschechten Indianergeheul – eine unserer Spezialitäten – begleitet wurde. Über dieser fleischgewordenen Aufregung vergaß unser kleines Brüderchen schnell die ertrickste Beute und wir Mädels konnten uns jeder auch noch mit ein paar Bissen oder Schlucken stärken.

Doch neben seinen Sonderrechten hatte unser Bruder auch einige Sonderpflichten, um die wir ihn nicht unbedingt beneideten: Er musste seit Kurzem zusammen mit Jean beten. Einmal am Tag knieten sie zusammen auf dem Boden und senkten im Rhythmus der fremden Sprache die Köpfe auf den kleinen Teppichen, bis ihre Stirnen diese berührten. Für meinen Bruder war dies jedoch nichts als langweilig, genauso wie das Auswendiglernen der Koranverse. Ich dachte an unseren Religionsunterricht und konnte ihn gut verstehen. Er fand diese Rituale lästig und konnte nicht begreifen, wieso wir anderen Geschwister davon befreit waren. So ganz wussten wir das selbst nicht. Doch insgeheim beneidete ich ihn auch manchmal, weil er an etwas teilnahm, das uns verschlossen blieb. Heimlich folgten Julia und ich den beiden manchmal, Vater und Sohn, wenn sie zum Freitagsgebet in die prächtige Berliner Moschee, die nach indischem Vorbild der Mogulzeit errichtet worden war, gingen.

Die einzige Veränderung, die aus Jeans neu erwachten religiösem Interesse hervor ging und uns konkret betraf, war das absolute Verbot von Schweinefleisch. Da es bei uns aber generell eher selten Fleisch gab, bemerkten wir kaum etwas von dieser Regel. Erst als Georg beim Fleischer, bei dem wir nach Jahren mit unserem Geschwisterchen-Trick, wobei Georg inzwischen gar nicht mehr so recht als kleines Brüderchen durchgehen konnte, endlich wieder einmal Erfolg hatten, »Schwein?« fragte, wurden wir wieder aufmerksamer. Er hielt die geschenkte Wiener Wurst in der Hand und fragte angesichts dieser herrlichen, appetitlichen Wurst, ob es sich um Schweinefleisch handle! Wir waren platt, fassten uns aber schnell wieder, als wir sein besorgtes Gesicht sahen. Wahrscheinlich fürchtete er genauso sehr wie wir, dass die Antwort »Ja« lauten würde, und keiner von uns seine Zähne in dieses zarte Fleisch versenken dürfte. Also boten wir all unsere Überredungskünste auf, um ihn vom Gegenteil zu überzeugen – wobei Georg sehr schnell unsere Argumente zu glauben bereit war. Noch bis zu seinem siebentem Lebensjahr glaubte Georg Wiener Würstchen würden aus Rind gemacht. Wir widersprachen ihm nie und genossen zusammen noch so manches Stückchen Wurst. Der einzige Junge im Haus, noch dazu das jüngste von fünf Geschwistern, hatte es trotz seiner rötlichen Locken, die am Anfang so manche fragenden Blicke beim Anblick der dunkelhaarigen Eltern hervorgerufen hatten, nicht leicht. Vermutlich hat Jean angesichts der geringen Ähnlichkeit seines Sohnes mit ihm nie ganz den Zweifel an seiner Vaterschaft überwunden, auch wenn er für Georg alles tat. Meine Mutter erzählte Georg manchmal von ihrer Oma, die die gleichen roten Haare und die tiefen Grübchen gehabt hatte, wie er. Beim letzten Mal hatte er sich nachdenklich am Kopf gekratzt. Nach einer Woche entdeckte ich, dass Georg Läuse hatte. Und wir inzwischen auch alle. Nach dem ersten

Schrecken machten wir uns einen Spaß daraus, uns die Läuse gegenseitig von der Kopfhaut zu klauben. Meine Mutter stöhnte: »Auch das noch!« Es wurde eine groß angelegte Kur begonnen. Sämtliche Haare wurden raspelkurz abgeschnitten – ich traute mich nun gar nicht mehr raus, wie sollte ich mit dieser Frisur jemals wieder in die Schule gehen …

Die abgetragenen Klamotten waren schon schlimm, aber mit fast nacktem Schädel, das war zu viel. Übel riechende Pulver und Shampoos wurden eingesetzt und alle abgeliebten Kuscheltiere verbannt, was bei meinen Geschwistern einer mittleren Katastrophe gleichkam. Kurze Zeit später war alles überstanden, doch meine Mutter schämte sich furchtbar.

Kapitel 29

Sonntagabend, die Kohlen waren alle, und das letzte Stück Kernseife war auf Pflaumenkerngröße geschrumpft. Gewissenhaft schruppte ich die Knie meiner Schwester Gisela.

»Wo is die Mama?«, fragte sie unvermittelt.

»Giselchen, du weißt doch, die Mama is im Krankenhaus wegen ihrer schlimmen Augen.«

Ihr Gesicht verzog sich zum Weinen, sie überlegte es sich aber doch noch einmal anders. »Aber, aber wann kommt sie denn wieder?«

Ich schluckte unwillkürlich. »Bald, bald is sie wieder da. Und jetzt raus mit dir aus der Wanne. Komm abtrocknen und dann ab ins Bett.«

Der kleine Kinderkörper zitterte vor Kälte, als ich ihn aus der grauen Zinkwanne hob.

»Hoffentlich kommt sie bald wieder«, dachte ich eine Stunde später müde, nachdem ich auch die anderen drei, Julia, Gabriele und Georg, gebadet hatte – im gleichen lauwarmen Wasser wie Gisela. Der raue Waschlappen hatte rote Stellen hinter den acht Ohren hinterlassen, aber alle waren sauber …

Wir waren wieder umgezogen. Dieses Mal in eine noch kleinere Wohnung. Aus der letzten waren wir herausgeworfen worden, weil wir die Miete nicht hatten bezahlen können. Der Vermieter, ein dicker schnauzbärtiger Mann hatte uns mehrmals verwarnt und gedroht, doch als alles nichts half, hatte er uns alle einfach vor die Tür gesetzt und die Wohnung an eine andere vielköpfige Familie vermietet. Eines Tages standen unsere Sachen plötzlich auf dem Hausflur, eine streunende Katze schlief behaglich auf dem Sofa, das eigentlich in den weiß getünchten hohen Raum unseres Wohnzimmers und nicht in den zugigen Flur gehörte. Ich war so verblüfft, dass ich nach der Schule einfach auf der Couch im Flur neben der Katze sitzen geblieben war, bis meine Mutter zurückkam. Sie hatte wild am Knauf der Wohnungstür gedreht, schließlich außer sich vor Verzweiflung dagegen getreten und war zum Schluss von einem erstickten Weinkrampf geschüttelt worden. Ich beobachtete ihre immer heftiger werdenden Reaktionen teilnahmslos von meiner Sofaecke aus, als ginge mich das alles gar nichts an. Bereits am nächsten Tag zogen wir zu sechst in eine Zweieinhalb-Zimmer-Wohnung. Die Wände waren stockig, doch wir waren nach diesem Schreck froh, ein Dach über dem Kopf zu haben und richteten uns ein, so gut es ging. Nur meine Mutter lief immer noch niedergeschlagen umher, die Sorge hatte sich die steile Falte über ihrer Stirn noch tiefer in die Haut graben lassen, und sie machte keine Anstalten, unsere wilde Kissenschlacht zu unterbinden. Da wussten wir, dass etwas ganz und gar nicht stimmte. Die Kissen, das Bettzeug war ihr heilig; wir sollten es warm haben nachts, »ordentlich« schlafen können und deshalb war dergleichen nicht zum Spielen da. Punktum. Außer heute. Ohne Ermahnung und Widerrede machte das Spiel nur halb so viel Spaß, und so verloren wir schnell die Lust daran und schlichen hinüber, um zu sehen, warum unsere Mutter nicht schimpfte und uns drohend mit dem Teppichklopfer verfolgte. Sie saß am Fenster und schaute hinaus auf den Hof, auf dem allerlei Gerümpel, aber kein bisschen Grün zu sehen war. Ihre Lippen bewegten sich kaum merklich, während sie durch die verschmierten Scheiben sah und doch nichts sah. Ich wagte nicht sie anzusprechen, zu sehr schien sie in ihre eigene Welt versunken, zählte unsichtbare Dinge an den Fingern ab und atmete manchmal so schwer aus, dass es wie ein tiefer Seufzer klang. »Kein Licht am Horizont«, murmelte sie. Erst als der Kleine zu weinen begann, tauchte sie unendlich langsam, es schien ihr sehr schwer zu fallen, gegen die fesselnden Gedanken anzukommen, aus der anderen Welt wieder auf, nickte uns beinahe überrascht zu und eilte an den Herd.

Manchmal wünschte ich mir nichts sehnlicher als allein zu sein ... Ich hätte nur so gern ein eigenes Zimmer gehabt, in dem man den Schlüssel herumdrehen und die Ohren verschließen konnte. Doch sobald ich die Stimme meiner Geschwister hörte, war ich wieder zur Stelle. Oftmals missmutig, manchmal verzweifelt aufgrund all der Anstrengungen und Entbehrungen, doch mindestens genauso oft glücklich, wenn Kinderlächeln die lückenhaften Milchzahnreihen freilegte. Ich liebte sie alle vier – auch wenn ich sie regelmäßig ein Mal pro Tag auf den Mond hätte schießen wollen vor Ärger.

Im Frühling darauf wurde das Augenleiden meiner Mutter so unerträglich, dass ich sie den langen Weg in die Charité am Arm führen musste, denn zu dieser Zeit war sie fast blind. Die Ärzte stellten fest, dass sie einen stark erhöhten Druck an den Augen hatte, aber helfen konnten sie ihr kaum. Ich war nun wie schon so oft die »Frau« im Haus – und während der stetig länger werdenden Klinikaufenthalte meiner Mutter war ich manchmal wochenlang so gut wie allein mit den vier Kindern, was in unserer Straße nicht einmal etwas Besonderes war. Nachts behandelte ich Durst und Albträume, morgens stand ich auf, bereitete das Frühstück zu – vorausgesetzt es war etwas da. Meist ging ich auch zur Schule, doch manchmal blieb ich zu Hause, weil gerade wieder einer aus der Familie krank war. Ich konnte perfekt Splitter ziehen, Wunden verbinden und Wadenwickel gegen Fieber anlegen. Nur zum Trösten blieb dabei nicht viel Zeit und zum Spielen schon gar nicht. Da musste leider auch die Bildung, mussten selbst Goethe und Pythagoras eben warten. Wobei ich zu gern das lustige Gedicht mit dem Diamanten scheißenden Hündchen gelernt hätte, doch ich fürchtete, dass ich es bereits verpasst hatte – wie vieles andere auch.

Am besten in der Schule hatte mir ohnehin stets die Schulspeisung gefallen: Mittags hatte ich immer auf eine zweite Kelle bestanden. Ich hatte nur ganz wenig aus meinem bis zum Rand gefüllten Napf gegessen, um den Rest meinen Geschwistern mitbringen zu können, die noch nicht in die Schule gingen.

Von den Lehrern hörte ich beim Anblick meiner Rechtschreibfehler auf fettigem Papier meist eh nur Kommentare wie: »Ach, aus der Kleinen wird doch nie was.«

Aber einige waren auch sehr verständnisvoll angesichts unserer schwierigen Familiensituation: Nachdem mein Religionslehrer meinen Aufsatz mit dem Titel »Mein schönstes Ferienerlebnis« gelesen hatte, in dem ich den beeindruckenden Besuch in einer Molkerei beschrieben hatte, in der es – oh wie paradiesisch! – jeden Tag Milch gab, schenkte er mir oft einen Hefezopf oder Birnen und, nicht zu vergessen, er fand ein paar aufmunternde Worte für mich. Wobei mir die Lebensmittel ehrlich gesagt, immer noch wichtiger waren … Auf dem Heimweg habe ich dann auch höchstens zweimal abgebissen, aber immer rundherum, sodass es nicht gleich auffiel. Manchmal schenkte mir der Lehrer mit dem breiten Gesicht und den wulstigen Lippen nach der Schule sogar Geld für eine Zuckerschnecke, die ich für mein Leben gern aß. Bemerkenswerterweise gab er mir gerade dann das Geld, wenn ich im Unterricht wieder einmal vor Erschöpfung über den von Jesus vollbrachten Wundern eingeschlafen war, oder beim Aufzählen – etwa der zwölf Apostel – kläglich versagt hatte. Einzig die Geschichten, in denen es ums Essen ging, verfolgte ich mit höchster Konzentration. Ich hing förmlich an seinen Lippen, als er die Begebenheit aus dem Neuen Testament beschrieb, in der es Jesus mit Gottes Hilfe gelang, mittels nur fünf Broten und zwei Fischen, 5000 Männer – Frauen und Kinder nicht mitgezählt – zu sättigen. Auf wundersame Weise war plötzlich genug für jeden da. Und als alle satt waren, blieb noch immer so viel übrig, dass zwölf Körbe davon gefüllt wurden. Das war echt klasse, ein Wunder! Den Trick hätte ich liebend gern gekannt. Bei meinen Geschwistern funktionierte das nie; immer zankten sie um das letzte Stück Brot. Manchmal überlegte ich heimlich, ob Jesus vielleicht eine Schwester gehabt hatte … Ich lauschte auch sehr aufmerksam dem Kapitel, in dem Jesus allein in der Wüste 40 Tage fastete, weil er nicht anderes brauchte, als das Vertrauen auf Gott. Genial, dennoch litt ich mit ihm. Wie er Wasser zu Wein verwandelte, interessierte mich dagegen weniger. Einige seltene Male, wenn ich die Zehn Gebote nicht zusammenbekam, schlug mich mein Religionslehrer sehr unchristlich mit dem Rohrstock. Das erste Mal war ich unbeschreiblich erstaunt darüber. Er verzerrte dabei das Gesicht so sehr, dass man denken könnte, er selbst fühle den Schmerz der Bestrafung, und nicht ich. Beim nächsten Treffen war er dann besonders großzügig, murmelte etwas vom »rechten Weg weisen« und »die Letzten werden die Ersten sein« und legte neben den Lebensmitteln für mich noch ein paar Groschen obendrauf. So ging das immer hin und her: Zuckerbrot und Peitsche.

Hausaufgaben zu erledigen war schwierig. Zum einen hatte mein häufiges Fehlen gravierende Wissenslücken hinterlassen, zum anderen blieb beim Versorgen von vier Geschwistern wenig Zeit und Ruhe, geschweige denn ein sauberes Stückchen Tischplatte, um Mathematikaufgaben zu lösen und Inhaltsangaben zu schreiben. Jean war in keiner Beziehung eine große Hilfe. Er hatte immer wieder, aus welchen Gründen auch immer, die guten Jobs verloren und schlug sich jetzt weiterhin – meist für die Hälfte des üblichen Lohns – als Koch durch. Er arbeitete viel und verdiente wenig.

Meine Geschwister und ich bildeten trotz aller wilden Streitereien, die nicht selten von Hauen, Kratzen und Beißen begleitet wurden, eine untrennbare Einheit. Wir konnten uns noch so in den Haaren liegen, gegen die Erwachsenen waren wir stets eine eingeschworene Gemeinschaft. Getrennt zu werden, wäre das Allerschlimmste gewesen auch wenn man, speziell ich, oft insgeheim wünschte, endlich mal allein zu sein und ein

Zimmer ganz für sich zu haben. Die größte Horrorvision war, voneinander getrennt, in verschiedene Heime oder Armenhäuser gesteckt zu werden. Immer wieder malte meine Mutter diesen Teufel an die Wand, wenn wir nicht parierten. Am meisten aber, glaube ich, hatte sie selbst Angst vor diesem durchaus möglichen Szenario, wenn es noch schlimmer würde.

Wir Kinder teilten alles gerecht, meistens jedenfalls … Da ich die Größte war, musste ich am meisten organisieren, beurteilen und erziehen, viel Kindheit im eigentlichen Sinne blieb da nicht übrig. Ich wurde sehr schnell erwachsen, und nur manchmal trat in bestimmten Augenblicken noch die Naivität und Unbekümmertheit des Kindes in mir zutage.

Am schönsten waren die Augenblicke, wenn wir fünf Kinder im Kreis um die herrlich süßen Himbeerbonbons mit den grünen Blättern saßen, die uns zu Beginn jeden Sommers Inge mitbrachte. »Jetzt is der Sommer da!«, konstatierte sie dann stets. Oft konnte man die Bonbons nicht genau aufteilen, dann habe ich sie vor den großen Augen und offenen Mündern der Kleinen zerbissen, und die süßen Splitter gerecht verteilt.

Inge sahen wir immer seltener; sie unternahm manchmal mit uns Kindern etwas, besuchte uns zu Hause nun seit Jahren allerdings nur noch zu den Feiertagen – und auch nur, wenn sie sicher war, dass Jean fort war. Die Missstimmung zwischen meiner Mutter und ihr war einer seltsamen Mischung aus stummem Verstehen und kühler Distanz gewichen, so als wolle keine die andere irgendwie verletzen. Meine Mutter schien sich wegen der immer schmutzigen Kindergesichter und des dünnen Kaffees zu schämen, umso mehr versuchte sie, in

Inges Gegenwart einen halbwegs zufriedenen Eindruck zu machen und sich nicht über ihren Ehemann zu beklagen, um damit Inge nicht doch noch Recht zu geben. Ein seltsam verzweifelter Stolz und die vermeintliche Perspektivlosigkeit ließen meine Mutter an diesem Leben festhalten. Und Inge akzeptierte dies allmählich. Meine Mutter vermied es, an Inges gut gemeinte Warnungen zurückdenken, tat sie es doch, schossen ihr oft die Tränen in die Augen. Wenn Inge kam, verkrampfte sich meine Mutter unwillkürlich, und doch meinte ich stets ein Aufblitzen der Freude in ihrem besorgten Gesicht zu erkennen. Inge wohnte jetzt in einer anderen Gegend der Stadt, arbeitete inzwischen als Telefonistin und bekam die wenigen Male, die sie mit ihm zusammentraf, Streit mit Jean. Da er danach regelmäßig meine Mutter verprügelte, bat diese Inge bald unter einem Vorwand, gar nicht mehr zu kommen. Inge versuchte sie einige Male umzustimmen, klingelte nur, wenn Jean gerade weggegangen war, doch meine Mutter bat sie so inständig, dass sie ihr diesen traurigen Wunsch nicht abschlagen konnte. Von da an begann sie meiner Mutter Briefe zu schreiben. Wir Kinder mussten Stillschweigen bewahren, doch meist ging meine Mutter selbst zum Postkasten oder passte den Briefträger ab. Sie ließ sie in ihrer allgegenwärtigen Küchenschürze verschwinden und las sie heimlich, sobald sie einmal einen Augenblick Ruhe abpassen konnte. Das war ihr kleiner Luxus, ein Stückchen Intimsphäre, etwas von der alten Zeit, ihrer Jugend … Inge schilderte ihr eine andere Welt. Wo meine Mutter die langen Briefe vor den misstrauischen Blicken meines Stiefvaters verbarg, wusste ich nicht, nur ein einziges Mal konnte ich einen Blick auf Inges schön geschwungene Handschrift erhaschen: »... immer für dich da; schließlich kennen wir uns ... mehr als eine ›Schönwetterfreundschaft‹. Melde dich, wenn du Hilfe brauchst, deine Inge.«

Wenn meine Mutter mal wieder im Krankenhaus behandelt wurde, brachte ich ihr Inges alte Briefe mit. Sie machten einen zerlesenen, aber sorgfältig gehüteten Eindruck. Ich trug sie unter meinem Pullover und schob sie blitzschnell unter ihr Kopfkissen, sobald ich am Krankenbett stand. Sie lächelte dankbar und versprach mir flüsternd, vielleicht eines Tages aus ihnen vorzulesen, wenn ihre Augen wieder gesund sein würden. Ich betete, dass dies bald der Fall sein würde.

Kapitel 30

Einige Jahre nachdem der erste Bundeskanzler, Konrad Adenauer, gewählt wurde, lernte ich, einen Fahrradschlauch zu flicken, die Wohnung allein gründlich zu entlausen und meinem Stiefvater, wenn er seinen Rausch ausschlief, heimlich ein paar Münzen aus der Tasche zu nehmen. Doch bald kam er dahinter und zählte sie abends nach. Allerdings hatte er es morgens wieder vergessen – bis er auf den unglückseligen Gedanken kam, sich den genauen Betrag abends zu notieren. Die Distanz zwischen meinem Stiefvater und mir hätte größer nicht sein können.

Wenn nichts mehr in den Küchenschränken zu finden war, und Mama in der Klinik oder im Bett lag, besuchte ich heimlich Inge. Sie half uns immer. Sie freute sich mich zu sehen, doch musste ich warten, bis ihre Arbeit zu Ende war. Dann lachte sie und strich mir über den Kopf: »Mensch, hübsch bist du geworden, Lene. Wirst mal einen reichen Mann heiraten.«

Sie zwinkerte mir zu.

In der Straßenbahn fragte sie vorsichtig nach Mama. Ich erzählte ausführlich von zu Hause, den Krankenhausaufenthalten und der Schule. Inge hörte mir zu, nahm mich ernst, niemals unterbrach sie mich. Am liebsten wäre ich für immer zu ihr in ihre kleine saubere Wohnung mit den weißen Gardinen gezogen – auch wenn meine Mutter manchmal sagte, sie sei wunderlich geworden, weil sie immer noch ihrem toten Freund hinterher trauerte. Ich hatte noch eine schwache Erinnerung an Manfred; unwillkürlich meinte ich jedes Mal Grieß zu schmecken, wenn ich an ihn dachte ... Niemand wusste, was mit Manfred geschehen war. Inge verknotete mir schelmisch die beiden Zöpfe zu einem dicken Bündel. Ich schüttelte sie lachend ab und erinnerte dann kleinlaut an den eigentlichen Grund meines Kommens, und sie wurde ernst.

»Du bist sehr sehr brav, Helene. Julia, Gabriele, Gisela und Georg haben großes Glück, so eine liebe große Schwester zu haben.« Sie zog die Schuhe aus, öffnete den Knopf an ihrem Rock und knipste auf dem Küchentisch ihre schmale Börse auf, um mir etwas Geld zu geben. Sie sah mich schon wieder so ernst an. »Sie werden es dir später einmal danken, du wirst sehen.«

Ich sah zu, wie sie zusätzlich einige Lebensmittel in eine Tasche packte.

»Hier, ich hoffe, das wird euch ein paar Tage helfen.«

Ich lächelte ein bisschen verschämt, bedankte mich und drückte ihr zum Abschied einen Kuss auf die Wange – wie früher.

»Tschüss, Lene und grüß die Mama!« Sie hielt mich sanft am Ärmel zurück. »Sag ihr ... Vielleicht können wir uns ja wieder einmal treffen. Und ... meine Tür steht euch immer offen.«

Sie sah mich hoffnungsvoll an, ich wich ihrem Blick aus. Ich konnte mir die Reaktion meiner Mutter bereits ausmalen. Inge warf mir aus der Tür eine Kusshand nach, und ich erwiderte die Geste mit einem schiefen Lächeln. Ein langer Seufzer entrang sich mir plötzlich, als ich durch das dunkle Treppenhaus nach unten ging. Ein junger Mann mit einem kleinen Kind an der Hand hielt mir die Tür auf. Kalte Nachtluft schlug mir entgegen.

Meine Jacke war nicht dick genug, der Wind pfiff mir durch Mark und Bein. Zumindest fühlte es sich so an. Ich rannte den ganzen Weg nach Hause. Am warmen Herd stehend bereitete ich später gut gelaunt das Abendessen zu. Mama fragte nicht, woher der Kohl und die Wurst kamen, als ich ihr einen Teller ans Bett brachte. Sie aß langsam und schaute mich erst an, als ich sagte: »Ich möchte auch Telefonistin werden – wie Inge.«

»Du warst wieder bei ihr, nich wahr?«

Ich druckste herum: »Hab sie zufällig getroffen.«

»Hm.«

»Ja, sie will uns unbedingt besuchen.«

»Das geht nich«, flüsterte meine Mutter gequält.

Ihr Haar hing strähnig herab. In der oberen Reihe war ihr beim letzten Geburtstag ein Zahn abgebrochen. Von den Backzähnen fehlten schon einige; »für jedes Kind ein Zahn«, pflegte sie zu sagen. Ich reichte ihr ein paar Erdbeeren. Doch sie wies sie zurück.

»Lene, iss du sie, ich weiß doch, wie sehr du Erdbeeren liebst.«

Sie streichelte mir über den Rücken. Unvermittelt sagte sie in die Stille: »Mein großes Mädchen … Weißt du, ich habe viel nachgedacht in letzter Zeit. Es ist sehr schwierig für dich. Und ich weiß das.«

Ich spürte einen dicken Kloß im Hals. Doch sie sagte: »Sieh mich an. Du sollst nur wissen, also für mich is es auch hart, ich habe mir das alles ganz anders vorgestellt …« Ihre Gedanken schienen auf Wanderschaft gehen zu wollen, doch sie besann sich und kam auf das zurück, was sie mir eigentlich sagen wollte: »Jedenfalls: Wegen Mucki damals – es tut mir so leid. Wirklich. Das sollst du nur wissen.«

Bei der Erinnerung an das kleine weiche Tier in meiner Hand, unseren Mucki, der dann zum Festessen wurde, zog sich mein Magen schmerzhaft zusammen. Ich wollte etwas erwidern, suchte nach Worten, doch da ging schon im Nebenzimmer heiseres Kindergebrüll los. Ich hustete und ging hinüber, um nachzusehen was los war.

Am nächsten Tag stand ich extra noch früher auf als gewöhnlich, um vor der Schule meine Schuhe gründlich zu putzen, denn montags hatten wir Unterricht bei Herrn Klagenfurt, der seinen »pädagogischen Auftrag« sehr ernst, zu ernst nahm. Er wollte uns zu ehrlichen aufrechten Bürgern erziehen. »Pünktlichkeit und Reinlichkeit sind neben Fleiß und Gehorsam die wichtigsten Tugenden – merkt euch das!«, erklärte er zu Beginn jeder Stunde. Und Herr Klagenfurt scheute sich nicht, jeder seiner Überzeugungen Nachdruck zu verleihen, indem er permanent körperliche Züchtigung zur Bestrafung einsetzte.

So hockte ich an diesem Montagmorgen auf dem Boden und scheuerte mit einem schmierigen Lappen und einer Bürste, deren Borsten zu allen Seiten abstanden, meine einst schwarzen Schuhe. Das Leder war mit der Zeit aufgerieben, sodass die Schuhspitzen und die Hacken eher Grau als Schwarz waren. Ich benutzte Wasser und Seife, zwischendurch spuckte ich sogar auf einen Schuh, weil Frieda meinte, das helfe besonders gut, doch das Grau blieb Grau, so viel Spucke ich auch zusammenzog.

Es würde ein heißer Tag werden, und so beschloss ich vorsichtshalber barfuß in die Schule zu rennen, damit meine sorgfältig geputzten Schuhe nicht wieder staubig würden. Ich sputete mich, wich unterwegs Scherben und Hundehaufen aus und erreichte pünktlich zum Klingelzeichen das Klassenzimmer. Herr Klagenfurt saß bereits mit wichtiger Miene vorn am Lehrerpult und blätterte geschäftig in einem Atlas. Ich schaffte es unbemerkt meine Schuhe wieder anzuziehen und saß steif auf meinem Platz, als Herr Klagenfurt sich erhob.

»Guten Morgen!«, grüßte er ernst die Klasse.

»Guten Morgen, Herr Klagenfurt«, antwortete diese im Chor.

Der Lehrer lief langsam durch die Reihen, die Hände hatte er auf dem Rücken verschränkt. Sein grauer Haarkranz war ordentlich gekämmt, und wir wurden vom strahlenden Weiß seines gestärkten Hemdes geradezu geblendet. Niemand wagte es sich zu bewegen. Frieda schien neben mir den Atem angehalten zu haben.

»Wir werden diese Stunde mit einer kleinen Demonstration beginnen«, erklärte Herr Klagenfurt, während er sich ruckartig zu uns umdrehte. Gespannt blickten alle Kinder nach vorn. »Wie ihr hoffentlich wisst, sind die wichtigsten Tugenden …« Er hob den Arm wie ein Dirigent und gab uns ein Zeichen.

»… Fleiß und Gehorsam«, rief die ganze Klasse wie aus der Pistole geschossen. Herr Klagenfurt nickte zufrieden.

»Sehr richtig. Und?«

Abermals hob er den Arm.

»Pünktlichkeit und Reinlichkeit«, schallte es durch das Klassenzimmer.

»Jawohl.« Er sah uns kurz an, und dann tat er etwas Seltsames: Er setzte sich auf seinen Lehrerstuhl und begann an seinem Schuh herumzunesteln. Ich tauschte fragende Blicke mit Frieda, aber kein Schüler wagte zu tuscheln. Herr Klagenfurt saß noch immer weit vornüber gebeugt und löste seinen Schnürsenkel. Wortlos stellte er schließlich seinen rechten Schuh auf das Lehrerpult. Er fixierte die Klasse durch seine randlose Brille. Verwirrt starrten wir auf den Schuh, der im Sonnenlicht, das durch das Fenster hereinfiel, matt schimmerte. Unser Lehrer deutete mit seinem Zeigestock aufs Pult.

»Das ist ein geputzter Schuh, wie er sein sollte«, stellte er fest. Niemand widersprach.

»Nirgends auch nur ein Stäubchen«, erklärte er beinahe stolz. »Wer es nicht schafft, seine Schuhe in Ordnung zu halten, wird es im Leben nie zu etwas bringen. Heute will ich sehen, ob ihr etwas gelernt habt.«

Er schritt kerzengerade auf die erste Reihe zu und musterte die ängstlichen Gesichter über den Brillenrand hinweg. Die Köpfe in den hinteren Reihen schienen sich zu ducken. Ich konnte Hannes aufatmen hören, als Herr Klagenfurt an den ersten Tischen, Hannes saß an dem ganz rechts am Fenster, vorbeiging. Er drehte den Kopf gemächlich hin und her auf der Suche nach einem geeigneten Opfer. Die Stille im Raum wurde unerträglich.

»Du!« Herr Klagenfurt zeigte auf Otto Lehmann in der letzten Reihe, der erschrocken den Kopf hob.

»Jott sei Dank!«, raunte Frieda unwillkürlich, als sie glaubte, der Kelch wäre an ihr vorübergegangen. Doch Herr Klagenfurt fuhr blitzschnell herum, seinen Ohren entging nicht das leiseste Geräusch.

»Wer war das?«, fragte er scharf in die Stille. Niemand antwortete. Der Lehrer sah forschend in unsere

Richtung. Frieda und ich wünschten uns gleichzeitig unter der Bank, auf der wir saßen, verschwinden zu können. Doch kein Wunder geschah. Ich spürte, wie Herr Klagenfurts Blick auf mir haften blieb.

»Helene«, zischte er leise, »hab ich es mir doch gleich gedacht.«

Ich wollte protestieren, doch kaum, dass ich den Mund geöffnet hatte, unterbrach er mich barsch.

»Komm nach vorn ans Pult«, befahl der schlaksige Lehrer.

Ich hoffte noch immer, er hatte nicht mich gemeint.

»Na los, wird's bald!«, schnauzte er.

Unsicher erhob ich mich. Zweiunddreißig Augenpaare folgten mir neugierig, während ich nach vorn schlich. Ich fühlte mich elend. Ich blieb in einiger Entfernung vom Lehrerpult mit dem Rücken zur Klasse stehen. Ich blickte zu Boden.

»Sieh mich gefälligst an, wenn ich mit dir rede, was ist denn das für ein Betragen?«, herrschte mich Herr Klagenfurt erneut an.

»Zieh deinen linken Schuh aus und stell ihn neben den anderen«, forderte Herr Klagenfurt. Ich konnte eine Welle der Bewegung spüren, die durch die Klasse ging.

Resigniert schnürte ich meinen Schuh auf und tat, wie mir geheißen. Herrn Klagenfurts großer rechter und mein kleiner linker Schuh bildeten nun ein seltsam ungleiches Paar dort auf dem Tisch. Der Lehrer inspizierte sorgfältig meinen abgetragenen Schuh. Quälende Minuten vergingen, bevor er sich an die Klasse wandte.

»Dies ist ein gutes Beispiel«, er hob meinen Schuh in die Höhe, dass jeder ihn gut sehen konnte, »für Trägheit und Ungehorsam.« Seine Worte klangen mir in den Ohren. Ich fühlte, wie mir das Blut in die Wangen stieg.

»Dieser Schuh ist ein gutes schlechtes Beispiel.« Er warf mir einen verächtlichen Blick zu. Dann zog er die Schublade seines Pultes auf.

Mein Herz klopfte wild, während er mit sicherem Griff sein dreißig Zentimeter langes hölzernes Lineal herauszog. Nein, nicht heute, dachte ich verzweifelt.

Herr Klagenfurt wandte sich mir zu und verengte die Augen zu Schlitzen. »Habe ich nicht ausdrücklich verlangt, dass eure Schuhe ordentlich geputzt sein sollen, wenn ihr in meinen Unterricht kommt?« Er schlug das Lineal in seine Handinnenfläche, um seine Worte zu bekräftigen. Ich nickte stumm.

»Kein Stäubchen«, zischte er. »Habe ich es nicht jede Stunde wiederholt?«

Wieder nickte ich.

»Und warum«, seine Stimme war nun lauter geworden, »gehorchst du nicht?«

»Aber ich habe sie geputzt!«, brach es aus mir hervor. »Den ganzen Morgen«, fügte ich verzweifelt hinzu.

»So, und warum glänzen sie dann nicht? Warum sehen sie aus, wie nach einem Spaziergang im Dreck?«, fragte er herausfordernd. »Du bist faul und dazu verlogen! So etwas dulde ich nicht!«

Ich setzte zum Reden an, ich wollte ihm erklären, dass ich sie jeden Tag wienerte, aber dass wir zu Hause mit fünf Kindern kein Geld für Schuhcreme hätten, die die Schuhe so zum Glänzen gebracht hätte wie seine. Doch ich schämte mich, auch das zuzugeben. Außerdem hatte ich die Befürchtung, dass er das nicht gelten lassen, dass es ihn nicht einmal im Geringsten interessieren würde.

»Streck deine Hand aus«, sagte er. Ich streckte ihm widerwillig meinen linken Arm entgegen. »Mach eine Faust.«

Das fiel mir nicht schwer, ich hätte ihm am liebsten ins Gesicht geschlagen. Er hob das Lineal. Meine Mitschüler hielten den Atem an. Ich vernahm das Sirren, als das glatte Holz die Luft durchschnitt. Es traf direkt auf meine Handknöchel, ein scharfer Schmerz durchzuckte meinen Arm. Doch ich presste die Lippen zusammen, betteln würde ich nicht, diesen Sieg würde er nicht davon tragen. Nicht heute.

Abermals sauste das Lineal auf meine Knöchel, ich stöhnte innerlich auf. Herr Klagenfurt schaute mich forschend an, doch ich mied seinen Blick. Trotz größter Anstrengung konnte ich das Zittern in meinem Arm nicht unterdrücken. Herr Klagenfurt schlug mir neun weitere Male auf die Hand. Ich konnte fühlen, wie meine Klassenkameraden innerlich mitzählten. Verzweifelt konzentrierte ich mich darauf, meine Tränen hinter den Augen zurückzuhalten. Die Klasse zuckte bei jedem Hieb genauso zusammen wie ich. Und gerade als ich dachte, ich könnte es nicht mehr ertragen, hörte er plötzlich auf. Er wischte sich den Schweiß von der Stirn und sah mich feindselig an. Meine Hand brannte wie Feuer, bereits jetzt schwoll sie an. Herr Klagenfurt ließ seufzend das Lineal sinken.

»Ich hoffe, du hast daraus gelernt«, sagte er bestimmt. »Und du tust das nächste Mal, was man dir sagt.«

Ich verspürte große Lust, ihm sein selbstgefälliges Grinsen aus dem faltigen Altmännergesicht zu kratzen. Es kostete mich meine ganze Selbstbeherrschung, nicht laut loszuschreien vor Wut und Schmerz.

»Setz dich«, wies er mich an. Ich schluckte, dann drehte ich mich, ohne ihn noch eines Blickes zu würdigen, um. Mitleidige und bewundernde Blicke folgten mir zurück auf meinen Platz. Ich klemmte meine pochende Hand zwischen die Beine und starrte geradeaus – an allen Gesichtern vorbei. Frieda wagte nicht mich anzusehen, und das war mir auch sehr recht in diesem Moment.

Kapitel 31

Bei den wenigen Streits, die es zu Hause noch gab, schwieg meine Mutter. Jean brüllte und tobte vor einem reglosen Publikum – er stritt quasi mit sich selbst. Niemand antwortete mehr auf seine Vorwürfe, niemand schrie zurück. Sein aggressives Temperament verpuffte an den wenigen Möbeln im Raum. Meine Mutter saß stumm in einer Ecke und versuchte halbherzig, seinen verbalen und nonverbalen Schlägen auszuweichen. Das war alles. Die Konsequenz: Sie wurde immer häufiger krank, und ich verließ schließlich noch vor der Pflichtschulzeit die Volksschule, um mich um meine Geschwister und den Haushalt zu kümmern. Vor allem musste ich dringend Geld verdienen. Die Haushaltskasse war permanent leer, und selbst der neue Bäcker bekam rote Ohren und einen ärgerlichen Ausdruck im Gesicht, wenn ich den Laden betrat, um nochmalig einen kleinen Kredit in Form von Brot zu erbetteln. Seine Augen wurden hart und sein Mund nahm einen verbitterten Zug an, wenn er mir mit zitterndem Arm und den leise gezischten Worten: »Es is genug!« die Tür wies. Ich wartete extra schon vor dem Laden, um den Augenblick abzupassen, da keine Kunden darin waren. Doch es half nichts, eins ums andere Mal musste ich mit leeren Händen zu den schmalen, enttäuschten Kindergesichtern zurückkehren.

Doch eines Abends, es war gegen Feierabend, traf ich nur die neue Bäckerin im Laden an, ihr Mann war bereits fort zu einer »Versammlung des Berufsverbandes von größter Wichtigkeit« wie er ihr den ganzen Nachmittag über umständlich erklärt hatte. Sie hatte ernst geschaut und genickt. Als sie jedoch gefragt hatte, was es da genau so Wichtiges zu besprechen gäbe, hatte ihr Mann wieder rote Ohren bekommen, etwas von Mitgliederbeschlüssen und unaufschiebbaren Entscheidungen gestottert und war, wütend ihre Schürze streifend, an ihr vorbei in den Backraum gerauscht. Dort hatte er verbissen Teig gewalkt und geknetet, bis es Zeit war sich umzuziehen. Viel zu früh war er aufgebrochen. In seinem besten Anzug hatte er in der Ladentür gestanden und sich mit einem stummen Gruß von ihr verabschiedet. Er hatte sich gegen die speckige Hutkrempe getippt und war gemäßigten Schrittes mit auffallend geradem Rücken hinaus auf die Straße getreten. Die Bäckersfrau hatte ihm durch das regennasse Schaufenster nachgeschaut und dabei die Hände in die Hüften gestemmt. Die gleiche Haltung nahm sie nun an, als ich scheu zu ihr hin trat. Sie war gerade beim Ausräumen der Verkaufsregale gewesen, einige Brötchen und Kuchenstücke stapelten sich auf der hinteren Ablage. Unwillkürlich leckte ich mir die Lippen, senkte aber sogleich bescheiden die Augen, als ich mir meiner Bewegung bewusst wurde. Noch zu gut hatte ich die unangenehmen Begegnungen mit der Vorbesitzerin in Erinnerung.

»Guten Tag«, begann ich, aus den Augenwinkeln ihr Gesicht musternd. Ihre Mimik schien neutral, nichts wies bis jetzt darauf hin, dass ich nicht zumindest eine Chance hatte, heute ein halbes Brot leihen zu können.

»Ich hätte gern«, sie sah mich geradeheraus an. Ich kam ins Schlingern, jetzt nur nichts versauen. »Also, ich hätte gern ein halbes Brot.« Ich hob den Kopf noch ein wenig, um ihre Reaktion besser beobachten zu können. »Es ist für die Familie«, fügte ich schnell hinzu. »Wissen Sie, ich habe nämlich viele Geschwister und meine Mutter ist sehr krank …« Die Bäckerin hatte ihre Arme noch immer in die rundlichen Hüften gestemmt und sah mich unbewegt an.

Als ich nichts mehr sagte, fing sie umständlich zu reden an: »Also, eigentlich haben wir ja schon geschlossen, aber ich mach eine Ausnahme. Was darf es denn für ein Brot sein?« Ich hob verwirrt die Schultern und starrte sie verständnislos an.

»Na, willste Roggenbrot oder Weißbrot oder …«

»Äh, ganz egal«, stoppte ich schnell ihren Redefluss, denn die Worte begannen mir in den Ohren zu hallen und ich bemerkte einen leichten Schwindel im Kopf. Ich sah, wie sie einen dicken Laib dunkles Brot aus dem Regal nahm und es mit einem schweren Sägemesser halbierte. Wie in Zeitlupe verfolgte ich jede ihrer Bewegungen. Ihre Finger wickelten das Brot beinahe zärtlich in Zeitungspapier und falteten die Enden so geschickt, dass sie zum Schluss ein perfektes Päckchen entgegenhielt. Nun kam die Stunde der Wahrheit. Ich hustete, um Zeit zu schinden, da ich geradezu überrumpelt war vom Gelingen meines Plans. Sie wollte mir tatsächlich das halbe Brot geben, obwohl wir ein Haufen Schulden bei ihnen hatten. Nur, ich hatte kein Geld dabei. Woher auch? Nervös kaute ich an meiner Unterlippe. Die Bäckerin sah mich auffordernd an, und als ich ihr das Päckchen nicht abnahm, drängte sie: »Na was is jetzt, willste es nicht nehmen?« Die heiße Röte der Scham stieg mir ins Gesicht. Warum hatte ich es ihr nicht gleich gesagt? Ich hoffte auf eine Falltür zu meinen Füßen, die mich plötzlich verschlucken und aus dieser misslichen Lage befreien würde. Doch kein rettender Abgrund tat sich auf und so gestand ich kleinlaut: »Ich habe kein Geld. Heute …«

Ich wagte nicht aufzusehen, hätte es in diesem Moment nicht ertragen können, das zornige Gesicht vor mir zu erblicken. Doch die Bäckerin antwortete nicht. Alles, was ich vernahm, war ein tiefes Seufzen. Bis auf eine dicke Stubenfliege, die träge über zwei matschigen Stücken Bienenstich kreiste, war es absolut still im Laden. Ich hob den Fuß um nachzuschauen, ob nicht doch eine Tür im Boden verborgen sei, durch die ich aus dieser unangenehmen Situation fliehen könnte … Als ich dachte, gleich hinausrennen zu müssen, erklang die sanfte Stimme der Bäckersfrau.

»Ich weiß«, sagte sie ruhig. Doch statt das Brot wieder zurückzulegen, hielt sie es mir erneut hin.

»Nimm es trotzdem.« Überrascht sah ich sie an. »Du bringst das Geld einfach, sobald es möglich is, in Ordnung?«

Ich nickte stumm, aber eifrig.

Ein trauriges Lächeln umspielte ihre Lippen, als sie mir das Päckchen energisch in die Hand drückte. »Ich weiß, wie das is … Niemand sollte Hunger leiden – und schon gar nich ihr Kinder«, sagte sie.

Ich spürte, wie mir heiß wurde vor Freude. »Vielen Dank!«, stammelte ich und hätte fast einen Knicks gemacht.

»Schon gut«, antwortete sie und fügte nachdenklich hinzu: »Ein ganzer Haufen Gören …« Sie zupfte sich an der Nase. »Wie viele Kinder seid ihr zu Hause eigentlich?«

»Fünfe jetzt«, antwortete ich wahrheitsgemäß. »Und das sechste is unterwegs.«

Die Bäckerin lachte hell auf. »Ja Mensch, und du bist die Älteste? Na, da haste ja zu tun, was?« Ich nickte, durch ihre plötzliche Fröhlichkeit verunsichert. Doch die Bäckerin war eine praktische Person, ihr schien eine Idee gekommen zu sein. »Pass mal auf«, sie kam um die Verkaufstheke herum. Unwillkürlich wich ich einen Schritt zurück. »Siehst du die Reste da?« Sie zeigte mit ihrem fleischigen Arm auf die nicht verkauften Backwaren dieses Tages.

»Ja«, antwortete ich nun abermals verwirrt. Ich musste mich zwingen, den Blick von den Salzbrezeln und Kaiserbrötchen abzuwenden.

»Ich schlage vor, du schwingst hier mal den Besen in der guten Stube – aber ordentlich«, sie holte aus einer verborgenen Ecke einen widerspenstig aussehenden Reisigbesen hervor und legte ihn mir in die magere Armbeuge, bevor ich etwas sagen konnte.

»Und ich gebe dir dafür die ganzen Reste mit, für zu Hause.« Ich stierte mit blödem Blick auf das Essen und versuchte ihre Worte zu begreifen. »Isst eh keiner mehr. So machen wir das dann öfter. Mal is es mehr, mal weniger ...« Sie klopfte mir ermutigend auf die Schulter. »Na denn mal ran. Je eher wir anfangen, desto eher sind wir fertig mit Aufräumen«, erklärte sie gut gelaunt. Dann drehte sie sich wieder um und sagte mit gesenkter Stimme: »Bloß meinem Mann darfst du davon nix sagen, verstanden?« Sie grinste komplizenhaft und ich nickte wiederum eifrig. In Windeseile fegte ich den krümeligen Boden und half auch beim Auswaschen der Regale. Es war anstrengend, aber die Aussicht auf den Lohn trieb mich an. Als die Stube wieder sauber war, drückte mir die Bäckerin freundschaftlich die Hand und begann die versprochenen Backwaren in zwei Papiertüten zu stopfen. Das halbe Brot legte sie auch dazu. »Hier, Kleene«, sagte sie anerkennend, als sie mir meinen Lohn in Naturalien reichte. »Du warst sehr fleißig. Ach, hab ich fast vergessen: Wie heißt du eigentlich?« Ich lächelte geschmeichelt. Ich war sehr froh ob des Lobes, da ich mir besonders viel Mühe gegeben hatte, alles schnell und wirklich sauber zu bekommen. Ich schulterte die beiden Tüten.

»Das is wirklich sehr nett von Ihnen«, sagte ich. »Ich heiße Helene.«

»Gut, Helene. Du kannst gern nächste Woche wiederkommen. Am Dienstag is mein Mann kegeln – auch wenn er es anders nennt … Da kannste mir wieder helfen, zu zweit geht's einfach schneller und ich kann mir noch 'n Schlückchen gönnen.« Sie zwinkerte mir wieder zu, während sie aus der hinteren Ecke eines Schrankes eine Flasche und ein Glas hervorholte.

»Also, kommste wieder?« Sie zog fragend die Augenbrauen hoch.

»Oh ja, unbedingt, ich komme ganz bestimmt!«

»Sehr schön, dann bis Dienstag.« Sie machte ein zufriedenes Gesicht und scheuchte mich zur Tür.

»Jetzt aber nix wie nach Hause«, sagte sie. »Es wird schon dunkel.«

Ich verabschiedete mich in allerbester Manier. »Einen schönen Abend«, rief ich ihr zu, während ich die drei Ladenstufen hinunterhastete.

»Oh, gut erzogen isse auch«, meinte ich das Murmeln der Bäckerin zu vernehmen, doch dann war ich schon draußen.

Die Tüten schlugen mir gegen die mageren Hüftknochen, ihr Inhalt fiel durcheinander, aber ich achtete nicht darauf. Ich rannte den ganzen Weg nach Hause, von der Furcht getrieben, jemand könnte mir meine Schätze abnehmen. Ich wurde erst langsamer, als ich unseren Hausflur erreichte. Keuchend stieg ich die Treppen hoch und klingelte Sturm, so begierig darauf war ich, meine Ausbeute zu präsentieren. Julia öffnete die Tür einen Spalt und lugte hindurch.

»Ach, du bist es«, lachte sie und bekam Schluckauf vor Aufregung, als sie die beiden riesigen Bäckertüten erblickte. »Was hast du denn da?« Ungläubig trat sie auf den Flur hinaus und spähte unter meiner Achsel hindurch in eine der Tüten. Sie ließ mich nicht einmal eintreten. Und schon war auch der Rest der Meute da, der neugierig an den Tüten zerrte. Es entstand ein mittlerer Tumult auf der Fußmatte, bis meine Mutter mit ärgerlicher Miene heraustrat.

»Müsst ihr denn immer so einen Krach machen, Menschenskinder noch mal!« Sie zog uns alle in die Wohnung. Dann musterte sie mich argwöhnisch.

»Was is in den Tüten?«

Ich strahlte sie an: »Na, Brot und Brötchen und Brezeln.«

Sie schaute noch immer sehr skeptisch.

»Und sogar Kuchen!«, fiel mir ein. Doch meine Mutter fixierte mich nur streng, sie schien sich trotz der leeren Küchenschränke kein bisschen zu freuen.

»Wo hast du das alles her?«, fragte sie mich mit eisigem Blick.

»Na, vom Bäcker Braune«, antwortete ich perplex. Das hatten doch nun sogar die Kleinsten erraten.

»Ja, aber«, sie schien einen Moment um Fassung zu ringen. Sie zog mich zur Seite. »Hast du es etwa geklaut?«, fragte sie gerade heraus. Zum zweiten Mal an diesem Abend schaute ich blöd aus der Wäsche.

»Was?«

»Is das gestohlen?«, wiederholte meine Mutter spitz. Ihre Stimme schien nun eine Oktave höher geklettert zu sein. Als ich nicht sofort antwortete, rief sie mühsam beherrscht. »Wenn du es gestohlen hast, bringst du es auf der Stelle zurück und entschuldigst dich!« Meine Geschwister schauten gespannt in meine Richtung, Gabriele umklammerte besitzergreifend einen Henkel der Tüte. Julia sah aus, als ob sie gleich losweinen würde.

»Aber der Bäcker hat schon zu«, warf Julia mich hilfesuchend ansehend ein.

»Das is völlig egal, dann klingelt Lene ihn eben aus dem Bett. Egal was passiert, wir stehlen nich!« Die letzten Worte hatte meine Mutter mehr gebrüllt als gerufen. »Das haben wir nich nötig!«

»Aber, aber«, stotterte Gabriele nun aufgeregt, immer noch die Tüte mit den heiß ersehnten Schätzen umklammert.

»Nein«, rief ich verzweifelt dazwischen. Niemand hörte mir zu. »Ich, ich habe nich ...« Meine Mutter versuchte Gabrieles Kinderhand vom Henkel zu lösen, während sie Julia dabei ertappte, wie diese heimlich die zweite Tüte im Schuhschrank verstecken wollte.

»Halt«, schrie ich nun auch. Bevor mich meine Mutter zurechtweisen konnte, erklärte ich: »Ich hab nichts geklaut, die Reste wurden mir geschenkt.« Meine Mutter ließ Gabrieles Arm los und wandte sich mir zu.

»Geschenkt?«, fragte sie verdutzt.

»Vom Bäcker Braune?« Sie schien es nicht glauben zu können. Sie ließ sich auf einen dreibeinigen Hocker sinken. Mit einem Mal trat ein merkwürdiger Glanz in ihre Augen, der sich verstärkte, als ich erklärend hinzufügte: »Ich hab im Laden geholfen und dafür …«

Doch ich kam nicht bis zum Satzende. Meine Mutter war aufgesprungen und schüttelte mich. »Niemand schenkt einem in dieser Welt irgendwas. Was hat er dir gesagt? Was musstest du ihm helfen?« Ihr Gesicht war angsterfüllt und wutverzerrt zugleich. Ihre Nerven schienen zum Zerreißen gespannt.

»Ich, nee, ich …« Unbeholfen stammelte ich Satzbrocken. Endlich ließ mich meine Mutter los und starrte mir in die Augen. Sie war so dicht vor meinem Gesicht, dass ich den Umriss ihres Leberflecks unter dem linken Auge erkennen konnte.

Ihr Leberfleck sieht aus wie der Umriss von Deutschland, dachte ich zusammenhangslos, während meine Mutter sich zusammenriss, um in diesem Moment nicht alle Männer als perfide Schweine zu beschimpfen. So sehr war sie mit den Nerven runter, schon den ganzen Tag.

»Sag mir, was du tun musstest«, sagte sie beinahe flehend.

Ich schwieg verwirrt.

»Ich kannte auch einmal so einen. Der war immer ganz nett zu uns, bis …« Ihre Lider zuckten und meine Angst um ihren Geisteszustand wuchs. Ich fürchtete, dass sie gleich wieder zusammenbrechen würde. Doch plötzlich schien sie wieder da zu sein. »Aber das is meine Geschichte. Entschuldige, ich mache mir manchmal einfach zu viele Sorgen.« Ihre feingliedrige Hand fasste die meine. »Also, was wollte er?«, fragte sie ruhiger.

»Nich er – sie!«, versuchte ich meine Mutter zu beruhigen. Allmählich klang meine Stimme hoch und kratzig. »Hör mir doch mal zu! Die neue Bäckersfrau war nur da. Sie hat mir das Essen mitgegeben für uns alle.« Aus einer Ahnung heraus verschwieg ich den Umstand, dass ihr Mann davon nichts wissen sollte.

Erst jetzt bemerkte ich das Tränen verschmierte Gesicht Gabrieles und die halb geöffnete Schranktür, neben der Julia unschlüssig stand. Die beiden schauten uns an.

»Ich hab gefegt und geputzt, aber, aber sie auch«, warf ich schnell ein, als ich den sich wieder verfinsternden Blick meiner Mutter bemerkte. »Wir haben also zusammen den Laden ausgefegt und dann durfte ich das mitnehmen, was sie heute nich verkauft haben.« Nun besannen sich Gabriele und Julia wieder deutlich dem Inhalt der Tüten. Ohne weiter zu zaudern, die tränenfeuchten Wangen vergessend, griffen sie hinein, wobei Gabriele beinahe ganz in der Tüte verschwand, und stopften sich schnell in den Mund, was sie greifen konnten. Das konnte ihnen keiner nehmen und jedes: »Gib her!« käme zu spät. Ich spürte wieder, wie hungrig ich war, wagte aber noch nicht aufzustehen. Meine Mutter schien unschlüssig, als sie aber sah, wie die Kinder die Esswaren auf dem Fußboden verstreuten, besann sie sich abermals. Sie schien verwirrt und am Ende ihrer Kräfte. Ich fragte mich unwillkürlich, wie alt sie sich fühlte.

»Also gut, dann lassen wir es uns mal schmecken.« Sie nahm energisch meinen Schwestern die Schätze aus der Hand und trug sie in die Küche. Ich hörte Geschirr klappern. »Und zwar ordentlich vom Teller. Los, geht eure Hände waschen. Bis sie blitzen!« Meine Geschwister rasten ausnahmeweise um die Wette zum Waschbecken.

»Aber ich möchte nich, dass du dort noch einmal hingehst, hörst du. Versprich es«, forderte sie eindringlich. Ich nickte kaum merklich, hatte aber vorsichtshalber die Finger hinter dem Rücken gekreuzt und hoffte, dass Oma bei dieser speziellen Sachlage ein Auge zudrücken würde. Schließlich hatte ich ihr ja eigentlich damals, nach ihrem Tod, versprochen, möglichst nicht mehr zu lügen beziehungsweise meine Fehler früher oder später selbst einzugestehen. Ich schätzte, dies hier war ein klarer Fall von »später«. Den Alltag ganz ohne Notlügen zu meistern, war einfach unmöglich. Ich war hin- und hergerissen, befand aber schließlich, dass meine Mutter, wenn sie uns schon nicht satt machen konnte, kein Recht hatte, mir diese Chance zu verwehren.

Ungewohnter Überfluss schmückte unseren Abendbrottisch, wir ließen es uns schmecken, während ich an einem Mohnbrötchen knabberte, überlegte ich insgeheim schon, wie ich mich nächsten Dienstag davonschleichen und unbemerkt meinen Lohn nach Hause schaffen sollte. Hm, es würde keine leichte Aufgabe werden, aber ich hatte schon andere Probleme gelöst, und darüber hinaus konnte ich auf vier eifrige und mehr oder weniger verschwiegene Komplizen zählen.

Einige Wochen später, ich hatte beim Reinkommen noch nicht einmal die Wohnungstür ganz hinter mir geschlossen, packte mich eine Hand hart am Arm.

»Wo warst du?«, schnauzte mich meine Mutter an. Ich hatte keine Chance, die Tüte mit dem Brot zu verstecken, die letzten Male hatte ich es gleich unter mein Bett geschoben und frühmorgens die Kleinen geweckt. Alle hatten sie um mein Bett gesessen und waren einigermaßen leise dabei gewesen, weil sie Münder voll Brötchen und Kuchen hatten. Doch dieses Mal war ich ertappt worden. Ich schwieg schuldbewusst. »Du gehst da dort nie wieder hin. Du hast ja keine Ahnung, was die Leute über das Bäckerehepaar reden.«

»Aber Mama«, setzte ich nun doch an.

»Keine Widerrede, du bleibst von nun an hier, sage ich.«

Ich riss mich los. »Dann müssen wir wieder in die Suppenküche gehen. Hier werden die Kleinen jedenfalls nicht satt.« So, nun war es heraus. Die Augen meiner Mutter funkelten.

»Du weißt genau, dass Jean das nich zulassen wird: seine Kinder bei der Armenspeisung.«

»So, und was sollen wir dann essen? Sand?!« Ich war außer mir. »Wenn kein Geld da is und kein Jean da is, hä, was machen wir dann?« Ich funkelte sie zornig an, in diesem Augenblick tat sie mir kein bisschen leid.

»Wir werden schon nich verhungern!«, erwiderte sie zischend.

»Ja, sagt er ... Ich wünschte, er würde abhauen, für immer! Ich jedenfalls bin es leid zu hungern. Und was soll ich tun? Zu Inge darf ich nich, stehlen darf ich schon gar nich, zum Bäcker darf ich auch nich. Also, ich frage dich, was sollen wir machen ohne Geld?« Mein Herz hämmerte wild, ich hätte am liebsten gegen die Wand geschlagen. Immer wieder, immer wieder das gleiche leidige Thema: Geld! Es war zum Verzweifeln. Ich fing den unendlich müden Blick meiner Mutter auf.

Ihr Zorn war verraucht. Tränen standen in ihren Augen, als sie sagte: »Es is alles meine Schuld.«

»Nein!«, widersprach ich heftig. Es war mir egal, ob ich die Kleinen aus dem Schlaf riss. Es war mir egal, was die Nachbarn, die im Übrigen ihre eigenen Probleme hatten, dachten. Es war mir im Augenblick sogar egal, was meine Mutter fühlte. Ich wollte essen; vor allem wollte ich, dass die Kleinen aßen; ich fühlte mich verantwortlich, ich konnte so nicht weitermachen.

»Es is alles meine Schuld«, wiederholte sie tonlos.

Ich riss die Tür auf, wollte fliehen, nur weg von hier, von diesem Ort der Sorgen. Doch im letzten Augenblick überlegte ich es mir anders. Wohin sollte ich gehen? Was würde es bringen? Ich drehte mich um und wartete, bis mein Herz wieder ruhiger schlug. Meine Mutter sah mich an. Ich legte ihr die Hand auf den Arm. »Wir können doch nich ins Armenhaus. Dann reißen sie uns auseinander.«

»Dann lass mich arbeiten gehen. Ich putz doch bloß – wie hier«, erwiderte ich leise. »Es is nich schwer dort und es macht mir sogar Spaß. Du musst keine Angst um mich haben.«

Sie zögerte. Doch ihr Zorn, ihr Missmut, ja sogar ihr Stolz waren mit einem Mal verflogen. Sie sah alt aus. »Ja gut, du hast wohl Recht.«

Ich ging einen Schritt zur Seite, sah sie an und dann umarmte ich sie unbeholfen. Sie erwiderte diese Zärtlichkeit so intensiv, wie schon lang nicht mehr. »Meine Große«, flüsterte sie mir ins Haar. Zusammen wickelten wir das Brot und die Hörnchen aus und holten die Kleinen in die Küche, die schon lange erwartungsvoll hinter den Türen gelauscht hatten.

Kapitel 32

Der Zustand der Augen meiner Mutter besserte sich ein wenig während der nächsten Schwangerschaft. Schließlich erblickte meine jüngste Schwester Susanne das Licht der Welt. Wieder ein Mädchen.

Mein Stiefvater verbrachte die folgenden Nächte enttäuscht in dubiosen Kneipen und bei »Bekannten«, die süßliche Parfums und Lippenstift benutzten. Ich konnte die roten Flecken nicht aus seinem Hemdkragen herauskriegen, so sehr ich mich auch bemühte. Ich kannte diese Launen meines Stiefvaters.

Meine Mutter hatte mich schon oft losgeschickt, um ihn zu suchen – besonders an den Abenden, an denen er seinen Lohn ausgezahlt bekam und gar nicht erst nach Hause kam. Ich hasste die stickigen Lokale, aber am schlimmsten war die Demütigung, wenn er mir, neben einer mir ungekannten Frau sitzend, klarmachte, ich solle nach Hause gehen und ihn in Ruhe lassen. Am liebsten hätte ich ihm und der Frau ins Gesicht gespuckt und auf dem Absatz kehrtgemacht, doch ich musste an meine verzweifelte Mutter und an meine hungrigen Geschwister zu Hause denken. Also blieb ich trotzig stehen und bestand darauf, dass er mitkäme. Wenn ich mich seinem Willen widersetzte, konnte er rasend werden. Doch ich überwand meinen Stolz und bettelte, dass er mir wenigstens etwas Geld mitgäbe, weil nicht einmal mehr die Gemüsehändlerin für uns anschreiben wollte. Schließlich durfte ich nicht jeden Abend in der Bäckerei aushelfen. Meist kehrte ich mit leeren Händen zurück und sagte meiner Mutter, ich hätte ihn nicht gefunden.

Wir schliefen häufig zu viert in einem Bett, jeder bekam die Kleidung des Nächstälteren, doch am problematischsten war es, all die hungrigen Mäuler zu stopfen. Inmitten der goldenen Fünfziger Jahre ging es unserer Familie schlechter denn je. Zudem begannen die beiden Älteren draußen beim Spielen Unfug zu treiben, Nachbarn und Geschäftsinhaber beschwerten sich, drohten mit der Fürsorge. Doch was sollten meine Mutter und ich ihnen, den Kleinen, sagen, womit nachhaltig argumentieren, wenn sie auf fremde Obstbäume stiegen oder sich mit großen Augen und leeren Taschen zwischen den Regalen des Tante-Emma-Ladens herumdrückten?

Hatte ich auch in der Schule nicht viel Zeit verbringen können, rechnen konnte ich gut. Ich musste Geld verdienen und war gut: Beim Wechselgeld verzählte ich mich nie. Bereits mit vierzehn Jahren ging ich in die Lehre – beim Obst- und Gemüsehändler Johann Wuttke in der Residenzstraße. Von acht bis halb sieben Uhr abends schleppte ich Holzkisten, zählte und wog ich das Obst, in den aus braunem Packpapier gedrehten Tüten: »Sechs Birnen, bitte.«

»Ein Pfund Äpfel, ja von den mehligen.«

»Ein Bund Mohrrüben und fünf Salatköppe; ick hab's eilig!«

»Sind die Erdbeeren frisch?«

15 Mark bekam ich die Woche – davon und dem angestoßenen Obst, das ich mitnehmen durfte, ernährte ich beinahe die ganze Familie. Meine jüngeren Geschwis-

ter Julia, Gabriele, Georg und Gisela, Susanne war noch zu klein, warteten jeden Tag gegen Feierabend auf den Treppen eines Lampenfachgeschäftes in der Nähe. Der einzige Laden, der die schmutzige Rasselbande noch nicht von seinen Stufen davongejagt hatte. Sobald ich um die Ecke bog, ging das Freudengeschrei los: »Da, Lene kommt!«

Sie rannten los, jeder wollte der Erste sein. So manches Knie kam nicht heil an. Die Großen bestürmten und umarmten mich. Die Kleinen versuchten, in meinen Taschen oder der Papiertüte etwas Essbares zu erspähen. Bevor wir zu Hause ankamen, war schon so mancher Apfel vertilgt.

Herr Wuttke war hart aber fair, er war der Erste, der mein Potenzial zu ahnen schien. Ich durfte schon bald die Kasse mitübernehmen. Samstags ab vier Uhr nachmittags schrubbte ich die Holzbretter. Für diese Arbeit bekam ich eine Mark extra. Diese eine Mark drehte und wendete ich zwischen den Fingern und besah sie mir genau. Ich freute mich immer sehr, wenn ich ein besonders schönes blankes Markstück in den Händen hielt, denn dieses gehörte mir ausnahmsweise allein: Mit meiner Freundin Frieda ging ich ins Kino – jeden Samstagnachmittag.

Frieda wartete schon vor dem Kino auf mich. »Na, haste endlich Feierabend?« Atemlos stand ich vor ihr; ich war wie immer gerannt, um das Geld für die Straßenbahn zu sparen. Den ganzen Weg über hatte ich mein Markstück fest umklammert gehalten, aus Angst es könnte mir aus der Tasche fallen. Jetzt entspannten sich meine Finger.

Sie klopfte mir freundschaftlich auf den Rücken.

Ich lächelte sie an.

»Ja endlich. Was läuft denn heut im Marmorpalast?«

»Zweemal bitte.«

»Welche Reihe wollt ihr denn?«

»Na, die ersten drei, zu 70 Pfennig.«

»Hm, seid ihr denn schon 16?«

»Na klar, ick bin schon ewig uff die Oberschule!«, entrüstete sich Frieda gekonnt.

»Jut, denn hier: Reihe drei, Platz elf und zwölf – macht 70 Pfennige pro Nase.« Wir hielten der Kartenverkäuferin unsere blanken handwarmen Markstücke entgegen. Vor Filmbeginn leisteten wir uns jeder einen »kalten Kuss«, das war ein kleines Milcheis am Stiel. Ohne Schokoladenüberzug versteht sich, denn der hätte zehn Pfennig extra gekostet. Und dieses letzte Zehn-Pfennigstück brauchte ja jede, um eine Rolle Vivil zu kaufen, die wir den ganzen Film über Bonbon für Bonbon genüsslich auf der Zunge zergehen ließen.

Gebannt verfolgten wir das Geschehen auf der Leinwand, bewunderten die wunderschönen Frauen mit Pelzkrägen und fürchteten die gemeinen Herren mit Trenchcoats und den dunklen Hüten. Am schönsten fanden wir die Liebesfilme. Wir schmachteten Vivildrops lutschend in unseren Sitzen und fühlten unser Herz beim Happy End einen Sprung tun. Frieda und ich blieben immer sitzen, bis der Abspann ganz vorbei und alle Leute schon hinausgegangen waren. Erst wenn der vielarmige Kronleuchter aufleuchtete, hatte die Welt uns wieder und wir liefen langsam, die Filmmusik summend, Hand in Hand nach Hause.

Kapitel 33

Nach acht Kindern – sechs hatten überlebt – und der vierten Fehlgeburt informierte Frau Dr. Schulz meine Mutter über eine neue Methode der Sterilisation, doch meine Mutter geriet in Panik bei dem Gedanken an diesen Vorschlag und die ausgeprägte »Kinderliebe« ihres Mannes. Sie lag schwach und wund im Klinikbett, nur ihre Augen flackerten nervös bei diesem Gespräch.

»Das kann ich unmöglich ... selbst wenn ...«, stammelte sie. »Wenn er rauskriegt, das ich das habe machen lassen ...« Sie schloss die Augen. Sie legte die Finger an den Hals, als bekäme sie keine Luft.

»Aber liebe Frau, ick bitte Se.«

Die Ärztin legte meiner Mutter ihre kräftige gebräunte Hand auf den Arm.

»So viele Schwangerschaften sind zu viel für Se. So kann dit nich weiterjehen, dit schaffen Se nich. Das nächste Mal is es vielleicht zu spät, dann lassen Se Ihre sechs Kinder allein zurück.«

Meine Mutter stöhnte leise, schüttelte gequält den Kopf. Dr. Schulz stellte ein Glas Apfelsaft auf den Nachttisch. Sie sprach leise.

»Bitte, überlegen Se es sich noch einmal in Ruhe. Niemand wird dit erfahren, Se müssen nichts bezahlen. Ick meine es jut mit Ihnen und Ihrer Familie.«

An diesem Abend las meine Mutter noch einmal Inges letzten Brief. Sie kannte ihn beinahe auswendig. Nach jedem Satz hielt sie kurz inne – sie war schwermütig, nachdenklich, mutlos und fühlte sich körperlich sehr schlecht. Am Ende des Briefes zog sie ein Resümee: Sie war nun in den Dreißigern und von schlechter Gesundheit. Sie und ihre Familie waren arm, das war nicht zu leugnen. So sehr sie sich auch bemühte, eine gute Hausfrau, Mutter und Ehefrau zu sein, die Umstände wurden nicht besser. Im Gegenteil, mit jedem neuen Kind, das sie von Herzen liebte, wurde es schwieriger für sie und für die gesamte Familie. Sie wusste nicht, wie lange sie noch im Krankenhaus bleiben musste, hoffte aber, dass sie sich noch einige Tage ausruhen konnte, bevor sie wieder wie ein Hamster im Laufrad das tägliche Leben ihrer Lieben rennen musste. Manchmal dachte sie daran, was wäre, wenn sie gar nicht mehr zurückkäme, wenn alles vorbei wäre. Sie schämte sich dieses Gedankens – wusste sie doch, welch eine gewaltige Bürde damit vor allem auf mir lastete – und fühlte sich gleichzeitig so unendlich schwach. Sie hatte keinen Plan wie es weitergehen sollte, keine Hoffnung, dass sich die Situation von allein bessern würde. Aber sie fühlte sich zu kraftlos etwas zu ändern. Mit geschlossenen Augen drehte sie sich zur Wand und zog sich frierend die Decke über das Kinn. Sie wollte schlafen, nur noch schlafen …

Zwölf Monate später lag meine Mutter im gleichen Bett. Frau Dr. Schulz war bei ihr, als sie aus der Narkose erwachte. Meine Mutter hob die schweren Lider und schaute fragend. Dr. Schulz lächelte sie beruhigend an und flüsterte: »Es is alles jut gegangen. Jetzt kann nix mehr passieren.«

Sie bemerkte fasziniert, wie Erleichterung das Gesicht meiner Mutter um Jahre zu verjüngen schien. Sie drückte ihr ergriffen die schwielige Hand.

»In ein paar Tagen schon können Se nach Hause.«

Die plötzliche Sorgenfalte auf der Stirn ihrer Patientin ließ sie gleich weiterreden.

»Seien Se unbesorgt. Er wird nix bemerken. Sonst is alles wie vorher.«

Meine Mutter formte mit ihren trockenen Lippen angestrengt das Wort »Sicher«.

Frau Schulz erriet seine Bedeutung sofort. »Machen Se sich keene Sorgen, ick bin sicher. Erklären Se Ihrem Mann einfach, die letzte Fehljeburt war von Komplikationen begleitet. Deshalb hat man Se auch einige Tage länger im Krankenhaus behalten. Nach solch schwierigen Vorfällen kommt es immer wieder dazu, dass eine Frau keine Kinder mehr bekommen kann. Sagen Se, niemand weiß dit sicher, vielleicht würden Se wieder schwanger, vielleicht auch nicht.«

Meine Mutter lächelte ihr schwach zu.

Die couragierte Ärztin öffnete das Fenster und sah zu ihr hinüber.

»Oder sagen Se jar nichts. Anneliese, Se können immer zu mir kommen – ejal was kommt. Ick möchte, dass Se dit wissen.«

Doch meine Mutter war bereits erschöpft wieder eingeschlafen.

Meine Mutter wurde an einem Sonntagmorgen entlassen. Wir Kinder stürmten auf sie zu, hielten aber rücksichtvoll Abstand, als uns ihre blasse Gesichtsfarbe auffiel. Sie aber nahm uns in die Arme und lächelte glücklich, während sie alle sechs Kinder der Reihe nach zur Begrüßung küsste. Sogar Jean war mitgekommen, um seine Frau endlich wieder nach Hause zu bringen. Als mein Stiefvater auf sie zutrat und ihr freundlich die linke Wange tätschelte, erstarrte meine Mutter vor Angst. Mein Gott, was hatte sie getan, er würde es niemals verstehen – sie wagte nicht ihm in die Augen zu schauen. Er durfte es auf gar keinen Fall erfahren. Hoffentlich hatte Frau Dr. Schulz Recht und alles war wie immer, außer der Tatsache, dass sie nie wieder ein Kind auf die Welt bringen würde. Nicht in diesem Leben. Wir Kinder hatten auf dem Hinweg einige Wildblumen gepflückt – diese hielt Jean ihr nun entgegen.

»Schön, dass du wieder gesund sein, ma chère«, sagte er heiter.

Meine Mutter hielt den kleinen Strauß wie einen Fremdkörper in der Hand. Sie wusste nicht, was sie fühlen oder denken, geschweige denn, was sie sagen sollte.

»Na, was aben die Doktors mit dir angestellt? Alles wieder ganz?«, fragte mein Stiefvater neckend.

Meiner Mutter schwindelte plötzlich, sie hielt sich an einer Bank fest. Eine schreckliche Vorahnung, ein Gefühl der verzweifelten Reue schnürte ihr die Kehle zu. Im nächsten Moment antwortete sie so gleichgültig wie möglich.

»Ach nix, das Gleiche wie nach der letzten Fehlgeburt.« Sie versuchte den riesigen Kloß in ihrem Hals unauffällig hinunterzuwürgen. »Nur dieses Mal war es sehr viel komplizierter. Ich bin nich mehr die Jüngste.«

So, nun war es raus. Jean antwortete nicht. Der Panik nahe sah sie ihn von der Seite an.

»Aber, aber«, sagte er nonchalant. Kurz darauf begann er zu erzählen, dass er seit zwei Tagen arbeitslos war. Zum ersten Mal seit all diesen Jahren freute sich meine Mutter das zu hören. Erleichtert stellte sie fest, dass das Thema Ärzte und Kinder für ihn vorerst erledigt war. Er hatte seine eigenen Sorgen, die natürlich auch unsere waren.

Ich hasste es, ihm meinen Lohn regelmäßig aushändigen zu müssen. Von meiner einen extra Mark wusste er nichts; das war unser Geheimnis: meines und Mamas. Langsam setzten wir acht uns in Bewegung, verließen gemeinsam den Krankenhaushof. Ich trug Susanne, die Kleinste, auf dem Arm, während sich Gisela und Gabriele um meine freie linke Hand stritten. Georg lief still neben seinem Vater her. Jean hatte meine Mutter untergehakt und stützte sie auf dem langen Weg zu Fuß nach Hause. Sie sprachen wenig miteinander. Es war seltsam friedlich.

Doch die kurze Ruhe war nur die vor dem Sturm. Als meine Mutter im nächsten Jahr nicht mehr schwanger wurde, steigerte sich die Reizbarkeit meines Stiefvaters von Monat zu Monat. Er versuchte es immer wieder, doch meine Mutter wollte ihm keine Kinder mehr schenken. Nur einen Sohn hatte er – von dem er noch nicht einmal hundertprozentig sicher war, dass es kein Kuckuckskind war, wegen dessen roten Haarfarbe. Das machte ihm zu schaffen. Er wurde immer unzufriedener und begann nach Schuldigen zu suchen. Er machte meiner Mutter ständig Vorwürfe und verfluchte die Ärzte und Krankenhäuser.

»Ein Mann mit nur eine Sohn! Das ist eine Schande!«

Meine Mutter hörte das Wort »Schande« nicht zum ersten Mal, sie wusste um die Nichtigkeit dieses Wortes und hatte gelernt es zu ignorieren. Dieses Geplapper konnte sie schon lange nicht mehr wirklich verletzen, traurig machte sie nur, dass ihre Kinder mit anhörten, wie sie von ihrem eigenen Mann beschimpft wurde. Ihr war eine dicke ungleichmäßige Hornhaut auf der Seele gewachsen, die sie manchmal – vor allem vor dem Gerede der Nachbarn – schützte, aber auch steif und unbeweglich machte. Sie war gefangen in ihrem Unglück.

An dem Abend, an dem Jean die Briefe von Inge fand, die meine Mutter vermeintlich sicher in der Waschküche versteckt hatte, eskalierte die Situation: Hochrot wedelte er mit den Papieren im Zimmer herum und zitierte daraus: »Er hat dich nicht verdient ... so wie er dich behandelt ... verlass ihn, du kannst mit den Kindern bei mir wohnen ...«, zitierte er erst lautstark, bald außer sich vor Zorn, Inges geschriebene Worte vom Blatt. Der Speichel troff ihm aus dem Mund, als er meine Mutter an den Haaren schließlich hochriss und immer wieder brüllte: »Wie kann sie wagen das! Schlampe! Sie ist deine Freundin, sie hat disch geschrieben so was! Warum?«

Er zerrte sie vom Stuhl. Meine Mutter schrie vor Schmerz. Ich stand im Flur und verfolgte erschreckt die grauenhafte Szene. Jean hielt meiner Mutter die Briefe dicht vor das Gesicht und brüllte heiser ihren Namen. Seine Halsschlagader war stark angeschwollen und schien jeden Augenblick zu platzen. »Abe isch disch jemals schlescht be'andelt? «

Sie antwortete nicht. Er schüttelte sie wild. »Abe isch meine Frau schlescht be'andelt?! So wie sie verdient ...«

Ich drückte Susannes Kopf an meine Schulter und hielt ihr die Ohren zu, so gut ich konnte. Julia, Gabriele, Gisela und Georg standen dicht hinter mir gedrängt und schauten verängstigt durch meine Beine. Zum ersten Mal seit langer Zeit regte sich Widerstand in meiner

Mutter. So außer sich vor Zorn hatte sie ihn noch nie erlebt. Sie bekam große Angst, um sich, aber vor allem um ihre Kinder. In einem letzten verzweifelten Versuch wagte sie, wozu sie all die Jahre nicht den Mut aufgebracht hatte: Sie riss sich los, packte uns und schrie auf dem Weg zur Tür: »Du bist ja kein Mensch mehr. Ich halt es nich mehr aus mit dir, du bist ein Tyrann. Du säufst und hurst und machst mir das Leben zur Hölle! Hätte ich dich bloß niemals getroffen. Wär ich bloß alleine geblieben ...« Sie verstummte und sah in sein entsetztes Gesicht. »Lieber leben wir auf der Straße ... Ich gehe, und die Kinder nehme ich mit.«

Jean schluckte, sah ungläubig auf uns herab und explodierte im gleichen Moment. Er versperrte uns den Weg und stürzte sich auf seine Frau. Er schlug so lang auf meine Mutter ein, bis sie nicht mehr aufhören wollte aus Nase und Mund zu bluten.

»Du wirst nirgends ingehen. Niemals verlässt du misch. Jamais!« Wir Kinder sprangen auf seinen Rücken, zerkratzten sein Gesicht, boxten und traten ihn, damit er endlich von unserer Mutter abließ. Doch er war wie von Sinnen.

Als irgendwann alle in einen unruhigen Schlaf gefallen waren, holte ich aus der untersten Küchenschublade ein langes Brotmesser hervor. Meine Hände zitterten, als ich auf Zehenspitzen in das Schlafzimmer meiner Eltern schlich. Ein schwacher Lichtstrahl fiel durch den Türspalt auf das Bett. Jean lag auf dem Bauch und schnarchte leise. Heißer Zorn flammte in mir auf. Wie konnte er meiner Mutter nur so weh tun und dann ruhig schlafen?! Ich verkrampfte mich, vor meinen Augen explodierten helle Blitze. Ich konnte das nicht mehr ertragen … Doch als ich mich wild entschlossen über seinen Körper beugte, hörte ich plötzlich ein Geräusch hinter mir. Im fahlen Flurlicht starrte mich das geschwollene Gesicht meiner Mutter an. Ihre aufgerissenen Augen erschreckten mich mehr als andere. Ich sah sie heftig den Kopf schütteln. Sie trat einen Schritt näher, klammerte sich an meinen erhobenen Arm. Mit der anderen Hand befahl sie mir still zu sein; sie legte den Zeigefinger auf ihre aufgesprungenen Lippen. Erst jetzt bemerkte ich, dass sie ihren Mantel trug. Auf dem Korridor stand ein großer verbeulter Lederkoffer.

»Leise, Lene! Lass uns die Kleinen holen«, flüsterte sie und schloss vorsichtig die Schlafzimmertür.

Kurz darauf standen wir sieben in der kalten Nacht. Gehetzt warf meine Mutter, Susanne auf dem Arm, einen letzten Blick zurück, dann liefen wir eilig durch die Hofeingänge hinaus auf die Straße. »Wohin jetzt?«, wollte ich fragen, doch meine Mutter hatte bereits den Weg zu Inge eingeschlagen.

Epilog

Jean war am Boden zerstört und flehte meine Mutter verzweifelt an zurückzukommen. Er rief ununterbrochen an und schrieb Dutzende von Briefen. Es klang ehrlich und ich glaube auch, dass er es so meinte: Er gelobte Besserung, versprach ihr alles, was sie sich zu hören sehnte, sodass sie schließlich zu ihm zurückkehrte. Sie liebten sich – auf ihre Art.

Es gab gute und es gab weniger gute Zeiten: In den nächsten Monaten, genauso wie in den folgenden Jahren wechselten sich Ruhephasen, Streits, Trennungen, Bittanrufe Jeans und kurzfristige Versöhnungen stetig ab.

Später wanderte meine Familie nach Frankreich aus. Ich blieb nunmehr achtzehnjährig, damals noch nicht volljährig, in Berlin. Wie bereits als Baby bekam ich einen gesetzlichen Vormund. Ich wohnte bei Inge und arbeitete als Telefonistin …

Lore Hauser
Einsame Flucht
Lore verbringt eine glückliche Kindheit bei ihren Großeltern in Ostpreußen. Mit 14 wird sie von ihrer Mutter nach Berlin geholt, absolviert dort ihr Pflichtjahr und besucht die Handelsschule. Die Zeit bis 1943 erlebt die junge Frau in Berlin, wird dann aber nach Wien geschickt, wo sie fern der Heimat eine Stelle als Kinderpflegerin in einer Familie antritt. Als der Krieg sie hier einholt, flüchtet Lore zusammen mit ihrer „neuen" Familie aus der Stadt. Es beginnt ein Wettlauf gegen die Zeit, auf der Flucht vor den zerstörerischen Mächten des heranrannahenden Krieges.

Bibliografische Angaben:
Lore Hauser
Einsame Flucht
256 Seiten
ISBN 978-3-475-53885-8

Siegfried Obermeier
Verlorene Kindheit
Wie erlebt ein Kind den Krieg? Siegfried Obermeier nimmt als Junge die Anfänge des Zweiten Weltkrieges kaum wahr – umso erschütternder wirken die verheerenden Bombennächte 1943 und die Zerstörung seiner Heimatstadt München auf ihn. Um dem gefährlichen Stadtleben zu entkommen, zieht er mit seiner Mutter auf's Land. Doch auch dort sind sie nicht vor Bombenangriffen sicher. Ein mitreißender autobiografischer Bericht über die harte und entbehrungsreiche Zeit des Zweiten Weltkrieges – betrachtet durch die Augen eines Kindes.

Bibliografische Angaben:
Siegfried Obermeier
Verlorene Kindheit
272 Seiten
ISBN 978-3-475-53751-6

Angelika Oberauer
Ins warme Licht der Freiheit
Es hätte eine schöne Jugend sein können im sächsischen Dreiländereck. Doch nach und nach brechen die Schatten der Geschichte in Ursulas Leben ein: der Nationalsozialismus und der Zweite Weltkrieg. Schorsch, ihre erste große Liebe, fällt in den Kämpfen vor dem Kriegsende. Für Trauer bleibt jedoch keine Zeit. Als die Niederlage besiegelt ist, flieht die junge Frau wie viele andere Menschen aus dem Dorf vor der Roten Armee. Man will sich in Prag in Sicherheit bringen, wo angeblich bereits amerikanische Streitkräfte angekommen sind. Niemand ahnt, dass diese Flucht geradewegs in die Hölle führt.

Bibliografische Angaben:
Angelika Oberauer
Ins warme Licht der Freiheit
256 Seiten
ISBN 978-3-475-53867-4

Ingeborg Schalek
Weg ins Ungewisse
Barbara Lehmann wird 1908 im heutigen Serbien als Kind deutscher Siedler geboren. Ihre behütete Kindheit endet jäh mit dem frühen Tod der Eltern und Großeltern. Um dem lieblosen Leben bei ihren Verwandten zu entkommen, geht sie eine Vernunftehe mit Toni ein. Die Schicksalsschläge haben damit jedoch noch kein Ende: Auch ihre geliebte Schwester Anna stirbt und mit dem Fortschreiten des Krieges geraten die deutschen Siedler in Jugoslawien zwischen die Fronten. Als die Russen dem Dorf immer näher kommen, muss Barbara mit ihren beiden Töchtern fliehen.

Bibliografische Angaben:
Ingeborg Schalek
Weg ins Ungewisse
240 Seiten
ISBN 978-3-475-53861-2

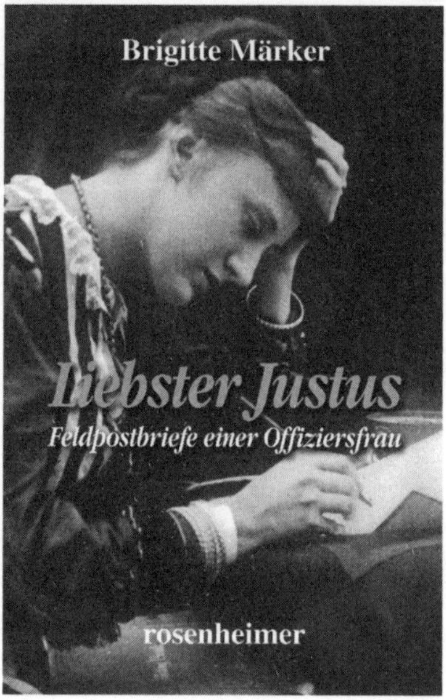

Brigitte Märker
Liebster Justus
Mit schonungsloser Härte bricht der Erste Weltkrieg in das Leben der Familie Sander ein: Justus muss sehr früh an die Front. Klara ist gezwungen, ihr Schicksal selbst in die Hand zu nehmen und sich um ihre Familie zu kümmern. Ihre Ängste und Einsamkeit bringt sie in langen Briefen zum Ausdruck, in denen sie ihrem geliebten Mann vom Alltag und den Sorgen der Daheimgebliebenen berichtet. Brigitte Märker hat anhand von authentischem Material einen Briefroman verfasst, der das Porträt einer starken Frau zeichnet und schildert, wie sie kraft ihrer Liebe die lange Zeit der Trennung übersteht.

Bibliografische Angaben:
Brigitte Märker
Liebster Justus
400 Seiten
ISBN 978-3-475-53927-5